Für jeden Bücherliebhaber dieser Welt

Für jeden,
der zwischen den Seiten eines Buches
seinen Seelenfrieden findet

Für jeden, der noch an Magie glaubt

»Bei dir sind meine Gedanken
Und flattern um dich her;
Sie sagen, sie hätten Heimweh,
Hier litt es sie nicht mehr!

Bei dir sind meine Gedanken
Und wollen von dir nicht fort;
Sie sagen, das wär' auf Erden,
Der allerschönste Ort!

Sie sagen, unlösbar hielte
Dein Zauber sie festgebannt;
Sie hätten an deinen Blicken
Die Flügel sich verbrannt.«

Friedrich Halm

1

Finn – Hier und Jetzt

Ich hörte, wie ihr Herz im Einklang mit dem meinen schlug. Ihre Wärme hüllte mich ein, der Duft nach Wildblumen und dem Meer, nach frischer Erde und nassem Gras erfüllte den Raum. Während ihr Kopf auf meinem Schoß ruhte, hielt ich ihre Hand. Ich lauschte ihren regelmäßigen Atemzügen und sah, dass sie ab und an ihre Nase kräuselte, weil eines ihrer Haare sich dorthin verirrt hatte und sie kitzelte.

Ich blickte sie an und sah alles, was mir wichtig war, das, was mir mehr bedeutete als irgendetwas anderes jemals zuvor.

Einige Monate waren bereits vergangen, seit wir sie hatten befreien können, doch ich dachte noch jeden verfluchten Tag daran. Daran, dass ich sie beinahe verloren hatte.

Meine Hand umfasste ihre fester, so als wollte ich sichergehen, dass Cat nicht einfach verschwand. Die Gedanken, die mich unter sich begruben, konnte ich jedoch nicht aufhalten. Raphael war fort und er fehlte mir. Ich hatte einen Freund verloren, den ich gerade erst wiedergewonnen hatte. Besonders Cat traf dieser Verlust sehr, denn sie hatte ihn sofort in ihr Herz geschlossen. Deshalb hatte ich ihr nicht erzählt, was ich an dem Tag unserer Heimkehr gehört hatte. Das, was sie nicht wahrgenommen hatte, als wir draußen unter ihrer Esche saßen. Den Raben. Bis heute hatte sich nichts gerührt und ich betete Tag um Tag, dass das so blieb. Dass dieser Rabe nichts weiter war als ein wunderschönes Tier und nichts mit einer Fantasie gemeinsam hatte. Dass Seth es nicht aus Scáthán geschafft hatte und nun für immer dort bleiben musste.

Kurz schloss ich meine Augen, versuchte der Bilderflut Herr zu werden, die über mich hereinbrach. Als ich meinen Blick wieder für meine Umgebung öffnete, sah ich ihn vor dem Fenster – Schnee. Der erste des Jahres. Riesige Schneeflocken schwebten zu Boden und ich musste grinsen. Cat beschwerte sich seit Tagen, dass es nur regnen würde und kalt sei, aber kein Schnee zu sehen wäre. Sie war so unendlich aufgeregt in Erwartung des ersten irischen Winters, den sie nun erleben würde.

»Kleine Fee. Aufwachen«, flüsterte ich ihr leise zu und strich dabei sanft über ihre Wange. »Sonst verpasst du noch den Schnee, auf den du so lange gewartet hast.«

Ein nörgeliges Brummen entwich ihr und sie kuschelte sich noch mehr in die Wolldecke, die über ihr lag. In wenigen Tagen war Weihnachten und wenn ich zuließ, dass sie das hier verpasste, würde ich allein feiern müssen. Ich konnte nicht anders, ich musste lachen, was meinen Körper beben ließ. Wie sehr sich mein Leben verändert hatte.

»Warum lachst du so laut?«, murmelte sie vor sich hin.

»Weil du mich so auf Trab hältst.« Noch immer konnte ich nicht aufhören.

»Wieso klingt das nicht nach einem Kompliment, wenn du das sagst?« Sie drehte ihren Kopf zu mir und öffnete endlich ihre Augen. Das Funkeln darin nahm ihrer Frage die Schärfe und so lächelten wir uns einfach nur an. Ihre Wangen begannen sich zu röten, aber weil sie immer noch müde war, konnte sie ihre Augen kaum offen halten.

Ich hatte ihr aus meinem Lieblingsbuch vorgelesen, doch anscheinend war es für sie weniger spannend gewesen als für mich, denn sie war bereits nach wenigen Minuten eingeschlafen.

»Möchtest du nun den Schnee sehen?«, zog ich sie liebevoll auf. Ihre Augen wurden schlagartig größer, schienen mich zu fragen, ob ich sie nur ärgern wollte, und ihr Mund formte sich zu einem kleinen Oh. Ihre Müdigkeit schien wie weggeblasen.

»Schnee?«, flüsterte sie ehrfürchtig und drehte sich so schnell in Richtung Fenster, dass sie beinahe von der Couch fiel.

Mittlerweile tobte ein kleiner Schneesturm draußen und fegte immer wieder Flocken an das Fenster. Das Glas wirkte wie ein Kunstwerk, an dem sich hunderte von Schneeflocken und Eiskristallen zu einem Bild vereinten.

Ich konnte ihr Gesicht nicht sehen, aber ich spürte ihre plötzliche Unruhe, dass ihre Gedanken nicht bei dem Schnee waren, auf den sie sich so gefreut hatte. Die Erinnerungen suchten auch Cat heim.

»Sie würden nicht wollen, dass du traurig bist«, sagte ich leise zu ihr, während ich ihr seidiges Haar durch meine Finger gleiten ließ.

Sie setzte sich aufrecht hin, rutschte neben mich und bettete ihren Kopf an meine Schulter.

»Manchmal wünsche ich mir, dass du nicht sofort weißt, was in mir vorgeht«, sagte sie mit belegter Stimme, »dann müsstest du dir nicht immer solche Sorgen machen.« Auch sie hatte meine Gefühle empfangen. Es war wie Atmen, man konnte es nicht abstellen.

»Meinst du, wir sehen sie wieder? Meinen Vater, meine Mutter und Raphael? Meinst du, es geht ihnen gut?« Ihre Frage schnürte mir die Kehle zu. Sie war so voller Hoffnung und ich hatte Angst, etwas Falsches zu sagen. Ich räusperte mich kurz und drückte sie fest an mich.

»Ich weiß es nicht. Aber ich hoffe es von ganzem Herzen. Ich hoffe, dass es ihnen gut geht, wo auch immer sie gerade sind, und dass wir sie in unserem nächsten Leben wieder an unserer Seite haben werden. Ich bin mir sicher, sie werden auf uns warten.«

Ich spürte ihr Nicken an meiner Schulter und den stummen Schrei in ihrem Inneren.

Noch eine Weile saßen wir still da, lauschten nur unseren Gedanken und den Gefühlen des anderen und sahen zu, wie der Wald sich weiß färbte, wie die Eiskristalle sich am Fenster verdichteten und die Äste der Bäume immer mehr Schnee zu tragen hatten. Wie der Wind mit dem Schnee spielte.

Seit Cat hier bei mir wohnte, war meine Hütte auch ein Heim. Sie brachte Leben in diese vier Wände, vertrieb die Kälte, die Trostlosigkeit und Einsamkeit. Sie hatte Aidan dazu genötigt, auch noch eine Klappe in meine Haustür zu bauen, eine Hundeklappe. Zu meinem Bedauern hatten wir keinen Hund, sondern einen ziemlich nervigen und anhänglichen Fuchs, der nun auch hier lebte und Cat auf Schritt und Tritt folgte. Ja, ich war eifersüchtig auf einen Fuchs. Zumindest ein wenig. Ich schnaubte, konnte mir ein Grinsen aber nicht verkneifen. In dem Moment bebte auch Cats Körper und sie strahlte mich an.

»Du liebst den Fuchs genauso wie ich!«

»Hab ich das eben etwa laut gesagt?«, grummelte ich.

»Nein, aber deine Gedanken erschienen so klar in mir, dass ich mir diesen Kommentar nicht verkneifen konnte.«

Sie gab mir einen Kuss auf die Wange, doch das reichte mir nicht. Ich schob meine Hand in ihren Nacken, in ihr schweres braunes Haar, und zog sie sacht, aber bestimmt zu mir. Sanft legte ich meine Lippen auf ihre. Es war ein Hauch von einem Kuss, doch ich spürte, wie ihr Herzschlag sich beschleunigte, so wie meiner. Ich vertiefte den Kuss, spürte ihre weichen Lippen, während das Verlangen durch mich hindurchschoss und mich in Brand setzte. Sie drückte sich an mich, lächelte in den Kuss hinein, während sich die Luft um uns herum zu regen begann, zu Wind wurde. Noch immer konnte sie ihre Kräfte bei zu starken Emotionen nicht lenken.

Der Knall der Klappe ließ uns zusammenzucken, wir fuhren auseinander. Schwer atmend blickten wir uns an, unfähig, etwas zu sagen. Kohana kam schlitternd vor uns zum Stehen, seine Augen leuchteten und sein Fell wurde von einer weißen Schicht bedeckt. Er schüttelte sich kräftig, so dass uns kalter Schnee berieselte.

»Fuchs, irgendwann sind wir zwei alleine!«, drohte ich ihm und kniff die Augen zusammen, während Cat die Lippen aufeinanderpresste, um nicht laut aufzulachen.

»Prinzessin, kommt! Draußen ist es wunderschön.« Er ignorierte mich. Ich hasste das.

»Ich komme sofort«, sagte sie voller Vorfreude, »geh schon mal vor.« Der Fuchs nickte und raste wieder hinaus in die Kälte. Ich sah den Schalk in ihren Augen, als sie mich anblickte. Doch sie sagte nichts.

»Er kommt immer zu den unpassendsten Zeiten«, nörgelte ich. Ich wusste, dass ich mich kindisch verhielt, aber er trieb mich in den Wahnsinn.

»Du wirst immer meine Nummer eins sein, kleiner Wolf!«, sagte sie, als sie von der Couch sprang und mir zuzwinkerte. *Kleiner* Wolf, so ein Unfug.

»Du weißt, dass das nicht stimmt.« Im Geiste mit ihr zu reden, war immer wieder etwas Besonderes.

Ich sprang vor sie, versperrte ihr den Weg, zwang sie, mich anzusehen, und sprach in Gedanken weiter.

»Ich hoffe, wir machen nachher da weiter, wo wir aufgehört haben.« Ich liebte es, wenn sich ihre Wangen rot färbten, wenn ihr Körper sie verriet. Ich neigte meinen Kopf, kam ihr immer näher, doch statt des Kusses, den sie erwartete, flüsterte ich ihr ins Ohr: »Heute Nacht werde ich dich nicht teilen ...« Ihr Atem beschleunigte sich und sie trat hastig an mir vorbei. Sie schlug mir spielerisch auf den Arm.

»Du bist unmöglich!«

»Und du weißt, dass du mich nie wieder loswirst.«

Sie lachte und ging nach draußen. Die Tür hatte sie nur angelehnt. Ich hörte, wie sie mit dem Fuchs herumalberte, doch bevor ich ihr nach draußen folgte, ging ich zum Fenster des Wohnzimmers. Auf der Fensterbank stand das ewige Licht. Noch immer schwebte die kleine schwarze Sonne in dem blau schimmernden Glas, strahlte von innen heraus und erinnerte mich an alte Zeiten; an den Moment, in dem ich den Wunsch verspürt hatte, Cat dieses wertvolle Geschenk zu machen. Mittlerweile wusste Cat, was es bedeutete.

Wir hatten mitten in den Umzugsvorbereitungen gesteckt, als sie auf einmal mit dem Glas in der Hand zu mir gekommen war, um nach einer Erklärung zu fragen. Während ich ihr erzählte, dass das Glas aus jeweils einem Teil der Lebensenergie von Lorcan und mir bestand und dass es damit eines der bedeutendsten Geschenke war, die man einem geliebten Menschen machen konnte, waren unzählige Emotionen über ihr Gesicht geglitten. Schließlich hatte sie es einfach nur an sich gedrückt und mich dankbar angesehen. Ich hatte sie damals bereits geliebt, ich hätte Lorcan sonst nicht um das ewige Licht gebeten. Nur Wesen, die selbst Licht erzeugen konnten, waren dazu im Stande und es gab nicht viele von ihnen. Dieser Umstand und der Gedanke, dass das ewige Licht die ewige Liebe symbolisierte, machten das Geschenk zu etwas Besonderem.

Ich stellte das ewige Licht zurück an seinen Platz, doch den Blick konnte ich nicht davon abwenden.

Nie hätte ich gedacht, dass das Schicksal mich einmal zu fassen bekommen würde.

Das Treiben vor unserer Tür wurde lauter, andere Geräusche mischten sich dazu und rissen mich schließlich aus meinen Gedanken, ließen mich aufhorchen. Jemand war da. Mein Körper und jeder Muskel darin spannten sich an, als ich mit schnellen Schritten zur Tür lief. Ich öffnete sie abrupt, um zu sehen, ob mit Cat alles okay war.

Der Schnee rieselte noch immer in dicken Flocken herab und mittendrin standen Lorcan, der dem Fuchs über den Kopf strich, und Myra, die Cat, so fest es ging, an sich presste.

»Ah, Finn! Schön, dass ihr zu Hause seid. Wir konnten uns unmöglich Cats ersten richtigen irischen Wintertag entgehen lassen«, sagte Lorcan fröhlich. Myra ließ Cat währenddessen los, stemmte die Hände in die Hüften und blickte grimmig zu Lorcan hinauf.

»So ein Unfug, du hast es mit mir alleine nicht mehr ausgehalten, gib es zu!«

Einer der Muskeln in Lorcans Wange zuckte kurz, als er sich das Lachen verkniff und die Augen schloss. Cat gelang das nicht. Sie prustete los und auch ich konnte mich kaum zurückhalten. Lorcan hatte es im Moment nicht besonders leicht. Myras Stimmungsschwankungen toppten alles bisher Dagewesene.

»Ich werde fett! Und das ist nur deine Schuld!«, sagte sie mit ernster Stimme und zeigte anklagend auf Lorcan. »Fett und ... und ...« Vergeblich suchte sie nach den richtigen Worten. Der Schnee sammelte sich auf ihrem schwarzen Haar, während sie eine Grimasse zog und letztendlich wütend aufstampfte.

Lorcan zog sie jedoch nur schwungvoll an sich und küsste sie, bis ihre Wangen rot waren und sie selbst außer Atem. Anscheinend konnte man Myra nur so zum Schweigen bringen.

»Du bist noch immer das schönste, kugeligste Wesen, das ich kenne«, sagte er und fing sich sogleich einen Schlag in den Nacken ein.

»Finn, siehst du, was ich hier mitmache?« Er rieb sich über die schmerzende Stelle.

»Alter Freund, ich hab dir gesagt, irgendwann kriegt sie dich! Das hast du dir selbst eingebrockt.« Doch Lorcan lächelte nur selig. Wir beide wussten, dass er nie glücklicher gewesen war.

Cat klatschte aufgeregt in die Hände, was den Schnee in alle Richtungen davonstieben ließ.

»Ach, nun hört schon auf! Sagt mir lieber, wann es so weit ist!« Cat war aufgeregter als Lorcan und Myra zusammen. Diese begann zu strahlen und strich sich über ihrem dicken Mantel über den Bauch.

»Es wird ein Frühlingskind, sagt Erin. Ich kann mittlerweile nicht mehr zu einem normalen Arzt gehen, da uns der Kleine sonst verraten würde.« Sie seufzte schwer und öffnete ihren Mantel, als sie die fragenden Blicke von Cat wahrnahm. Nun war auch meine Neugierde geweckt. Ich ging zu Cat und legte meinen Arm um sie. Mein Blick lag jedoch auf Myras Bauch, der sich unter ihrem dünnen schwarzen Pullover eindeutig abzeichnete. Doch ich sah bisher nichts Ungewöhnliches – bis Lorcan sich ganz nah zu ihr stellte. Er drückte sie seitlich an sich. Myra lehnte ihren Kopf an seine Brust und sah uns erwartungsvoll an, als Lorcan seine große Hand auf ihren Bauch legte und sanft darüberstrich.

»O mein Gott«, hauchte Cat ehrfürchtig. Mir hingegen verschlug es die Sprache.

Lorcan und Myras Baby leuchtete. Der ganze Bauch leuchtete von innen heraus und sah aus wie eine große Sonne. Das Licht drang sogar durch den dünnen Pullover und man konnte die Konturen des Babys klar erkennen. Es war unglaublich faszinierend und schön.

»Das mag er besonders gerne«, sagte Myra und legte ihre Hand über die von Lorcan. »Er macht das andauernd. Wenn das jemand sehen würde! Der menschliche Arzt würde einen Herzinfarkt bekommen.«

»Erin hat es auch noch nicht gesehen. Wir sind froh, dass es Winter ist und sie die ganze Zeit eine Jacke oder einen dicken Pullover tragen kann.«

»Wie ist das möglich?«, fragte Cat, während das leuchtende Baby sie voll und ganz in seinen Bann zog.

»Wir wissen es nicht genau. Anscheinend hat Lorcan seine Gabe weitergegeben. Wir wissen nur nicht, wie viel davon.« Myra stockte kurz, so dass Lorcan sie noch fester an sich drückte und ihr einen Kuss auf den Scheitel gab. »Lorcan kann seit diesem Tag nicht mehr zu reinem Licht werden.«

Ich wusste, welchen Tag sie meinte. Der Tag, an dem wir sie beinahe verloren hatten. Der, an dem Lorcan seine Gabe mit ihr teilte, um sie zu retten, an dem Mutter Natur starb und Seth entfliehen konnte.

»Vielleicht wird das Baby sich auch nie vollkommen in Licht verwandeln können, wer weiß. Ich weiß nicht, was der Kleine so alles abbekommen hat, aber ich fürchte, er wird uns ordentlich auf Trab halten.« Sie grinste uns an.

Cat blickte kurz zu mir und strahlte mich an.

»Hast du das gehört? Unser Patenkind wird niemals eine Taschenlampe brauchen.«

»Ihr werdet den Fratz öfter haben, als euch lieb ist, wartet's nur ab!« Lorcan grinste mich verschmitzt an.

O nein, mein Lieber. Ich grinste zurück und wusste, dass es nicht mehr lange dauern würde, bis er vor meiner Tür stand und mich anflehte, sein leuchtendes Kind für ein paar Tage zu übernehmen. Wenn es wirklich zu Licht werden konnte, würden sie schneller durchdrehen, als ich bis drei zählen konnte. Das Baby würde als kleines Glühwürmchen durch das Haus rasen und keiner wäre schnell genug, um es einzufangen.

»Seid ihr sicher, dass ihr euer Baby dem Jäger dort überlassen wollt? Wenn ich daran denke, was da alles schiefgehen kann ...« Der Fuchs schaute mich an, seine Augen funkelten belustigt, doch seine Stimme triefte vor Empörung und Spott.

Irgendwann, Fuchs. Irgendwann!

Mir entwich ein tiefes Grollen, ich spürte den Wolf nah an der Oberfläche und ballte die Hände zu Fäusten. Allein Cats sanfte Berührung beruhigte mich und ließ nur noch ein ärgerliches Schnauben zurück. Doch der Fuchs beachtete mich nicht, sondern leckte sich seelenruhig über seine Pfote.

»Wollen wir Erin besuchen gehen? Ich hab sie seit einer Woche nicht gesehen und da heute Sonntag ist, könnten wir Glück haben und ein paar Plätzchen ergattern.« Cat freute sich so sehr, dass ich befürchtete, auch sie würde bald anfangen zu leuchten.

»Ich weiß nicht, ob mich Plätzchen dafür entschädigen können, dass ich dich nun den ganzen Tag werde teilen müssen.«

Cat erzitterte kurz und riss die Augen auf. Wie gesagt, ich liebte es, wie sie auf mich reagierte. Grinsend legte ich meine Hand auf ihren Rücken und schob sie vorwärts, während ihre Gedanken immer wieder zu mir wanderten, zu unserem Kuss.

2

Caitlin – Hier und Jetzt

Seine Stimme ließ mich alles vergessen. Seine Stimme in meinen Gedanken. Es gab nichts außer ihm. Seinen Blick, der meinen festhielt. Ich vergaß, wer ich war – ich verlor mich selbst, nur um mich in ihm wiederzufinden. Diese Momente ließen mich vergessen, was wir gewonnen und was wir verloren hatten. Dann gab es nur uns.

***

Finn hielt mich im Arm, während ich an die Tür des Hauses klopfte, das mein Zuhause war und das meines Vaters. Auch heute noch.

Erin öffnete sie und sah uns überrascht an. Ihr Auftauchen ließ sogar Myra für einen Augenblick verstummen, die bis eben geschimpft hatte und Lorcan einfach nicht glauben wollte, dass er sie auch als eine leuchtende, dicke Kugel liebte.

Erins Gesicht war leicht gerötet, sie hatte einen braunen grobgestrickten Wollpullover an und etwas Mehl auf der Nase. Sofort entriss sie mich Finn und schloss mich stürmisch in ihre Arme.

»Was macht ihr denn hier?« Sie schob mich von sich, hielt mich eine Armlänge auf Abstand, um mich mit ihren freundlichen Augen anzublicken. »Schön, dass ihr hier seid! Kommt rein! Im Wohnzimmer steht eine Schale mit frischen Keksen, sie kommen gerade aus dem Ofen.« Sie lächelte verschmitzt und ich wurde das Gefühl nicht los, dass sie unser Kommen geahnt hatte.

Bevor ich etwas erwidern konnte, stöhnte Myra auf, drückte uns zur Seite und verschwand im Haus. Gedämpft hörte ich ihren Aufschrei, als sie wahrscheinlich gerade die Kekse entdeckte. Finn verdrehte die Augen und Lorcan zuckte mit seinen Schultern, als Erin und ich ihn fragend ansahen.

»Was soll ich sagen? Sie hat früher schon viel gegessen. Jetzt scheint sie keine Grenzen mehr zu kennen. Es gibt nur noch zwei Dinge, um die unsere Gespräche kreisen.« Er hob seine Hand mit zwei ausgestreckten Fingern in die Höhe. »Essen und das Baby. Und wie dick das Baby sie macht ... Vor allem endet alles darin, dass ich schuld an irgendwas bin.« Er zählte immer mehr Dinge auf und es schien plötzlich, als führte er Selbstgespräche und fragte sich, wie er nur in so eine Lage geraten war, während er seine Augenbrauen immer mehr zusammenzog und sich tiefe Falten dazwischen bildeten.

Ich grinste Finn an.

»Der arme Kerl.«

»Kein Mitleid! Er hat sich Myra ausgesucht.«

Finns Augen funkelten vor Belustigung.

»Nun kommt schon rein.« Erin schob uns vor sich her. »Sonst kriegt ihr keinen einzigen Keks mehr ab. Wo ist eigentlich Kohana?« Sie blickte sich suchend nach dem Fuchs um.

»Der wollte sich lieber ein Nickerchen gönnen, aber er lässt dich grüßen. Das nächste Mal kommt er bestimmt mit!«

Im ganzen Haus war es wundervoll warm und kuschelig. Es duftete nach Keksen, nach Winter und Weihnachten, nach Zimt und Vanille. Ich liebte diese Gerüche.

Im Wohnzimmer fanden wir Myra – und die Kekse. Sie hatte bereits Mantel und Schuhe ausgezogen und mampfte mit vollen Backen, die große Keksschüssel auf dem Bauch. Als sie versuchte uns gewinnend anzugrinsen, fielen beinahe ein paar Krümel aus ihrem Mund. Ich setzte mich neben sie und schüttelte lachend den Kopf.

»Waf denn?«, nuschelte sie und sah uns fragend an. Plötzlich begann ihr Bauch zu leuchten, so wie er es vorhin getan hatte. Ich blickte gebannt auf dieses Schauspiel, war verzaubert von dem hellen und warmen Licht, das Myras Bauch nun ausstrahlte und das Baby umhüllte.

Alle Gespräche verstummten, nur Erins tiefen Atemzug konnte man hören, als sie dieses Wunder sah. Ihre Augen waren weit geöffnet und zum ersten Mal seit langer Zeit erlebte ich sie sprachlos.

»Keine Sorge, das ist bei unserem Baby anscheinend normal. Er macht das auch erst seit ein paar Tagen. Zumindest so, dass wir es bemerkt haben.« Myra stellte die Kekse zur Seite und strich nun langsam und liebevoll über ihren Bauch. Sie war stolz und glücklich, man sah es ihr an. Es strahlte aus ihren Augen, wenn sie zu Lorcan blickte. Es war dieses Gefühl, dieses gewisse Etwas, das man verstand, aber nicht erklären konnte.

»Wir hoffen, dass er schnell lernt es zu kontrollieren«, sagte Lorcan.

Erin öffnete und schloss ein paar Mal hintereinander den Mund, bevor sie schließlich ihre Stimme fand.

»Wie soll denn euer leuchtendes Baby eigentlich heißen?« Sie blickte immer noch fasziniert auf die leuchtende Kugel und bemerkte nicht, dass Lorcan und Myra sich kurz und tief in die Augen blickten, bevor sie beide begannen zu strahlen und sich zunickten. Dann sahen sie uns erwartungsvoll nacheinander an.

»Den Namen wollten wir euch eigentlich erst nach der Geburt verraten, aber da wir nun hier sind und du danach gefragt hast, können wir es euch ebenso gut jetzt sagen. Schließlich werdet ihr beiden die Paten. Und du, Erin, bist ja quasi die Oma des Kleinen«, betonte Lorcan feierlich und überging Erins zusammengekniffene Augen. »Wir wissen, dass es ein Junge wird, und ...« Lorcan hielt kurz inne, blickte Finn ins Gesicht, der an dem Sessel lehnte, in dem Erin saß, nahm Myras Hand und murmelte schließlich: »Wir werden ihn Raphael nennen. Sein Name ist Raphael.«

In mir tobte ein Sturm, die Emotionen überfluteten mich, zerrten an mir – Überraschung, Dank, Freude, Trauer. Ich schluckte schwer, versuchte meine Tränen zu unterdrücken, denn ich wusste nicht, ob sie kamen, weil mich die Trauer um Raphael übermannte oder der Dank an die beiden, dass sie ihm dieses Geschenk machten. Wir würden ihn nie vergessen. Ich blickte zu Finn. Auch ihm sah man seine innere Zerrissenheit an.

So blickten wir einander in die Augen, während um uns Stille herrschte und alle auf eine Reaktion warteten. Ich fühlte, wie sehr Finn mit sich rang, wie die Schuld, Raphael nicht gerettet zu haben, es nicht fertiggebracht zu haben, ihn quälte.

Ich lächelte ihn an, ließ meinen Tränen freien Lauf und drehte mich schließlich zu Myra, um sie zu umarmen. Was sie vorhatten, war etwas Wundervolles. Trotzdem lachte niemand, denn zu viel hatten wir verloren. Aber sie wussten, wie sehr wir diese Geste schätzten. Sie wussten, was wir nicht in Worte fassen konnten.

Kurz und heftig klopfte es plötzlich an der Tür, so dass ich zusammenzuckte. Finn und Lorcan blickten sich ernst an, Erin hatte sich bereits erhoben.

»Bleib hier!« Finn sah mich eindringlich an.

»Was ist los?« Ich begriff nicht, warum er so angespannt war, warum er mich so besorgt ansah.

»Magie«, flüsterte Finn und ich begann zu verstehen. Es stand kein gewöhnlicher Mensch vor Erins Tür.

Der ganze Raum schien sich in Alarmbereitschaft zu versetzen. Myras spitze Ohren zitterten leicht und lugten unter ihrem kurzen schwarzen Haar hervor. Erin und Lorcan hatten sich erhoben und Finn war bereits auf dem Weg zur Haustür.

Es war still.

So still, dass ich eine Gänsehaut bekam. Und ich hatte Angst. Angst, dass uns nun alles Geschehene wieder einholte.

»*Alles wird gut.*« Finns Stimme wehte durch mich hindurch, streichelte meine Seele, wärmte mein Inneres, und ich hielt mich an seinen Worten fest wie eine Ertrinkende an einem Rettungsring.

Finn nickte uns allen kurz zu, bevor er die Tür öffnete. Ich sah nicht, wer da vor ihm stand, aber ich spürte noch immer seine Anspannung. Gedämpft drang eine männliche Stimme zu uns, aber ich konnte nichts Genaues verstehen. Nur eines: Er wollte zu mir. Niemand außer Kohana nannte mich Prinzessin.

Ich erhob mich und wollte zu Finn gehen, aber Lorcan trat mir in den Weg und hielt mich fest.

»Es ist okay. Ich kenne diese Stimme«, sagte Erin zu Lorcan und wandte sich dann lauter an Finn: »Lass ihn eintreten.«

Ich spürte Finns widersprüchliche Gefühle und sah die aufkommende Trauer in Erins Gesicht. Sie schien in Erinnerungen versunken zu sein.

Ein Mann, kaum einen Meter groß, betrat das Wohnzimmer. Er hatte kurzes goldblondes Haar und schüttelte gerade den Schnee davon ab. Seine Haut hatte einen ebenso goldenen Schimmer. Er entdeckte mich und seine grasgrünen Augen musterten mich, bevor er schließlich den Blick senkte und sich verbeugte.

»Prinzessin.«

Meine Augen suchten nach Hilfe, wanderten durch den Raum und blieben an Finn hängen, der mit ernstem Gesicht und einem bedrohlichen, aber kurzen Knurren, das in meinem Inneren vibrierte, an dem Gast vorbeiging, um sich beschützend an meine Seite zu stellen.

Erin ging auf den kleinen Mann zu und nahm seine Hand.

»Es ist lange her.«

»Ja, Erin, das ist es. Und ich wünschte, es hätte noch länger gedauert.« Sie nickte verständnisvoll und kniff ihre Lippen zusammen, als sie ihm einen Platz anbot.

Nun saßen wir hier zusammen und meine Gedanken überschlugen sich. Meine Familie – ein Gestaltwandler, ein Luftgeist, ein Irrlicht, eine Vampir-Elfe – und ein ungebetener Gast.

Finn nahm meine Hand.

»Es tut mir leid, dass ich einfach hier hereinplatze. Glaubt mir, wenn es nicht nötig wäre, wäre ich nicht gekommen. Aber ...« Er sah mich entschuldigend an. »... wir brauchen Euch, Prinzessin. Und Ihr braucht uns.«

Ich schluckte schwer, mein Mund wurde trocken.

»Mein Name ist Deegan und ich war der erste Berater Eurer Mutter. Nun bin ich Eurer. Ich hatte den Befehl erhalten, Euch so lange wie möglich in Frieden leben zu lassen, und es tut mir leid, dass das nun nicht mehr geht.«

Alle hingen an seinen Lippen, jeder der Anwesenden war angespannt. Ich konnte sie spüren, die Trauer, die sich erhob, und die Angst. Diese unglaubliche Angst, die durch den Raum waberte und beinahe greifbar war.

Mein Herz raste.

»Was soll das heißen?« Meine Stimme klang rau und distanziert, sie war mir fremd.

»Ihr werdet mich begleiten müssen. In das Land Eurer Mutter, in ihre Heimat. Alle Vorkehrungen für Eure Ankunft wurden bereits getroffen.«

Nein! Ich krallte mich an Finn fest und spürte, dass auch er dies nicht wahrhaben wollte.

»Deegan, Scáthán ist verloren, die Spiegel sind zerstört und somit jeder Weg hinein oder hinaus. Die Jäger haben nahezu alle Fantasien, die entkommen konnten, getötet. Es ist nur eine Frage der Zeit, bis keine mehr hier sind. Cat ist hier sicher. Es ist vorbei.« Zu meiner Überraschung legte er seine kleine Hand auf Erins Knie.

»Leider nein. Wir brauchen sie. Ich habe ihrer Mutter versprochen, ihr erst alles zu sagen und zu erklären, wenn sie in Sicherheit ist. Natürlich sollte ich nur unter bestimmten Umständen herkommen. Diese sind nun eingetreten.«

Ich war in Gefahr. Ich wusste es. Es war so klar, so offensichtlich. Aber wovor?

Ich schloss meine Augen, blendete die Diskussion zwischen Erin und Deegan aus, verdrängte die wütenden Rufe von Myra und die beruhigenden Worte von Lorcan, versuchte mich zu entspannen. Aber nur ein Gedanke bemächtigte sich meiner und konnte auch durch Finns leise, tröstende Worte nicht unterdrückt werden: Es war noch nicht vorbei.

»Das ist doch Blödsinn!« Erste Stimmen drangen wieder zu mir durch. Ich hörte, wie aufgebracht Myra war, öffnete meine Augen und sah, dass ihr Bauch nun heller als zuvor leuchtete. Sie stand wild gestikulierend vor Deegan.

»Cat geht nirgendwohin! Sie *ist* in Sicherheit.« Sie verschränkte die Arme vor ihrer Brust und funkelte Deegan so böse an, wie nur Myra es konnte.

»Nein.« Deegans Stimme klang hart und unnachgiebig. »Sie ist alles andere als in Sicherheit.«

Nun schrien sich die beiden an, während Lorcan und Erin versuchten sie zu beruhigen, damit sie nicht ganz aufeinander losgingen.

Finn war so still.

»*Ich habe Angst.*« Ich blickte zu ihm, während ich ihm das sagte.

»*Ich weiß.*« Er sah mir in die Augen. Schwarz wie die Nacht und so tief wie das Meer waren die seinen.

»*Wir werden mit ihm gehen.*« Ich riss meine Augen auf, starrte ihn einfach nur an. Er gab nach. Einfach so.

»*Was verschweigst du mir?*«

»*Ich will dich nicht verlieren. Wenn er sagt, du bist in Gefahr, dann glaube ich ihm. Und ...*«

»*Was? Sag es mir!*« Ich schrie ihn im Geiste an. Achtete nicht mehr auf das Gebrüll im Hintergrund. In meinen Ohren rauschte das Blut und so sehr ich wissen wollte, was Finn mir verschwiegen hatte, so sehr fürchtete ich mich davor.

»*Ich sah einen Raben – damals.*«

Mehr musste er nicht sagen. Mein Herz stolperte, einmal, zweimal. Ich keuchte.

»*Wir müssen gehen.*«

Ich sagte nichts. Er schnürte mir die Kehle zu – der Gedanke, dass Seth vielleicht hier war und nicht in Scáthán. Dass er mich und alle, die ich liebte, finden würde.

Ruckartig stand ich auf. Meine Gefühle überrollten mich und ich schrie: »Aufhören!« Der Wind tobte um mich herum, erhob sich, Erins Boden bebte und in meinen Händen umarmten sich Wasser und Feuer.

Dann war alles vorbei, Stille senkte sich über den Raum und alle sahen mich an.

»Ich werde mitkommen.« Ich versuchte stark zu sein. Ich war nicht mehr das Mädchen, das ich vor einem halben Jahr gewesen war. Ich wollte, ich wäre es noch.

3

Finn – Der Aufbruch

Die Worte, die ich gerade noch gesagt hatte, nun aus ihrem Mund zu hören, war schlimmer als alles andere. Es war real und in mir tobte ein Sturm aus Frustration und Wut. Das Kreischen des Raben ging mir nicht aus dem Kopf, auch wenn ich mir nicht sicher sein konnte, dass *er* es war. Aber ich hatte ein wirklich mieses Gefühl. Falls es Seth tatsächlich gelungen war, aus Scáthán zu entkommen, würde ich ihn finden. Und ich würde diesen Mistkerl umbringen, das wurde mir in diesem Moment klar.

In Deegans und auch in Erins Gesicht spiegelte sich nichts weiter als Bedauern und Trauer, während Lorcan wie versteinert neben Myra stand, die sich laut schluchzend an seinem Pullover festkrallte. Ihr kleiner Körper wurde geschüttelt und ihre Tränen liefen unaufhaltsam. In mir fand sich nichts als Stille. Cat hatte mich ausgesperrt und innerlich bekämpfte ich mit aller Macht die mentale Barriere, die sie errichtet hatte.

»Es tut mir so leid.« Deegan meinte es ernst, ich glaubte seinen Worten, aber sie änderten nichts. Wir waren wieder auf der Flucht, und zu fliehen war stets schlimmer als zu kämpfen.

»Müssen wir sofort los? Ich meine ...« Ihre Frage hing schwer im Raum, ich sah, wie ihre Lippe zitterte, auch wenn sie versuchte stark zu sein. Deegans Züge wurden weich und man sah ihm an, dass er seine Antwort abwog.

»Heute Abend, zum Sonnenuntergang, werde ich Euch vor Eurem Heim erwarten.« Er senkte den Blick, verbeugte sich kurz und versuchte sich an einem Lächeln. Wir hörten die Tür, die zufiel, und ein Blick auf Erins große

Uhr verriet uns, dass uns nur wenige Stunden blieben. Für einen Abschied, von dem wir nicht wussten, ob er für immer war.

***

»Prinzessin, sagt doch was! Bitte!« Der Fuchs hörte einfach nicht auf zu reden und folgte Cat, während sie eine Sache nach der anderen in ihre Reisetasche legte, völlig stumm. Sie redete nicht, weder hier noch in meinem Kopf. Wahrscheinlich litt der Fuchs genauso sehr wie ich. Sein Schwanz war eingezogen, ab und an jaulte er leise, während er sich an Cats Beine schmiegte.

»Wieso sagt mir niemand, warum wir gehen und wohin wir gehen?«

»Du wirst nirgendwo hingehen«, sagte ich ausdruckslos, während ich ebenso wie Cat meine Sachen packte. Kohana knurrte so plötzlich, dass ich mich ruckartig umdrehte, doch er begann bereits zu wachsen und drohte meinen kleinen Schrank mit Büchern umzukippen. Sogar Cat wich einige Schritte zurück.

»Ihr werdet mir sofort sagen, was hier vor sich geht, und wagt es nicht, mich zu belügen. Egal, was es ist, ich werde mitkommen. Ich werde die Prinzessin nicht alleinlassen!« Er war mittlerweile so groß, dass er mit mir auf Augenhöhe reden konnte und seine Nase an meine stieß. Sein blaues und sein schwarzes Auge funkelten bedrohlich. Er war unfassbar stur. Ich verspürte keine Wut oder Anspannung wie sonst, wenn er mich nervte. Nur Resignation.

Cat setzte sich auf die Couch und legte ihre Hände in ihren Schoß.

»Wir müssen fort.« Als Kohana ihre leise und zitternde Stimme vernahm, drehte er sich um und lief zu ihr. Bei ihr angekommen, war er wieder so klein wie sonst. Er legte seinen Kopf auf ihr Bein und schmiegte sich an sie.

»Er wird uns sonst finden.«

»Wen meint Ihr?«

»Seth.«

Ein Zittern durchlief ihn, als Cat den Namen aussprach. Der Fuchs wusste besser als ich, zu was dieser Magier fähig war.

»Also ist er wirklich entkommen?«

»Wir wissen es nicht, aber es ist sehr wahrscheinlich«, sagte ich. Der Fuchs nickte und wandte sich wieder Cat zu.

»Ihr wisst, dass ich Euch überallhin folgen werde, Prinzessin.« Sie streichelte ihm liebevoll über den Kopf und fuhr über das dünne Fell seiner Schnauze, so dass er die Augen schloss, während ich zu ihr trat und meine Hand auf ihre Schulter legte.

»Wir werden alle gehen. Wir alle werden das überstehen. Cat, schließ mich nicht aus.«

Vorsichtig schob sie Kohana von sich und stand auf. Als ihr Blick meinen traf, atmete ich zischend ein. Ohne Vorwarnung riss sie die Mauer in ihrem Bewusstsein nieder und ihre Gefühle trafen mich wie ein Fausthieb. Sie ließen mich einen Schritt nach hinten gehen, beinahe taumeln. Sie war so wütend, sie war enttäuscht und sie hatte Angst.

»Du hättest es mir sagen müssen!« Ihre Stimme war schneidend, aber dennoch nur ein Flüstern. Schritt um Schritt kam sie auf mich zu. »Du hättest nicht zulassen dürfen, dass ich denke, alles wäre in Ordnung.« Sie begann mit ihren Fäusten auf meinen Oberkörper zu schlagen, bis ich ihre Handgelenke fassen und festhalten konnte. Ich zog sie an mich, hielt sie fest, bis ihr Widerstand verebbte. Meine Umarmung schien das letzte Stück Selbstbeherrschung zu zerstören, denn ihre Beine gaben unter ihr nach. Vorsichtig hob ich sie hoch, bettete ihren Kopf an meine Schulter und trug sie zur Couch.

»Du bist mein Leben, Cat. Das ist der Grund, warum ich es dir nicht gesagt habe. Ich wollte nicht, dass du diese Last trägst, nicht, bis es wirklich nötig sein sollte.« Der Fuchs leckte ihr sanft über die Hand und ich tätschelte ihn.

»Wir wissen nicht, was auf uns zukommt. Wir haben keine Ahnung, was Deegan weiß oder vorhat. Lass uns nicht vom Schlimmsten ausgehen.« Meine Lippen berührten ihre Stirn. Meine Finger legten sich wie von selbst unter ihr Kinn und hoben es an, so dass ihr Blick dem meinen begegnen musste.

»*Ich liebe dich.*« Und ich küsste sie, wie an jenem Tag im Wald von Scáthán, kurz vor dem Kampf mit meinem alten Freund. Ich küsste sie, als würde es kein Morgen geben.

***

Unsere Taschen standen gepackt neben der Tür, bereit für eine Reise mit unbekanntem Ziel. Wir saßen auf der Couch, ließen stumm unsere Blicke durch die Hütte, durch das Zimmer gleiten. Cat lag in meinen Armen und der nervige Fuchs auf unserem Schoß – natürlich mit dem Schwanzende zu mir. Gedankenverloren kraulte Cat ihn hinter den Ohren.

Wir beobachteten, wie der Himmel dunkler wurde. Wie rote und gelbe Farben ihn durchzogen und der Tag der Nacht Platz machte. Ich spürte die Magie, ich spürte Deegan.

»Es ist so weit.«

Dann klopfte Deegan an die Tür. Mein Nicken sollte aufmunternd wirken, aber wahrscheinlich sah es verkrampft aus. Der Fuchs stupste Cat mit der Schnauze an, bevor er hinuntersprang und zur Tür tapste.

»Kommt, Prinzessin. Lasst uns gehen. Wir werden zurückkommen, wenn die Zeit reif dafür ist.« Ausnahmsweise stimmte ich dem Fuchs zu. Hier waren wir zu Hause. Wir würden wiederkommen.

Cat küsste mich auf die Wange und lächelte. Ich atmete erleichtert aus. Es fühlte sich an, als hätte sie seit Wochen nicht gelächelt.

»*Du hast mein Herz*«, flüsterte sie und ließ ihren Geist den meinen streicheln.

»*Und du meine Seele.*«

Vor der Tür erwarteten uns nicht nur Erin, Lorcan und Myra, sondern auch Aidan und Kerry. Erst letzte Woche hatten wir Aidan im Buchladen besucht. Kerry, seine Frau, war später hinzugekommen. Sie liebte den Fuchs und brachte ihm immer Kuchen oder sonst was mit. Wir hatten ewig in Aidans Büro gesessen, gelacht und Geschichten von früher erzählt. Sogar seinen guten Whiskey hatte er, ohne zu murren, aufgemacht. Mir wurde ganz schlecht bei dem Gedanken, dass ich nicht wusste, wann wir sie wiedersehen würden.

Deegan sah Cat erwartungsvoll an. »Seid Ihr bereit?«

»Was ist das für eine bescheuerte Frage, Zwerg? Ihr reißt die Prinzessin aus ihrem Leben mit dem stinkenden Wolf, sagt ihr nicht, was los ist oder wo es hingeht, und fragt sie dann, ob sie bereit sei?« Der Fuchs war überheblich wie eh und je und schnaubte verächtlich, während er seine Schnauze hob, als wäre er über uns alle erhaben.

Deegan hob nur eine Augenbraue und sah mich fragend an. Meine Schultern zuckten, was sollte ich ihm sagen? Der Fuchs war stur, nervig, besserwisserisch – aber er liebte und beschützte Cat. So war er nun mal. Und letztendlich hatte er Recht.

Erin trat als Erste vor. Sie ging zuerst vor Kohana auf die Knie. »Mein Freund, gib gut Acht, dass ihr nichts geschieht – und hör auf, den armen Finn so zu reizen.« Sie lächelte, als sie sich erhob und der Fuchs nur ein »Was den Wolf angeht, so kann ich nichts versprechen« murmelte. Ihre Augen füllten sich mit Tränen, als sie Cat ansah, sich vor sie stellte und das Mädchen kräftig in die Arme schloss.

»Ich werde euch nicht begleiten können, ich werde hier über alles wachen.« Um uns herum erwachte der Wind, doch es war nicht Cat, die ihn rief. Ich trat zur Seite. Der Wind begann beide einzuhüllen, wie in einen Kokon, und niemand verstand mehr, was Erin weiter zu Cat sagte. Als der Wind verebbte, segelten die einzelnen Schneeflocken, die sich mit ihm erhoben hatten, auf den Boden zurück.

»Wir werden uns wiedersehen!« Sie gab Cat einen Kuss auf die Stirn und trat zu mir.

»Katze.« Sie lächelte verschmitzt, doch in ihren Augen saß die Trauer. »Wehe, du bringst sie mir nicht zurück!«

»Ich verspreche es dir.«

Ihre Gesichtszüge wurden unerwartet weich, sie lehnte sich zu mir, nahm mich in den Arm und flüsterte mit dem Wind: »Versprich nichts, was du nicht halten kannst. Passt auf euch auf und vertraut auf eure Verbindung.« Ein Schauer lief meinen Rücken hinab und hinterließ dort eine Gänsehaut, so dass ich fühlen konnte, wie sich das Fell der Tiere in mir sträubte.

Myra und Lorcan traten Hand in Hand auf uns zu. Myras Bauch leuchtete in unregelmäßigen Abständen auf und zeigte uns, wie aufgewühlt sie war. Ihre Gefühle übertrugen sich alle auf ihr Baby. Sie stolperte beinahe auf Cat zu und fiel in ihre Arme. Laut schluchzend hielt sie sie fest.

»Ach, diese beschissenen Hormone. Ich muss endlich mit dem Weinen aufhören.« Sie sah Cat in die Augen.

»Wir werden mitkommen.« Alle unsere Blicke richteten sich auf Lorcan, dessen ruhige Stimme wie ein Schrei in meinem Kopf widerhallte. Ich konnte einfach nicht glauben, was er da gerade sagte.

»Auf keinen Fall«, sagte Cat fest entschlossen, mit ernstem Ausdruck, aber dennoch einem leichten Zittern in der Stimme, noch bevor ich es tun konnte. Myra sah Lorcan an, als wäre ihm ein zweiter Kopf gewachsen. Bis sie Cat losließ, auf Lorcan zurannte und ihn lachend und weinend zugleich festhielt, so sehr schien sie sich darüber zu freuen, keinen Abschied nehmen zu müssen.

»Das könnt ihr nicht tun! Ihr müsst nun auf euch selbst aufpassen, ihr werdet ein Baby bekommen und wir haben keine Ahnung, wohin es geht oder was uns erwartet.« Ich seufzte auf und fuhr mir durch die Haare. Ich sah Lorcan an und wusste, dass er nicht umzustimmen war. Verdammt!

»Dann sollte uns Deegan am besten endlich sagen, wohin wir gehen. Denn ich werde euch nicht alleinlassen und Myra schon gar nicht. Wir kommen also mit.« Lorcan starrte mich unnachgiebig an. Der Jäger in ihm kam durch und er duldete keinen Widerspruch. Doch ich war auch Jäger und würde seinen Plänen nicht einfach zustimmen.

»Lorcan, das ist Irrsinn! Ihr bleibt hier! Willst du Myra unnötig in Gefahr bringen?« Cat und Myras Blicke flogen zwischen uns hin und her, dann stemmte Myra entschlossen die Hände in die Hüfte.

»Danke, ich entscheide selbst über mich. Wenn die Reise ungefährlich sein sollte, kommen wir mit.«

Ernsthaft? Die zwei zusammen waren sturer und unvernünftiger als einer alleine. Verzweifelt sah ich Cat an, die nur mit den Schultern zuckte, bevor ich erneut versuchte, Lorcan und Myra umzustimmen.

Nach einer gefühlten Ewigkeit, in der Lorcan und ich uns mit Blicken gemessen hatten, trat Deegan vor und nickte.

»Sie können uns begleiten. Dort, wo wir hingehen, werdet ihr sicher sein und es gibt genug Platz für euch alle.« Er schloss die Augen und murmelte etwas vor sich hin. Erins Gesicht hellte sich auf, wahrscheinlich freute sie sich, dass die beiden uns begleiteten, und ich fühlte, dass Cat ruhiger wurde. Wenn selbst Erin nichts dagegen einzuwenden hatte, gab es für mich keinen Grund mehr, darauf zu bestehen, dass Lorcan und Myra hierbleiben sollten.

Der Geruch nach frischem Wind und Gras umhüllte uns sowie eine leichte Brise. Wie Nebel flog etwas um Deegan herum. Dann sah ich ihre winzigen, zarten und beinahe durchsichtigen Flügel, ihren zierlichen Körper und hörte ihren Glockengesang. Ein Waldgeist, eine Fee.

So schnell, dass ich ihr kaum folgen konnte, verschwand sie wieder, der Wind und der Nebel legten sich, der Duft verschwand. Deegan öffnete die Augen.

»Sie wird unsere Ankunft bekanntgeben und alle informieren, dass zwei Gäste mehr eintreffen werden.« Er deutete eine Verbeugung in Richtung Lorcan an, dann wandte er sich an Cat.

»Prinzessin, ich sagte Euch bereits, dass es mir sehr leid tut, und ich bin mir bewusst, dass dies nichts ändert. Ich bringe Euch nur fort, weil es der ausdrückliche Befehl Eurer Mutter war und es strickte Anweisungen gab. Ich bringe Euch nach Tír Na Nóg. Ich bringe Euch nach Hause.«

4

Cat – Der Aufbruch

Deegans Worte hallten in meinem Kopf nach, es war wie ein nicht enden wollendes Echo. Nach Hause. Tír Na Nóg.

Erin nickte mir zu, als wolle sie mir damit Mut machen, Finn schien genauso überrascht zu sein wie Lorcan. Myras Wangen waren gerötet, ihre Augen weit geöffnet und Aidan hatte es schlicht die Sprache verschlagen. Und ich? Ich war fassungslos und wollte einfach nicht begreifen, was hier geschah. Das hier war mein Zuhause.

»Was soll das für ein Ort sein? Wieso stehen hier alle, als hätte man ihnen gesagt, dass es gleich Gold regnet?« Der Fuchs schaute uns irritiert an.

»Weil der Vergleich ganz gut passt.« Erin trat vor.

»Es ist der Ort, an dem alles begann. An dem die Magie ihren Anfang fand. Manche kennen ihn auch unter dem Namen *Anderswelt* oder *Heimat der Feen*. Cats Mutter hat diesen Ort zu einem heiligen Ort für alle Naturwesen dieser Welt gemacht.« Wie gebannt lauschte ich Erins Worten. Sie wollte fortfahren, aber Deegan unterbrach sie mit gehobener Hand.

»Verzeih mir, aber wir müssen los. Es ist bereits sehr dunkel und wir haben schon zu lange hier gestanden.« Er hatte Recht. Wir sahen uns nur im Schein von Kerrys Taschenlampe und dem Licht, das Myras Bauch von sich gab.

Kerry und Aidan ließen es sich nicht nehmen, uns auch auf Wiedersehen zu sagen, aber sie brachten keinen Ton heraus, sie umarmten uns nur lange und innig. Aidan klopfte Finn kräftig auf den Rücken und gab mir einen Kuss auf die Wange. So kannte ich Aidan nicht, aber man sah ihm an, dass er in Aufruhr war. Man sah es ihm wirklich an, denn der Schnee um ihn herum war geschmolzen, so sehr brodelte es in ihm. Sein Feuer war erwacht und ließ uns erahnen, wie sehr ihn dieser Abschied mitnahm. Kerrys Augen füllten sich mit Tränen und sie strich Aidan immer wieder über den Arm.

Ich blickte noch einmal in die Gesichter von Erin, Aidan und Kerry, versuchte mir alles einzuprägen. Wer wusste schon, ob ich sie wiedersehen würde. Oder wann.

Meine Hand umklammerte die von Finn so fest, dass sie bereits wehtat.

»Okay«, sagte ich. Ich sagte es immer wieder vor mir her, leise, wie ein Mantra.

»Wie kommen wir zu deinem geheimnisvollen und glorreichen Tír Na Dingens?«, fragte Kohana spitz, während er sich an mich kuschelte, und er zauberte mir damit ein Lächeln ins Gesicht. Ich war froh, dass er mitkam. Ich war so froh, dass Myra und Lorcan mitkamen.

Deegan war bereits so genervt wie Finn es meistens war, wenn Kohana seinen Mund aufmachte, weshalb Finns breites Grinsen durch meinen Geist hindurchwehte.

»*Du findest es gut, dass Kohana nun jemand anderen nervt?*«

»*Sagen wir es mal so: Er lässt mich in Ruhe und ich habe auch noch ein wenig Spaß dabei zuzusehen.*« Ich schubste ihn spielerisch.

»*Ich denke, Deegan sollte dir leidtun!*«

»*Ich habe dir auch nie leidgetan*«, sagte er lachend und gab mir einen Kuss auf den Scheitel.

Das Auge von Deegan zuckte und man sah ihm an, dass er mit aller Macht versuchte, sich nicht von Kohana ärgern zu lassen.

»Über das Meer. Wir werden ein Boot nehmen. Folgt mir bitte.« Alle wollten sich in Bewegung setzen, aber mir fiel noch etwas Wichtiges ein.

»Wartet!« Ich eilte in unsere Hütte, direkt zum Fenster und nahm das schöne, dunkelblau schimmernde Glas vorsichtig in meine Hand. Das ewige Licht. Draußen warf man mir fragende Blicke zu, aber ich konnte nicht erklären, warum ich das ewige Licht mitnahm. Ich wusste nur, dass ich es nicht hierlassen wollte. Deshalb steckte ich es in eine unserer Reisetaschen und umwickelte es vorsichtig mit einem von Finns Shirts.

Letzte Blicke wurden sich zugeworfen und ich glaubte, nicht mehr atmen zu können. Mir wurde so schwer ums Herz. Finn nahm unsere Taschen und wir alle folgten Deegan. Ich setzte einen Fuß vor den anderen, Schritt um Schritt, doch ich wurde langsamer, drehte mich noch einmal um und schließlich konnte ich nicht anders, als noch einmal zurück zu Erin zu rennen.

»Was soll ich nur tun ohne dich?«, flüsterte ich ihr zu, während ich in ihren Armen lag und sie mir sanft über mein Haar strich.

»Mein Schatz, du brauchst mich nicht. Du bist so stark und damit meine ich nicht nur deine Kräfte, deine ureigene Natur.« Sanft, aber bestimmt löste sie sich aus der Umarmung und sah mir fest in die Augen. »Du bist stark im Herzen. Wenn du es dir wünschst, dann kann alles geschehen. Glaub daran! Dein Herz ist deine Stärke.«

Ich atmete tief durch und versuchte ihre Worte in meinem Geist festzuhalten, sie mir zu bewahren, um sie immer hervorzuholen, wenn es nötig war.

Ich schloss zu den anderen auf und mit jedem Schritt, den wir uns von meinem Zuhause entfernten, von Erin, Aidan und Kerry, hatte ich das Gefühl, ein Stück von mir zu verlieren.

Es hatte längst aufgehört zu schneien und der Mond stand tief über dem Meer. Die schwarzen Wellen tobten, der eisige Wind trieb mir die Tränen in die Augen und sorgte dafür, dass ich meine Nase kaum noch spürte, aber ich genoss es. Ich genoss ein letztes Mal den Anblick meiner Klippen, meines Meeres, ich atmete tief ein, in der Hoffnung, so einen Teil von hier in mir zu bewahren. Auf dem Weg hinunter ans Meer sagte niemand etwas. Sogar Kohana war ungewöhnlich still. Als würde Finn merken, dass ich diese Stille keinen Moment länger aushalten konnte, flüsterte er mir beruhigende Dinge zu. Dinge, die ich gerne hören und glauben wollte, aber von denen ich nicht wusste, ob er selbst an sie glaubte. Dass alles gut werden würde, dass wir heimkehren und dass wir das alles schaffen würden.

Wir gingen über den kalten Sand, ich blickte auf das Meer, das dunkler war als die Nacht selbst und auf dessen Wellen sich der volle Mond spiegelte. Plötzlich entdeckte ich Umrisse, ein Boot, das durch das Licht des Mondes klar zu erkennen war. Es bestand aus dunklem Holz mit grober Maserung, es sah einzigartig aus und dennoch schlicht. Bei genauerem Hinsehen fiel mir auf, dass das Boot einer großen Gondel glich und genau sechs Personen Platz bot. Das Seltsame war nur, dass das Boot sich nicht bewegte. Die Wellen und das Wasser glitten an ihm vorbei, aber es schaukelte nicht mit ihnen mit. Ein Schatten erhob sich und ich zuckte zusammen, denn mir war seine Anwesenheit entgangen.

»Guten Abend. Prinzessin.« Er trat vor mich, senkte kurz den Blick und begrüßte uns. »Mein Name ist Ronan. Ich werde Euch in Eure Heimat bringen.« Er ging zurück auf das Boot. Mich fröstelte es, ich spürte, wie die Härchen auf meinen Armen gegen meinen Pullover drückten. Ich hatte überall eine Gänsehaut, weil seine Stimme so tief klang, weil das Meer seine Worte beinahe wie ein Echo zurückgeschickt hatte und sie in mir widerhallten. Was war er?

»Bitte, steigt ein, wir müssen los.« Deegan deutete auf das Boot.

Lorcan half Myra und setzte sich dann neben sie. Finn stellte unsere Taschen auf den Boden vor die kleinen Bänke, die darin eingelassen waren, und hielt mir dann seine Hand entgegen. Er lächelte mich warm an und ich liebte den Schein des Mondes, der sich in seinen schwarzen Augen widerspiegelte. Ich schüttelte bedauernd den Kopf. Ich war nicht alleine. Finn seufzte auf und setzte sich, als er verstanden hatte, was mein Problem war. Kohana kauerte hinter mir im Sand, hatte die Ohren angelegt und den Schwanz zwischen seinen Beinen. Man sah ihm an, dass er versuchte nicht zu zittern.

»Komm, ich werde dich tragen. Es wird nichts passieren.« Vor ihm kniend, streichelte ich ihn und versuchte ihn zu beruhigen. Das war nicht einfach, ich war selbst so nervös, dass ich glaubte, jeden Moment zerspringen zu müssen. »Sieh hin, das Boot bewegt sich nicht im Wasser. Wir werden sicher sein. Unsere Freunde sind bei uns.«

Er kroch langsam auf mich zu und ich hob ihn hoch, schloss ihn in meine Arme. Er vergrub sein Gesicht und seine Schnauze an meiner Halsbeuge. Natürlich hatte er Angst. Er war mit Wasser gefoltert worden, mit Eiswasser, so wie ich. Kohana würde es nie zugeben, besonders nicht vor Finn, aber er fürchtete sich und würde es nie vergessen.

Links neben mir saß Finn, der mich im Arm hielt, während ich das Gleiche mit Kohana auf meinem Schoß tat. Zu unseren Füßen lagen unsere zwei Taschen, alles, was von unserem Leben hier übrig war. Uns gegenüber saß Deegan mit angespannter Miene, der Ronan zunickte. Lorcan und Myra hatten hinter uns Platz genommen. Ich drehte mich, um sehen zu können, was nun passierte, wohin es ging. Mein Herz schlug mir bis zum Hals, mein Atem bildete weiße Wölkchen in der Luft. Die Konturen des großen, schlanken Mannes am Ende des Bootes zeichneten sich undeutlich ab, ich konnte kaum sein Gesicht erkennen. Er war mir fremd und ich vertraute ihm mein Leben an. Er breitete seine Hände aus und ich spürte, wie das Boot sich bewegte. Ich spürte, wie etwas in mir sich zu rühren begann. Magie, sie summte in mir, so stark, dass ich mich konzentrieren musste, mein Wasserelement nicht herauszulassen.

Wir glitten über das Wasser, es war, als ob wir schwebten – noch dazu ziemlich schnell. Das Wasser trug uns.

»Ronan ist ein Wassergeist, er ist einer der wenigen, der den Übergang von eurer in unsere Welt kennt. Das Wissen wird nur in wenigen Familien weitergegeben und meist an den nächsten Wassergeist vererbt«, drang Deegans Stimme in der Dunkelheit zu mir.

»Wieso Wassergeister?«

»Weil sie das Meer beruhigen können und weil sie es in gewisser Weise für uns öffnen müssen.«

5

Finn – Die Anderswelt

Am liebsten hätte ich geschrien. In mir begann sich alles, was in den letzten Stunden passiert war, unaufhaltsam aufzustauen, in mir brodelte es. Cats Gefühle vermischten sich mit den meinen und alles wurde immer frustrierender und intensiver, da ich keine Möglichkeit sah, etwas für sie zu tun.

Wir saßen in einem Boot, flogen nahezu über das Meer, hinter uns das, was wir kannten, vor uns nichts als Dunkelheit. Ich konnte es dem Fuchs nicht verübeln, dass er zitternd und stumm in Cats Armen lag und ihre Nähe suchte.

»Kommt jeder über diesen Weg dorthin, wo du uns hinführst?«

»Nein, es gibt mehrere Wege, aber am Ende führen doch alle über das Wasser. Niemand findet unsere Heimat, der nicht dorthin gehört und einen Fährmeister an seiner Seite hat. Oder der eingeladen wurde, so wie ihr. Mit Ausnahme der Prinzessin.« Dann grinste er und sah mich belustigt an. »Und natürlich haben nicht alle den Luxus, mit einem Fährmeister wie Ronan und seinem Boot zu reisen. Manche von uns bevorzugen altmodischere Überfahrten, wie der Ritt auf einem Pferd, das von Windmagie über das Wasser getragen wird. Das ist aufregend, aber auch wesentlich beschwerlicher, weshalb wir der Prinzessin dies ersparen wollten.« Man sah Cat an, dass sie noch überlegte, ob sie das Gesagte glauben sollte. Gehört hatte ich von der Anderswelt, es war ein Mythos der Menschen. Ich hätte wissen müssen, dass es stimmte, denn über die Jahrhunderte war mir eines klar geworden: Nichts ist unmöglich, auch wenn uns die Welt immer wieder mit neuen Dingen überraschte.

Die kalte Nachtluft umwob uns, die Sterne leuchteten heller denn je und der Mond schien uns zu begleiten.

Ab und an sagte Deegan ein oder zwei Sätze, ansonsten blieb es still. Und so war es am besten, denn alles, was er sagte, wirkte fremd. Wir waren zu angespannt für eine Unterhaltung, zu müde für all diese Informationen.

»Wir sind gleich da.« Deegan erhob sich und ich folgte seinem Blick. Nichts. Nur Dunkelheit. Unmerklich schüttelte ich den Kopf und drückte Cat fester an mich.

»Da ist doch nichts?« Es war das erste Mal, dass der Fuchs etwas sagte, seit wir in diesem Boot festsaßen.

»Doch, ich kann es fühlen.« Eine Gänsehaut überzog meinen Körper, als ich Cats Stimme hörte. Sie klang, als wäre sie nicht ganz hier. Es war schwer zu beschreiben. Sie klang immer etwas abwesend, wenn die Magie in ihr besonders stark wurde, aber jetzt bemerkte ich nichts, keinen Wind, kein Feuer oder diesen besonderen Duft nach Wald, den sie verströmte, wenn ihre Magie sie erfüllte.

»Was denn genau? Kannst du es erklären?«

Liebevoll und gleichzeitig entschuldigend sah sie mir in die Augen. »Das ist nicht so einfach. Es ist, als ob da eine Wand wäre und ich sie einfach spüren kann. Nur dass es eben keine Wand ist – es ist eher ein Punkt, an dem diese Welt nicht mehr ist, sondern eine andere.« Sie hatte Recht. Ich hatte keine Ahnung, wovon sie redete, und in meinem Geist hörte ich sie leise lachen.

»Stell es dir vor wie den Spiegel nach Scáthán. Ich konnte den Spiegel fühlen, so wie ich nun das hier spüren kann. Beides ist ein Übergang von einer Welt in eine andere.« Das Gesagte sickerte in meinen Verstand und ich begann zu verstehen, was sie meinte. Ich konnte auch gewisse Schwingungen erspüren und ich merkte, dass Magie uns umgab. Das lag allerdings an Deegan und Ronan. Den Punkt, den sie meinte, konnte ich nicht ausmachen. Ich war kein Teil davon, so wie sie.

Das Boot hielt an, was uns nur auffiel, weil das Meer nicht mehr an uns vorbeiraste. Wir konnten unmöglich da sein. Um uns herum war nichts zu sehen, nichts außer der endlosen schwarz glitzernden Oberfläche, die sich in alle Himmelsrichtungen bis zum Horizont erstreckte.

»Wieso halten wir?« Lorcans raue Stimme erklang hinter mir.

»Wie gesagt, wir sind gleich da.« Deegan wirkte konzentriert, was unsere Anspannung wachsen ließ. Der Fuchs hob leicht den Kopf und spitzte die Ohren. Das Meer begann lauter zu rauschen, es übertönte alles, wurde zu einem Sturm, der um uns tobte, aber das Boot bewegte sich kein Stück.

»Seht hin.« Deegan zeigte in Richtung Westen. Ein paar Meter vor dem Boot verlor sich das Meer in einem Strudel, es tobte und schien sich zu wehren. Ronan wirkte hochkonzentriert, seine Augen waren geschlossen und seine Magie war so stark spürbar, dass sie mich mit unter Strom setzte. Der Schweiß lief mir über die Stirn, ich knurrte leise, biss die Zähne zusammen, denn ich musste mit aller Kraft die Tiere in mir bändigen. Plötzlich stoppte der Sog und ich atmete erleichtert auf. Cat hatte ihre Hand mittlerweile auf meinem Herzen liegen und sah mich besorgt an, aber mir ging es gut. Das Wasser vor uns teilte sich und ich sah etwas, von dem ich dachte, dass ich es nicht mehr sehen würde – nie wieder. Einen magischen Spiegel.

»Wie ist das möglich?« Lorcan schrie beinahe und wollte aufspringen, während Myra ihn festhielt und ihm gut zuredete. Ich wollte dasselbe wissen. Was zur Hölle ging hier vor? Hatten wir es nicht geschafft? Gab es sie noch?

Ich spürte Cats Zittern, bevor ich es sah.

»*Ruhig, Cat, alles wird gut.*«

»Verdammt, Deegan, was geht hier vor?«

»Es tut mir leid, nach allem, was passiert ist, hätte ich euch vorwarnen sollen. Dies ist kein Spiegel, wie ihr ihn kennt. Eigentlich ist es ein magisches Portal in unsere Heimat. Es gibt vier davon, eines in jeder Himmelsrichtung um Tír Na Nóg. Nur eingeweihte Wassergeister, die Fährmeister, können sie rufen und öffnen, da sich die Portale unter Wasser befinden. Wie gesagt, es ist kein Spiegel, wir nehmen ihn nur als solchen wahr. Seht genau hin.«

Und das taten wir. Ich wusste nicht, was Myra und Lorcan sahen, aber für mich blieb es ein Spiegel. Ein Spiegel, beinahe so groß wie Lorcans Haus, der nun aus dem Meer ragte. In dem sich die Dunkelheit und das Licht des Mondes spiegelten. Aber nicht wir. Ich beugte mich vor, aber nein, wir waren nicht zu sehen.

»Siehst du es nicht?«, fragte mich Cat verwundert.

»Nein. Ich sehe nur, wie sich das Meer in diesem riesigen Ding vor uns spiegelt und dass wir uns direkt darauf zubewegen.« Sie runzelte die Stirn, blickte nach vorne und dann wieder zu mir.

»Ich möchte etwas versuchen, darf ich?«

»Natürlich.« Ich musste schmunzeln. Auch wenn es unpassend war, kam mir der Gedanke, dass Cat alles mit mir machen durfte, was sie wollte. Sie musste mich nicht erst fragen.

Sie legte ihre Hand auf meine Stirn und schloss die Augen.

»Sieh hin!« Langsam, ganz langsam spürte ich, wie Cat immer präsenter wurde in mir – mit allem. Ich keuchte kurz auf. Sie ließ ihre Magie, ihre Essenz auf mich übergehen, sie floss durch mich hindurch, über die Verbindung unseres Geistes und unserer Berührung. Cat bebte leicht.

»Was tust du? Hör auf!« Ich wollte sie von mir lösen, aber sie drehte mich zu dem Spiegel und meine Gegenwehr erstarb. Vor uns befand sich eine Art Durchgang. Es war, als hätte man ein riesiges Loch in die Luft gerissen, das uns den Blick auf eine andere Welt ermöglichte. Dort war es helllichter Tag, es duftete nach Veilchen, Sonnenblumen, Lavendel, Gras, Laub – so viele Düfte strömten auf mich ein.

Stöhnend riss Cat ihre Hand fort und kippte beinahe zur Seite. Ich hielt sie gerade rechtzeitig fest, damit sie nicht aus dem Boot fiel. Der Fuchs starrte mich wütend an und leckte ihr über die Hand. Ein Wunder, dass er keinen nervtötenden Kommentar dazu abgab.

»Cat?« Myra versuchte sich zu ihr zu beugen, aber ihr Bauch ließ es nicht zu. Ich hielt Cat fest und strich ihr das Haar aus dem Gesicht.

»Wie hast du das gemacht?« Ihre Augen öffneten sich wieder und ihre Atmung beruhigte sich.

»Ich weiß es nicht. Es hat sich einfach richtig angefühlt. Ich ...« Ihre Stimme war ein Flüstern.

»Ruht Euch aus, Prinzessin. Das, was Ihr eben getan habt, kostet viel Kraft, wenn man es nicht gewohnt ist.« Deegan machte eine Pause. »Bisher gibt es nur eine, die diese Gabe beherrscht – ich meine, beherrschte. Eure Mutter.«

»Was ...«

»Ihr werdet alle Antworten auf Eure Fragen bekommen, ich verspreche es Euch. Aber nicht hier und nicht jetzt.«

Das Boot steuerte auf das Portal zu und fuhr uns auf die andere Seite. Als wir die Grenze passiert hatten und ich zurückblickte, sah ich unsere Welt nicht mehr. Wir waren vollkommen von dieser neuen, fremden Welt umgeben und Ronan steuerte das kleine Boot durch den Fluss bis hin zu einer Anlegestelle. Die Sonne schien auf uns herab, ich fühlte die wärmenden Strahlen auf mir. Cat und ich begannen in unseren Jacken und Mänteln zu schwitzen, wagten es aber nicht, uns zu bewegen. Dieser Ort war pure Magie. Es war anders als in Scáthán. Wenn ich es hätte vergleichen müssen, hätte ich das hier als etwas Echtes und Unverfälschtes, etwas Reines beschrieben und die Welt hinter den Spiegeln als eine schwache Kopie. Nein, die Magie hier, die Macht, die durch die Luft waberte, war mit nichts zu vergleichen und während wir all das in uns aufnahmen, hatte ich das Gefühl, meine menschlichen Sinne das erste Mal vollkommen einzusetzen. Es war, als hätte vorher ein Schleier über meinen Augen und Ohren gelegen, als hätte ein Filter die Gerüche gemildert und alles gedämpft, was zu mir dringen wollte. Hier schlug es mit voller Kraft auf mich ein.

Wir stiegen aus dem Boot, meine Beine waren ein wenig taub. Ich half dem Fuchs und Cat heraus, Lorcan stützte Myra.

»Spürt ihr das auch?« Fragend sah ich unsere Freunde an.

»Ja, alter Freund. Es ist wie ein Rausch.« Lorcans goldene Augen waren so hell wie nie und Myras Bauch blendete uns.

Das orangerote Fell des Fuchses hatte noch nie so schön ausgesehen und als ich zu Cat schaute, schnappte ich nach Luft. Sie war das Leben selbst. Ihre Haut wirkte wie aus Alabaster, ihre Wangen leicht gerötet, ihre Lippen glänzten, ihre Haarsträhnen umspielten ihr Gesicht wie kastanienbraune Ranken, sahen aus, als wären sie lebendig, und ihre blauen Augen strahlten so klar wie nie zuvor. Ich trat auf sie zu, hörte unseren gemeinsamen Herzschlag. Das Blau ihrer Augen bewegte sich wie das Meer.

»Das ist dieser Ort. Hier hat alles begonnen. Ihr seht klarer, fühlt intensiver.« Deegan riss mich aus meinen Gedanken, aber ich konnte den Blick nicht von dem wunderschönen Mädchen vor mir abwenden. Ihre Augen wirkten müde, aber der Anflug eines Lächelns bildete sich auf ihren Lippen.

»Sehe ich so anders aus?«

»Oh, du hast ja keine Ahnung. Dein Innerstes habe ich schon immer so gesehen, aber nun sehe ich dich auch so vor mir stehen. Das ist unbeschreiblich.« Meine Hand fuhr über ihre Haut, die kleine Stromschläge auf der meinen hinterließ. Deegan hatte Recht, hier war alles intensiver.

»Wir sollten die Prinzessin nun in ihr Heim bringen. Ronan, ich danke dir für alles. Wir sehen uns bald wieder.«

6

Cat – Die Anderswelt

Es war unvergleichlich. Es war, als würde diese Welt durch mich hindurchfließen.

Als Deegan uns sagte, dass hier alles begonnen hatte und dass diese Welt intensiver war als alles andere, wusste ich nicht, was er meinte. In diesem Moment, als wir uns immer mehr von dem Boot entfernten, wurde mir klar, dass man dieses Gefühl nicht beschreiben konnte, man musste es erleben. Mit jedem Atemzug war man sich bewusst, dass man lebte. Finns Hand, die meine festhielt, fühlte sich kräftiger an, wärmer und auch rauer als sonst. Immer wieder wanderten meine Finger über seine Haut und ich genoss die Schauer, die durch seinen Körper fuhren. Kohanas Fell war weicher und strahlender und er sah wirklich zufrieden aus. Wir gingen einen kleinen Pfad entlang, durch einen Wald, in dem alle Blätter, jeder Strauch und sämtliche Bäume ein Eigenleben führten, sich bewegten und uns sogar begrüßten. Manche Äste verneigten sich und ich drückte mich enger an Finn, hielt den Blick gesenkt, in der Hoffnung, sie würden mich nicht sehen oder mich damit meinen. Es gab keinen Grund, sich vor mir zu verbeugen. Kleine Feen tänzelten um mich herum, in den schillerndsten Farben und verschiedensten Größen. Ein Schmetterling setzte sich auf meine Nase und ich begann zu schielen. Er hatte ein Gesicht. Der Schmetterling grinste mich an! Er flog weiter zu Deegan, er begann zu fiepen, anders konnte man es nicht ausdrücken, und verschwand dann zwischen den Blättern eines Baumes. Ein Schmetterling, der Geräusche machte. Begeistert sah ich ihm hinterher, bis ich Deegans Blick auf mir spürte.

»Fiona ist ein Waldgeist. Sie hat uns willkommen geheißen.« Damit beantwortete Deegan mir meine unausgesprochene Frage, als hätte ich sie laut gesagt. Anscheinend hatte man mir meine Verwunderung angesehen.

Wir blieben plötzlich vor einem Baum stehen. Er war groß, mit einem breiten Stamm, aber es handelte sich um keine Baumart, die ich kannte. Instinktiv hob ich meine Hand, legte sie darauf und schloss die Augen. Die Rinde hatte keine regelmäßige Maserung, sondern zeigte ein chaotisches Muster, das einem Mosaik glich und trotzdem völlig natürlich wirkte. Sie schimmerte in verschiedenen Brauntönen. Meine Haut kitzelte bei der Berührung nur kurz, sonst blieb es still.

»Es tut mir leid, Prinzessin. In diesem Baum lebt keine Dryade mehr. Er wird von unserer Magie aufrechterhalten.« Ich öffnete die Augen, löste meine Hand vom Baum und blickte ihn bedauernd an. Er sah so lebendig aus. Deegan trat nun vor, legte seine Hand auf die Rinde des Baumes und murmelte verschiedene Worte vor sich hin. Es klang wie ein Singsang, Worte aus einer alten, vergessenen Zeit. Runen leuchteten auf dem Baumstamm auf, schienen beinahe, als wären sie dort eingebrannt worden. Eine nach der anderen leuchtete auf, bis Deegan verstummte. Dann schwang eine Tür auf und Licht blendete uns – so hell, als würden wir direkt in die Sonne blicken.

»Darf ich bitten? Das ist unser Durchgang. Wie gesagt, ich erkläre Euch alles später.« Finns Gedanken wirbelten durch meinen Kopf, er war genauso ahnungslos wie ich, nur dass es ihn so langsam wütend machte. Ihn und auch Kohana.

»Wir sind Narren, dass wir uns von dem da ...«, Kohana deutete genervt mit der Schnauze auf Deegan, »... die ganze Zeit blind herumschubsen lassen. Wer weiß, wo wir am Ende landen.« Er schüttelte den Kopf, während Deegan nur mit den Augen rollte.

»Dass ich das noch erleben darf«, sagte ich zu Finn, während ich versuchte, mein Lachen zu unterdrücken.

»Was meinst du?« Er wusste ganz genau, was ich meinte.

»Du musst nicht glauben, dass ich deinen letzten Gedanken nicht aufgeschnappt hätte. Du hast Kohana gerade zugestimmt. Ich werde mir diesen Tag gut merken. Wenn du immer lieb zu mir bist, werde ich ihm vielleicht nichts verraten.« Ich zwinkerte ihm zu. Sein Grollen vibrierte in meiner Brust.

»Oh, kleine Fee, warte, bis wir zwei alleine sind.« Nun war er es, der verschmitzt grinste und mir zuzwinkerte, was mich zum Erröten brachte.

»Prinzessin?«

»Was?« Irritiert blickte ich zu Deegan. Lorcans Lachen und Myras Gekicher drangen zu mir.

»Bitte, geht hindurch.« Stimmt. Ich nickte und spürte, wie das Blut immer weiter in meinen Kopf schoss. Ich war unter Garantie knallrot. *Oh, dieser Finn!* Dann trat ich in das Licht. Es fühlte sich warm an. Als würde man von der Sonne umarmt werden und gleichzeitig im Meer während eines Sturms schwimmen, geborgen und gleichzeitig angsteinflößend. Nur einen Wimpernschlag später war das Gefühl vorbei. Ein Ruck ging durch mich hindurch und ich spürte wieder weichen Boden unter meinen Füßen. Die Sonne schien auch hier und war angenehm warm. Unsere Jacken hatten wir schon längst ausgezogen, kurz nachdem wir den Wald erreicht hatten. Die Ärmel meines Pullovers hatte ich bis zu den Ellenbogen hochgeschoben und hielt nun mein Gesicht der Sonne entgegen. Ich stand noch immer hinter dem Ausgang des Baumportals, wartete darauf, dass die anderen mir folgten, und wollte gerade einen Schritt nach vorne gehen, mich umdrehen, als etwas in meine Kniekehlen schlug und mich zu Fall brachte.

»Du Idiot, was machst du denn?« Finns Stimme drang zu mir.

»Du bist ein Idiot! Du hast mich ja durch das Loch geschmissen.«

»Du wolltest ja einfach nicht durchgehen.« Kohana, der halb auf meinen Beinen lag, und Finn, der über uns aufragte, starrten sich böse an und setzten ihren kleinen Streit fort.

»So ein Unsinn! Natürlich wollte ich das. Ich war nur vorsichtig.« Kohana erhob sich, kam auf mein Gesicht zu und leckte mir über die Wange. Es war seine Art, sich zu entschuldigen. Es auszusprechen würde ihn wahrscheinlich umbringen.

Finn rieb sich mit Daumen und Zeigefinger den Nasenrücken und atmete ein paar Mal tief ein und aus. Myra und Lorcan stolperten kurze Zeit später auf unsere Seite, Deegan folgte ihnen und ich lachte lauthals, als Myra ihr Gesicht bei meinem Anblick komisch verzog.

»Was machst du denn da auf dem Boden? Und wieso steht er schon wieder kurz vor einem Nervenzusammenbruch?« Obwohl sie eine Frage gestellt hatte, wirkte Myra so teilnahmslos, wie nur sie es konnte, während sie auf Finn zeigte.

»Richtig erstaunlich, wie du das bei anderen sofort erkennen kannst«, nuschelte Lorcan mit verschränkten Armen.

»Wie bitte?« Es war eigentlich keine Frage. Myra hatte ihn genau gehört.

»Hört auf, euch alle zu ärgern, wir sind immer noch nicht da«, sagte ich halb lachend, bevor ich mich stöhnend vom Boden erhob.

»Doch, das sind wir.« Deegan zeigte auf etwas hinter mir und die anderen schwiegen endlich. Während ich mir etwas Gras und Erde von der Jeans klopfte, schaute ich nach oben und konnte nicht anders, als zu staunen.

Mit allem hatte ich gerechnet, hier war schließlich alles möglich, aber nicht mit dem, was ich zu sehen bekam. Wenn ich ehrlich war, hatte ich mir bis zu diesem Moment auch noch nicht wirklich Gedanken darüber gemacht, wie wohl das Ziel unserer Reise aussehen würde. Es jetzt vor mir zu sehen, war wie ein Rausch. Mein Mund stand offen, mein Herz klopfte wild in meiner Brust, ich vergaß den Dreck auf meiner Jeans und glaubte so etwas wie Ruhe in mir zu spüren. Diese Ruhe, die einen erfüllt, wenn sich etwas wirklich richtig anfühlt. Ich war noch nie hier gewesen, trotzdem schien etwas in mir diesen Ort zu erkennen.

Es war ein Schloss, ein riesiges Schloss, dessen Ausmaße ich nicht ganz erfassen konnte. Gleichzeitig hatte es den Charme einer alten Villa, es wirkte so, als könnte man sich dort wirklich wohlfühlen. Als könnte es ein Zuhause werden. Wenn ich mir das Schloss als Gemälde vorstellte, dann bildete der Wald einen Rahmen darum. Das alte Gemäuer wurde von wunderschönen Blumen und Ranken umarmt, die sich der Sonne entgegenstreckten und in allen vorstellbaren Farben leuchteten. Mehrere runde Türme streckten sich gen Himmel, einzelne Fenster wurden durch Fensterläden geschmückt, bei anderen fehlten sie einfach. Manche waren bunt, andere schlicht weiß. Alles wirkte so friedlich und gleichzeitig unbeschreiblich lebendig.

»Das ist unser Ziel?«, flüsterte ich. Niemand hatte etwas gesagt und ich traute mich kaum meine Stimme zu erheben, so sehr zog mich dieser Anblick in seinen Bann. Ich blickte verwirrt auf Finns Hand, mit der er mir zuvor über die Wange gestrichen hat und die nun feucht glänzte. Meine Hand glitt auf meine Wangen, ich hatte nicht gemerkt, dass ich geweint hatte, dass ich mich plötzlich nicht nur ruhig, sondern auch beklommen fühlte.

»Ja, Prinzessin. Das ist Euer Heim. Eure Mutter hat dieses Schloss erschaffen und nun gehört es Euch.« Bei Deegans Worten verstärkte sich der Druck in meiner Brust. Ich räusperte mich möglichst leise, um ihn loszuwerden.

Meine Mutter. Sie hatte mir noch nie so sehr gefehlt wie in diesem Moment, in dem ich ihr so nah und gleichzeitig so fern war.

»Lasst uns gehen.« Ich nahm Finns Hand. Wir gingen auf den großen Weg, runter von Moos und Gras, und folgten ihm bis zu den Toren der Mauer, die sich um das Schloss zog.

Direkt davor konnten auch alle anderen ihr Erstaunen nicht mehr verbergen und Lorcans Mund stand so weit offen, dass Myra ihm mit dem Ellenbogen rammte und ihm sagte, dass er bescheuert aussah, wenn er das tat.

»Gibt es nur diesen Eingang zum Schloss?«, fragte ich Deegan, während ich meinen Kopf vollständig in den Nacken gelegt hatte, um die Türme und alles vor uns genauer zu betrachten. Ich kannte Hochhäuser und man könnte meinen, dass mich hohe Gebäude, da ich in New York gelebt hatte, nicht mehr erstaunen könnten, aber das stimmte nicht. Das hier war nicht einfach nur ein viereckiges Gebäude, das stumpf Stein auf Stein so hoch wie möglich gebaut worden war. Dieses Schloss trotzte den Grenzen des Möglichen in Höhe, Breite und Form. Die Wände waren nicht überall gerade, mancher Turm stand so schief, dass er eigentlich unmöglich so stehen konnte, Treppen führten aus der Wand raus und ein bis zwei Meter dahinter wieder hinein. Es sah magisch aus, faszinierend und es passte zu diesem Ort. An manchen Stellen hielten Ranken das Gebäude, an anderen war es umgekehrt. Stundenlang hätte ich mir die Eigenheiten dieses Schlosses ansehen können.

»Ja und nein«, sagte Deegan mit einem Funkeln in den Augen.

»Was soll das heißen? Entweder es gibt nur diesen oder nicht. Was soll daran so schwer sein?« Kohana wirkte genervt und müde.

»Nein, Fuchs.« Deegan versuchte es nicht wie ein Schimpfwort klingen zu lassen, aber der Unterton war so eindeutig, dass Finn lachen musste, aber schnell versuchte, es wie ein Husten klingen zu lassen, nachdem er meinem Blick begegnet war.

»Es ist eben nicht alles immer so einfach. Man kann nicht alles auf dieser Welt mit ja oder nein beantworten. Manche Dinge liegen dazwischen und es kommt immer darauf an, was man darunter versteht. Wenn die Prinzessin mich also fragt, ob es nur diesen einen Eingang gibt, dann müsste ich sagen, dass es so ist – offiziell. Inoffiziell gibt es einen Geheimgang, der in besonderen Notsituationen sowohl als Ein- und Ausgang dienen kann, falls diese eintreten sollten. Allerdings kennen nur eine Handvoll Wesen diesen Gang. Also, Fuchs, kann ich sagen: ja und nein.« Deegan funkelte Kohana an und ging mit gestrafften Schultern zum Tor, das weit offen stand.

»Hallo, Fíri! Wir sind angemeldet. Nun zeig dich schon!« Deegan starrte wütend in die Luft und stemmte die Hände in die Seite. Es sah komisch aus, weil er so klein war und ich mir kaum vorstellen konnte, dass er richtig böse werden konnte.

Vor ihm entstand ein kleiner Wirbelwind, aus dem von jetzt auf gleich ein Mensch wurde. *Ein Luftgeist.* Er überragte Deegan um mindestens zwei Köpfe und lächelte belustigt auf ihn herab. Seine Haut hatte einen leicht bläulichen Schimmer, er trug eine weiße Hose aus Leinen und ein passendes Hemd dazu, aber keine Schuhe. Seine Haare waren von einem schönen Rotbraun, ebenso wie seine Augen. Etwas an ihm war anders. Er war kein einfacher Luftelementar.

»Guten Morgen, Deegan.«

Finns Überraschung nahm ich deutlich wahr und ich war nicht weniger erstaunt. Wir hatten mittlerweile jegliches Zeitgefühl verloren. Wir wussten nicht mehr, ob es in *unserer* Welt Tag oder Nacht war und welchen Gesetzen Tír Na Nóg unterlag. Aus Scáthán wusste ich, dass nicht alles so sein musste, wie wir es kannten und für richtig hielten.

»Du reist mit fünf Gästen und einem Haustier an. Interessant.« Kohana hob stolz seinen Kopf und knurrte den Luftelementar an.

»Vorsicht, du Blaumann. Ich bin kein Haustier ...« Beruhigend strich ich über sein Fell.

»Ach nein? Ein Schoßhund bist du also nicht?« Kohana erzitterte unter mir und spannte seine Muskeln an. Doch zu meiner Überraschung kam ich nicht dazu, Kohana zu verteidigen.

»Wenn du nicht aufpasst, zeige ich dir mal den Schoßhund in mir.« Finn war vor Kohana und mich getreten, auf seinen Armen erschien bereits das Fell seines Wolfes und er knurrte so bedrohlich, dass ich für einen Moment vergaß, keine Angst haben zu müssen.

»Der Fuchs ist unser Freund und der Einzige, der ihn beleidigen darf, bin ich«, sagte Finn bedrohlich. Ich musste mir ein Lachen verkneifen und sogar Kohana blickte mich grinsend an.

»Genug!«, donnerte Deegan, als Fíri angriffslustig auf Finn zuging. »Es reicht! Wir wollen passieren und du solltest dich zusammenreißen. Du wirst es sonst bereuen, das verspreche ich dir.« Fíri wirkte irritiert, aber er ging nicht darauf ein. Er nickte Deegan zu, der sich still vor ihn stellte und es zuließ, das Fíri seine Hand auf sein Herz legte. Dazu musste er in die Knie gehen, da Deegan so klein war. Beide schlossen die Augen, begannen zu schimmern und die Stelle, an der Deegans Herz saß, strahlte förmlich. Man konnte sehen, wie das Licht in Fíris Hand sickerte, seinen Venen folgte und dann langsam verblasste.

»Ich danke dir für dein Vertrauen«, sagte Fíri ernst und erhob sich. Deegan drehte sich zu uns um und ich hörte, wie Myra leise »Wahnsinn« sagte und »abgefahren«.

Finn hatte meine Hand genommen und strich mir mit dem Daumen über den Handrücken.

»Fíri ist ein Seelenseher.« Ernst blickte Deegan uns in die Augen, Finn drückte meine Hand fester, Kohana kam näher zu mir, ich hörte Myra aufkeuchen.

»Ein Seelenseher? Sie sollen eine Legende sein, ein Mythos.« Lorcan klang abwesend und ungläubig.

»Das sind sie. Fíri ist der Letzte seiner Art und ein treuer Freund. Er hat sich dazu entschieden, dieses Schloss zu bewachen, und jeder, der hinein will, muss an ihm vorbei. Ihr müsst diese Prozedur leider auch durchmachen. Es dient nur eurem Schutz.«

»Was bedeutet das?« Ich verstand nicht genau, was Deegan meinte.

»Es gibt genug Wesen, die einen täuschen können. Die Seele bleibt unverändert vom Äußeren. Fíri kann euer wahres Ich sehen und so können wir sicher sein, dass niemand, der eine falsche Gestalt zur Täuschung annimmt, hineingelangt.«

Ich trat auf Fíri zu und musterte ihn neugierig.

»Ich traue ihm nicht, Cat. Bitte, lass mich zuerst zu ihm.«

»Ich möchte beginnen.« Finn wollte mich wegziehen.

»Mir wird nichts passieren. Keinem von uns. Hab etwas Vertrauen! Deegan würde es nicht zulassen.«

»Woher willst du das wissen?«

»Manche Dinge kann man nicht wissen. Wir können nur darauf vertrauen, dass wir die richtige Entscheidung treffen.«

Finns Herzschlag raste förmlich und machte mich nervöser, als ich eigentlich war. Ich nickte Fíri zu.

»Cat ist dein Name? Du bist mutig, Kätzchen.« Ich sah aus dem Augenwinkel, wie Finns Kiefermuskel sich anspannte und Deegan mit dem Kopf schüttelte, als könnte er nicht glauben, was er gerade gehört hatte. Dann schloss ich meine Augen und spürte kurz darauf den Druck von Firís Hand auf Höhe meines Herzens. Es pochte, es wurde warm. Es war, als könnte ich das Licht, das von ihm ausging, vor mir sehen. Eine innere Ruhe breitete sich in mir aus, die Elemente umarmten sich und fuhren durch meine Glieder. Tief atmete ich ein. Ich hatte es gewusst, es war nicht nur das Element Luft in ihm, ich spürte das Wasser. Er war auch ein Wasserelementar.

Ruckartig ließ Fíri von mir ab und das Gefühl der Ruhe erstarb. Ich öffnete die Augen, sah in sein bleiches Gesicht und erblickte seine aufgerissenen Augen, seinen offen stehenden Mund. Irritiert starrte ich zurück.

»Es tut mir so leid ... ich meine ... ich hätte nicht ...« In diesem Moment hörte ich Deegan lauthals lachen. Er hielt sich seinen Bauch und Tränen rannen bereits aus seinen Augen, die er eilig wegwischte.

»Ich hab es dir gesagt, du wirst es bereuen.«

»Prinzessin.« Fíri verbeugte sich und war sichtlich peinlich berührt.

»Wer ist jetzt der Schoßhund?«, fragte Kohana amüsiert.

7

Finn – Alte Bekannte und neue Gesichter

Wenn heute noch jemand Cat anfasste, dann konnte ich für nichts garantieren, egal, ob es der Seelenleser, Deegan oder irgendeine komische Fee war.

Wir hatten die Mauer und Fíri hinter uns gelassen und gingen weiter auf das Schloss zu. Unsere beiden Taschen trug ich wieder über einer Schulter, damit ich Cat auf der anderen Seite meinen Arm um die Schultern legen konnte. Sie strich mir immer wieder langsam über den Rücken, was die Tiere in mir und auch mich langsam wieder beruhigte.

»*Es tut mir leid.*«

Erstaunt blickte ich Cat an. »*Dir muss nichts leidtun.*«

»*Doch, ich spüre, dass du meinetwegen sehr angespannt bist.*«

»*Natürlich bin ich das. Wir befinden uns an einem Ort, den ich nicht kenne, bei Wesen, die ich nicht kenne, und andauernd betatscht dich jemand oder starrt dich an. Ich will dich beschützen, aber ich weiß nicht mal, wo ich hier anfangen sollte.*« Frustriert und mittlerweile auch erschöpft fuhr ich durch ihr schweres, langes Haar.

»*Ich vertraue dir, du wirst das schon schaffen, falls es denn nötig sein sollte. Du vergisst, dass ich keine Jungfrau in Nöten bin, ich kann mich gut selbst wehren.*« Sie zwinkerte fröhlich und sah seitlich zu mir auf.

Ja, das konnte sie. Sie konnte ihre Kraft noch nicht vollständig beherrschen, aber sie war sich ihrer Magie mittlerweile bewusst. Cat war stärker geworden. Das änderte nichts daran, dass ich sie beschützen wollte – das würde sich nie ändern. Besonders hier und an diesen Tagen nicht, denn wir waren verwundbar. Noch immer waren wir nicht verbunden. Wir hatten lange getrauert, mussten uns erst wieder an so etwas wie einen Alltag gewöhnen. An Beltane wollten wir uns verbinden, heiraten – nach magischem und menschlichem Brauch. Dieser Wunsch und die Vorfreude darauf hatten sich in dem Moment in Luft aufgelöst, als Deegan Erins Wohnzimmer betreten hatte.

Ich seufzte auf und sah mich um. Myra und Lorcan tuschelten miteinander, der Fuchs ging ungewohnt still neben uns her und Deegan führte uns einen breiten Kiesweg entlang. Ein paar Meter hinter uns konnte ich noch das Tor erkennen, vor uns war nichts außer diesem Weg, dem riesigen Schloss und ein paar Bäumen und Ranken. Es war still. Zu still.

Plötzlich schrie Myra auf und ich spürte, wie Cat zusammenzuckte. Ich hatte so etwas wie einen Stromschlag gespürt und blickte mich nun hektisch um, voll konzentriert. Wir rannten beinahe in Lorcan und Myra rein, weil die zwei stehen geblieben waren, und erst jetzt sah ich, was sie so erstaunte. Überall erschienen auf einmal magische Wesen, Tiere, Hütten, Häuser. Es herrschte reges Treiben in den Straßen, Gassen und den kleinen Waldstücken innerhalb der Mauer und somit vor dem Schloss. Auf dem ganzen Schlossgelände schien die Luft zu wabern vor lauter Magie. Kohana schüttelte sich kräftig und gab komische Laute von sich.

»Das hat sich verdammt ekelhaft angefühlt, hätte man uns nicht warnen können? Es war, als hätte man mir mein Fell gegen den Strich gebürstet.« Er schüttelte sich nochmals.

»Ich vergesse immer, dass ihr so vieles nicht kennt und nicht wisst.« Deegan seufzte entschuldigend und rieb sich über den Nacken. »Entschuldigt! Das war ein weiterer Schutz. Es dient dazu, dass nicht jeder diesen Platz vor dem Schloss sieht, das, was sich auf diesem Gelände verbirgt, und wer – dutzende Wesen, Bewohner, Tiere, ein ganzes Dorf. Es ist eine weitere Barriere, sonst nichts.«

Es war erstaunlich, was es hier alles gab, wie viele Naturwesen zusammen und in Frieden lebten. Vor allem, dass niemand diesen Ort kannte oder aber ihn für einen Mythos hielt.

Es sah beinahe aus wie in einem mittelalterlichen Paradies. Alles wirkte sauber, es roch angenehm und die Häuser schmiegten sich in die Natur hinein, als wäre alles ein einziges Wesen. Überall zogen sich Blumen, Büsche,

Gräser und Ranken durch die Straßen, Gassen und über den Boden. Auch an einzelnen Wänden und Dächern wuchsen sie. Ein Hufschmied links von uns war ein Feuergeist, er grinste uns an, während er das Feuer aus seinem Mund auf die Glut pustete, um es somit in Gang zu halten. Er erinnerte mich ein wenig an Deegan, nur ohne Bart und viel kräftiger. Die Auren waren sich jedoch ähnlich und auch die Frisur. Frisches Obst wurde verkauft und man sah dem kleinen Mädchen an dem Stand nicht an, dass es ein magisches Wesen war – zumindest, bis es seine fast durchsichtigen Flügel streckte, kräftig damit schlug, um nach oben zu gelangen und einen weiteren Apfel von dem Baum hinter sich zu pflücken. Der Baum reckte ihr seinen Ast entgegen und sie bedankte sich freundlich.

»*Hast du so etwas je gesehen? Wusstest du, dass es so etwas gibt?*« Cats Stimme war voller Ehrfurcht.

»*Nein. Ich hatte keine Ahnung.*«

Meine Augen wanderten von einer Gestalt und einem Stand zum nächsten, von Feuergeistern über Erdgeister zu Luft- und Wassergeistern. Dazwischen tummelten sich Zwerge, Feen, Waldgeister, ab und an eine Dryade, die ihren Baum für einen Moment verlassen hatte, und so viele mehr. Das Schloss vor uns kam immer näher, bis wir schließlich direkt vor seinen großen Eingangstüren standen, die Deegan ohne Mühe öffnete.

Wir betraten eine imposante Eingangshalle, mit Decken weit wie ein Himmel, so dass ich nur Teile der Malereien daran erkennen konnte. Seitlich führten verschiedene Treppen aus weißem oder hellgrauem Stein nach oben und auch hierher hatten sich vereinzelte Ranken und Blumen verirrt. Alles strahlte eine helle, freundliche Atmosphäre aus. Es wirkte rustikal und gemütlich und nicht zwingend königlich wie ein Schloss der Menschenwelt. Hier war es deutlich ruhiger und ich merkte, wie meine Anspannung langsam von mir abfiel. Ich stellte die Taschen ab. Vor uns erschienen zwei kleine Feen, die kichernd und lachend um uns herumflogen.

»Die zwei sind hier zu Hause. Sie werden euch eure Zimmer zeigen.« Deegan flüsterte den Feen etwas zu, verbeugte sich vor uns und ging dann eine der Treppen hinauf.

»Ich grüße Euch, Prinzessin. Mein Name ist Ella! Ich bringe Euch und Eure Begleiter auf Eure Zimmer. Ihr werdet dort alles finden, was Ihr benötigt, um Euch wohlzufühlen.« Sie flog direkt vor Cats Nase und machte einen süßen Knicks in der Luft. Sie hatte türkis schimmernde Haut und weiße Flügel, sie war kaum größer als Cats Hand.

»Mein Name ist Fio. Ich werde Euren Freunden ihr Zimmer zeigen.«

»Das ist nicht nötig, wir ...« Doch Cat wurde sofort rüde und fast kreischend unterbrochen. Fios Flügel zitterten.

»Ah! Keine Widerrede, Prinzessin! Ihr wisst doch überhaupt nicht, wo Ihr hingehen müsst.« Sie hob ihre kleine Hand und wedelte damit vor Cat herum, deren Mund offen stand. Ich prustete los. Ich wollte sie nicht auslachen, aber es fühlte sich gut und befreiend an nach dieser langen Reise und Cats Gesichtsausruck war unbezahlbar. Schließlich lachte auch Lorcan, der sogleich von Myra einen Schlag in den Nacken bekam und als Idiot beschimpft wurde, während der unlustige Fuchs nur die Augen verdrehte. Doch auch Cat konnte sich ein Kichern nicht verkneifen und hob, sich ergebend, die Hände.

Die kleinen Feen waren flink.

Wir hatten uns von Aidan und Myra verabschiedet, wir würden sie später wiedersehen und uns alle erst einmal ausruhen und das Erlebte sacken lassen. Ella war sehr freundlich und plapperte ununterbrochen, was den Fuchs beinahe in den Wahnsinn trieb und mich hocherfreute. Ich war auf Cat konzentriert und je näher wir unserem Zimmer kamen – Ella kommentierte unseren Weg alle fünf Schritte mit »Es ist nicht mehr weit.« oder »Wir müssen nur noch um die Ecke und eine andere Treppe hinauf.« –, umso ruhiger wurde ich. Umso breiter wurde das Grinsen auf meinen Lippen. Ich legte meine Hand in Cats Nacken, schob sie unter ihre Haare und fuhr mit meinen Fingern über ihre Haut.

»*Du weißt, wo wir gleich sind, oder?*« Sie sah irritiert zu mir herüber.

»*In unserem Zimmer?*« Es war mehr eine Frage als eine Antwort. Ich beugte mich etwas näher zu ihr, so dass ihr unvergleichlicher Duft in meine Nase stieg und ich ihr einen sanften Kuss auf die Wange geben konnte. Sie stolperte beinahe.

»Genau. In unserem Zimmer. Und dort werde ich dich die nächste Zeit nicht herauslassen, denn du schuldest mir noch ein paar Stunden zu zweit, auch wenn das bedeutet, dass ich den Fuchs aus dem Fenster schmeißen oder knebeln muss – gleich gehörst du ganz mir.« Sie erschauderte und ihre Wangen färbten sich purpurrot. Ihre Augen weiteten sich und ich spürte die Gänsehaut in ihrem Nacken. Das Ziehen in meiner Brust verstärkte sich und teilte mir mit, wie sehr ich mich auf etwas Ruhe mit Cat freute.

Endlich im Zimmer angekommen hatten wir uns freundlich, aber bestimmt von Ella verabschiedet, ihr gedankt und versichert, dass wir sie rufen würden, falls wir etwas brauchten. Eigentlich war es kein Zimmer, es war fast eine eigene Wohnung, eine Suite. Durch zwei große weiße Flügeltüren betrat man den Wohnbereich, hell, in sanften Pastelltönen, mit schönen Möbeln. Je rechts und links befanden sich weitere Flügeltüren. Die eine führte in ein riesiges Bad mit herrlichen terrakottafarbenen Fliesen, die anderen beiden in je ein Schlafzimmer, ein kleines und ein großes.

»Los, Fuchs! Du bist doch bestimmt erschöpft.« Mein Blick huschte nur kurz zu ihm, dann ging ich langsam auf Cat zu, hielt ihren Blick fest und ließ sie fühlen, was ich fühlte: Begehren, Liebe, Sehnsucht. Ich wollte sie küssen. Sofort! Als ich direkt vor ihr stand und meine Hand an ihre Wange hob, atmeten wir beide so schwer, als wären wir gerade einen Marathon gelaufen.

»Was habt ihr vor? Ihr wollt doch nicht übereinander herfallen, oder? Ich werde Albträume bekommen, das ist widerlich. Ich kann sowieso nicht verstehen, was sie an dir findet, Wolf.« Ich hörte, wie er sich entfernte und in einem der Schlafzimmer verschwand. Es war mir dieses Mal egal, was er sagte.

Der Rhythmus meines Herzens passte sich an den von Cat an, unser Atem war der gleiche, unsere Nasenspitzen berührten sich fast. Die Farbe ihrer Augen wirkte wie das offene Meer bei einem Sturm, blau, grau und in Aufruhr. Meine Hände wanderten an ihren Armen herab zu ihrer Taille, wo ich sie packte und hochhob, so dass sie die Arme und Beine um mich schlingen musste. Sie drückte ihre weichen Lippen auf meine und ich hatte eher einen sanften Kuss erwartet, nicht einen, der mich sofort in Brand setzen würde.

Mit Cat auf dem Arm, ihren Lippen auf meinen und halb geschlossenen Augen versuchte ich unbeschadet das zweite Schlafzimmer zu erreichen.

Ich warf sie aufs Bett, beugte mich über sie und vertiefte den Kuss, den sie begonnen hatte. Ihr Atem, der immer schneller wurde, war wie ein berauschendes Lied und ihr Herz gab den Takt an, pochte immer lauter. Ihr Duft umwob uns, Wald, Wiesen, das Meer, hier, mitten in diesem Raum. Jede Stelle meiner Haut, die von ihr berührt wurde, drohte zu verbrennen, jeder Kuss war wie eine Droge, von der ich nie genug bekommen würde. Sie stöhnte leise und ich erzitterte. Ihre Lippen verzogen sich langsam zu einem verführerischen Lächeln. Ich liebte sie so sehr, dass es wehtat.

**

»Ich wünschte, wir könnten ewig hier liegen bleiben.« Cats Kopf ruhte auf meiner Brust, ihre Haare ergossen sich über meinen Arm und das Kopfkissen. Mit einer Hand strich ich über ihren nackten Rücken und schloss erneut meine Augen.

»Das wünschte ich auch.« Ihr wohliges Seufzen drang zu mir und ich spürte ihren Atem ruhig und gleichmäßig auf meiner Haut.

Wir schreckten hoch, als die Türen plötzlich aufschwangen und der Fuchs mitten im Raum stand und das Gesicht verzog.

»Zieht euch etwas an, ich werde blind! Deegan lässt euch rufen. Es wartet wohl jemand auf euch.«

8

Cat – Alte Bekannte und neue Gesichter

»Oh, das ist mir so peinlich. Er sollte uns nicht so sehen.« Finn strich mir eine Strähne aus dem Gesicht.

»Kleine Fee, er weiß, dass wir zusammengehören, und daran sollte nichts peinlich sein. Außerdem hätte dieser sture Idiot ruhig vorher versuchen können zu klopfen.« Die letzten Worte waren mehr ein Brummen. Ich gab ihm einen Kuss auf die Nasenspitze, wickelte die weiße Überdecke um mich und holte unsere Taschen, die noch in dem anderen Zimmer standen.

Bei den Temperaturen hier im Schloss genügte ein Shirt und ich war froh, so vorausschauend gepackt zu haben – von allem und für alle Fälle ein wenig.

Als wir fertig waren, tapste Kohana vor uns aus dem Zimmer – oder eher der Suite – und wir folgten ihm nach unten.

»Woher weißt du schon so genau, wo wir hinmüssen?«

»Weil ich mich lieber etwas umgesehen habe, als in deiner Nähe zu bleiben, Wolf!« Kohana wirkte eingeschnappt und Finn zog eine Grimasse.

»Deegan erwartet uns in der Bibliothek.« Innerlich jubelte ich. Eine Bibliothek. Ich sah mir unsere Umgebung genauer an und war erstaunt, wie intensiv ich die Elemente sogar innerhalb dieser Mauern spüren konnte. Meine Hand glitt an der Wand neben uns entlang über den kühlen Sandstein und ab und an streifte ich ein paar Gräser, die ihren Weg durch das Gemäuer gefunden hatten. Ich atmete tief ein und hörte meine Magie summen. Niemals hätte ich mir einen Ort wie diesen erträumen lassen, ein solches Schicksal oder überhaupt diesen Moment. Niemals hätte ich all das für möglich gehalten. Aber nun ging ich die Treppen eines Schlosses hinunter, das meiner Mutter gehörte, und es war, als würde ihr Geist noch hier sein. Ich konnte sie spüren, wenn ich die Augen schloss, denn sie war ein Teil hiervon. Mein Herz wurde schwer und ich schüttelte diese belastenden Gedanken und Gefühle ab.

Kohana führte uns zielsicher viele Treppen hinunter, einige andere hinauf. Die Gänge schlugen teilweise Kurven, jede Treppe sah anders aus, jede Stufe war ein Unikat und wie ich es von außen bereits erahnen konnte, führten manche Treppen einfach aus der Wand hinaus. An der Stelle sah die Wand etwas verschwommen aus, man konnte hindurchgehen, folgte der Treppe ein Stück auf der äußeren Seite und gelangte dann wieder hinein. So weit über dem Boden außerhalb der Gemäuer zu laufen, war ein unbeschreibliches Gefühl. Plötzlich gingen wir durch einen breiten Vorhang aus Ranken, die sich von der Decke bis fast auf den Boden schlängelten und die wir vorsichtig zur Seite schieben mussten, bis wir vor einer großen mahagonifarbenen Tür standen, die bestimmt fünf Meter hoch war.

Ich bewegte mich nicht, blieb einfach staunend vor der Tür stehen, bis ich Kohanas fragende Stimme hörte.

»Prinzessin?« Ich nickte ihm zu, trat an die Tür und hob meine Hand. Ich wollte nicht einfach die Türen öffnen, deshalb klopfte ich. Es klang unerwartet laut und schallte an den Wänden wider. Die Tür schwang mit einem lauten Knarzen von selbst auf, öffnete sich nach innen und gab einen Raum preis, der mir den Atem raubte. Bücher stapelten sich meterhoch, an jeder Wand sah man nur Bücherregale, die bis zur Decke reichten. Einzelne Geländer und Leitern zierten die Seiten, das dunkle Holz glänzte, der Holzboden unter mir knarzte leicht und es roch nach altem Papier, nach Leder und unendlich vielen Geschichten – es roch nach Zuhause. Ich schloss die Augen und dachte für einen Moment an Aidan und den Buchladen.

In der Mitte des Raumes stand ein großer, langer Tisch mit einzelnen kleineren Lampen und gepolsterten Stühlen.

Kohana schmiegte sich an mich und Finn stand schneller vor mir, als ich reagieren konnte. Ich blickte nur noch auf seinen angespannten Rücken, spürte, wie seine Muskeln vor Anspannung und Anstrengung zuckten, ich spürte das Vibrieren seines unterdrückten Knurrens. Ich versuchte an ihm vorbei zu spähen, sah aber nichts.

»Was ist los?«

»Bleib hinter mir. Ich bin mir nicht sicher, aber ich kenne diesen Duft.«

Ich drückte Finn mit aller Kraft ein Stück zur Seite, spähte um ihn herum. Deegan trat auf uns zu, nachdem er aus dem hinteren Schatten und hinter einem der Regale hervorgetreten war. Deegan konnte unmöglich der Grund für sein Verhalten sein. Ich spürte, wie er sich unter meinen Händen entspannte, sandte dennoch meine Magie aus, so dass uns ein leichtes Knistern umwob. Frustriert schnaufte ich, dieser Ort war so voller Magie, dass ich nichts davon auseinanderhalten oder filtern konnte.

»Jäger! Ich wusste, wir würden uns wiedersehen.«

Fell bildete sich auf Finns Haut, er spannte sich wieder an, drängte es zurück. Eine raue Stimme. Eine alte Frau. Und daneben ein junger Mann mit schwarzen Haaren, perfekt geschnitten, an den Seiten kurz und oben lang, schwarzen Augenbrauen und beinahe türkisfarbenen Augen. Beide traten aus der hinteren Ecke des Raumes hervor. Das schwarze Hemd und die schwarze Jeans, die einige Löcher aufwies, ließen den Mann schlank wirken, der Stock, der die Frau stützte, schien mir fehl am Platz, denn es sah so aus, als würde sie ihn nicht wirklich brauchen.

Ich bekam eine Gänsehaut, als sich die beiden neben Deegan stellten und versuchten, einen Blick auf mich zu erhaschen.

»Morla. Schön, dich zu sehen. Ein unerwartetes Wiedersehen, wie ich zugeben muss.« Finn neigte den Kopf und seine dunkle Stimme ließ mich erzittern. Wer war diese alte Frau und woher kannte Finn sie? Ich fragte ihn in Gedanken danach, doch er schüttelte nur mit dem Kopf.

»Morla und ihr Sohn Kian sind ebenso unsere Gäste wie ihr. Bitte, lasst uns Platz nehmen, damit wir alles besprechen können.« Deegan deutete auf den Tisch und die Sitzgelegenheiten vor uns. Alle setzten sich, Kohana sprang ebenso auf einen der Stühle und sah mich aufmunternd an. Finn bewegte sich erst, als alle saßen, und geleitete mich zu dem Stuhl neben Kohana und gegenüber der alten Frau. Er nahm meine Hand, fuhr sachte mit dem Daumen darüber – so wie immer, wenn er mehr sich selbst als mich beruhigen wollte.

Meine Neugierde wuchs ins Unermessliche und ich drohte ungeduldig zu werden. Warten war noch nie eine Stärke von mir gewesen.

»Deegan, warum hast du uns gerufen?«, unterbrach ich die Stille.

»Prinzessin, würde es Euch etwas ausmachen, mich Dee zu nennen? Eure Mutter hat dies immer getan und mir hat es sehr gefallen.« Er deutete ein Lächeln an, das ich gerne erwiderte, und ich nickte ihm zu.

»Gerne! Aber nun sag uns bitte, warum wir hier sind.« Finn drohte meine Hand zu zerquetschen.

»Dies sind ...«

»Das sind Fantasien, sie gehören nicht hierhin«, unterbrach Finn Dee mit zusammengebissenen Zähnen.

»Du meinst, so wie du, Jäger?« Die Frau mit dem schneeweißen Haar lachte freudlos auf. »Du bist auch nicht mehr als das: eine Fantasie! Und keinen Deut besser als wir. Vergiss nicht, wer dir damals geholfen hat. Ohne mich hättest du sie nie gefunden.« Mit voller Wucht traf mich Finns Wut und der bittere Geschmack der Erkenntnis, dass sie Recht hatte.

»Wer sind Sie?« Mein Blick war auf die alte Frau gerichtet. Meine Neugierde wuchs ins Unermessliche. Woher kannte Finn sie?

Dee wollte zu einer Erklärung ansetzen, zum zweiten Mal, aber die alte Frau brachte ihn zum Schweigen und sah mich eindringlich an. Mir lief ein Schauer über den Rücken.

»Mein Name ist Morla. Ich bin eine Fantasie, wie dein Begleiter schon äußerst taktlos hervorgebracht hat. Meine Heimat war Scáthán, genauso wie die meines Sohnes. Ich habe Eurem Jäger damals geholfen, Euch zu finden, und ich bin froh, dass er es geschafft hat.« Sie neigte leicht ihren Kopf. »Leider habt Ihr es nicht verhindern können, dass unsere Welt im Chaos versinkt und die Portale geöffnet wurden. Innerhalb der Minuten, in denen die Spiegel sich nicht mehr geschlossen haben, entkamen dutzende von uns. Nicht nur das: Einige Fantasien haben sich gegenseitig bedroht und umgebracht, sie haben geplündert. In dem Moment, als Ihr die Spiegel geöffnet habt, meine Königin, sah ich etwas. Ich wusste, dass Ihr es wissen solltet, deshalb bin ich geflohen – hierher. Ich wusste, Ihr würdet kommen, und ich habe gewartet.«

»Ich bin keine Königin«, sagte ich nur.

»Nein, noch nicht.«

»Prinzessin, vielleicht sollten wir damit anfangen, dass Morla ein Orakel ist.« Dee wirkte erschöpft und blass. »Sie kam hierher und wurde von uns nur eingelassen, weil sie uns ihre Vision, soweit sie es konnte, mitgeteilt hat und weil sie sagte, sie hätte eine Nachricht für Euch. Eine sehr wichtige. Ich glaubte ihr.« Er räusperte sich und blickte verlegen auf den Tisch. »Deshalb sitzen wir hier und deshalb habe ich Euch nach Tír Na Nóg geholt.«

Es war, als würde mein Innerstes Achterbahn fahren. Erneut überkam mich ein Gefühl der Machtlosigkeit, das ich das letzte Mal verspürt hatte, als ich dabei zusehen musste, wie sie Kohana folterten. Ich hatte nichts tun können – und ich glaubte, auch jetzt wieder in so eine Lage gebracht worden zu sein.

»Na, dann lasst uns hören, was Ihr so Wichtiges zu sagen habt. Sagt uns, warum wir in einer Nacht- und Nebelaktion aus unserem Heim gerissen wurden, warum die Prinzessin nicht wie eine behandelt und stets im Dunkeln gelassen wird. Sagt uns doch, was Euch ihr Schicksal angeht.« Kohana hatte das Fell leicht gesträubt und fixierte die alte Frau vor uns, die so viel mehr war als nur das.

»Ich bin froh, dass Ihr mitgekommen seid, Fuchs. Euer Weg ist am undeutlichsten, es gibt so viele Möglichkeiten. Ich bin gespannt, was das Schicksal für Euch bereithält.« Sie lächelte süffisant, bevor sie mich mit ihren Augen fixierte. »Das Schicksal der Königin geht mich etwas an, weil ich die Welt, die ihre Mutter erschaffen hat, im Gleichgewicht halten möchte. Das war immer der Plan.« Es war irritierend, dass sie mich ansah und zugleich in der dritten Person von mir sprach. »Das Öffnen der Spiegel war die unwahrscheinlichste Möglichkeit, aber ich habe sie gesehen. Nun, da sie eingetreten ist, haben sich auch die möglichen Wege der Königin verändert, die von euch allen. Eure Zukunft sieht jetzt anders aus.«

»Was hast du gesehen?« Finn hatte seine Stimme wiedergefunden. Morla sah mich weiterhin an, während sie redete, doch dieses Mal sprach sie mich direkt an.

»Selbst wenn ich genau wüsste, was das Schicksal letztendlich für Euch bereithält, dürfte ich es Euch nicht sagen. Wenn Ihr es wüsstet, wäre es möglich, dass Ihr Euch darauf fixiert und es nur deshalb eintritt. Es wäre, als würde ich Euch sagen: ›Passt auf den Stein auf‹, weil ich nicht wollte, dass Ihr stolpert, und Ihr fragt: ›Welchen Stein?‹ – und Ihr stolpert. Die Frage wäre dann: Wäret Ihr auch gefallen, wenn ich es nicht erwähnt hätte? Ich kann und darf nichts verraten, was endgültig erscheint. Ihr könnt trotzdem immer noch etwas daran ändern. Aber eines kann ich Euch sagen: die Wege, die mir am klarsten und deutlichsten vor Augen traten. Sie waren schwarz und düster, gefangen von pechschwarzem Nebel, von Angst und ohne Luft zum Atmen. Und an jedem Ende wartet der Magier auf Euch. Auf Euch alle.« Kohana kroch auf meinen Schoß und meine Beine begannen mit ihm zu zittern. Ich bekam keine Luft, ich hörte nichts mehr, alles war wie in Watte gepackt, mein Hals wie zugeschnürt und ich krallte mich am Tisch fest und an Finns Hand, um in der Realität verankert zu bleiben. Es war sicher: Seth lebte nicht nur, nein, wir würden ihn auch wiedersehen. Er hatte es aus Scáthán geschafft.

9

Finn – Es ist nicht vorbei

Besorgt betrachtete ich Cat, deren Gesicht während der Voraussagen des Orakels jegliche Farbe verloren hatte. Verzweifelt krallte sie sich an dem Holztisch fest, sie zerdrückte beinahe meine Hand, ihre Knöchel traten bereits weiß hervor. Ihre Unterlippe zitterte leicht und ihr Atem entwich ihrer Lunge in schnellen und kurzen Abständen, fast wie ein Zischen, während ihre großen, runden Augen Morla anstarrten. Der Fuchs warf missbilligende Blicke in Morlas Richtung und kuschelte sich weiter an Cats Bauch, Deegans Blick huschte besorgt von mir zu Cat, aber er blieb stumm, ebenso wie der Sohn des Orakels, der noch keinen Ton herausgebracht hatte.

»Du willst uns also sagen, dass wir Seth wiedersehen werden? Deshalb sind wir hier und deshalb bist du aus Scáthán geflohen? Nur, um uns das mitzuteilen?« Um uns die Gewissheit zu geben, dass es noch nicht vorbei war.

»Nein. Ihr wusstet bereits, dass es dazu kommen würde. Ich habe Deegan dazu veranlasst, den ersten Schritt zu tun und Euch hierherzuholen. Sagen wir, ich habe die wesentlichen Dinge beschleunigt. Ihr glaubt mir vielleicht nicht, aber ich will, dass Euch nichts geschieht, meine Königin. Denn ich habe die Welt gesehen, die der Menschen und die Anderswelt. So wie sie ohne Euch wäre. Ich sage Euch, dass niemand von uns in ihr leben wollen würde.« Ihr feines Lächeln erstarb, sie lehnte sich in ihrem Sessel zurück. »Wir könnten es nicht. Sie würde vergehen. Mir liegt also viel daran, dass Ihr und Eure Begleiter diesen Möchtegern-Magier aus dem Weg räumt.«

»Wollt Ihr ... ich meine ... werde ich sterben?«

»Das werden wir alle, irgendwann. Aber falls Ihr sterben solltet statt des Magiers, dann werden Euch alle langsam folgen.«

Ich riss mich von Cat los, stand auf und schmiss dabei den Stuhl um. Ich fluchte, brüllte, raufte mir die Haare und sank auf die Knie. Ich wurde zum Wolf, ich konnte und wollte es nicht verhindern. Ich sprang auf den Tisch, der knarzte und knackte, so dass die Lampen darauf wackelten und ein-, zweimal flackerten. Deegan sog scharf die Luft ein, Cat hörte ich in meinem Geiste, sie sagte, ich solle mich beruhigen. Der Sohn des Orakels, ebenfalls Magier, war aufgesprungen, aber Morla hatte sich keinen Zentimeter gerührt. Ich war nur eine Handbreit mit meiner Schnauze von dem Orakel entfernt. Meine Zähne waren gefletscht, mein Knurren hallte von den Wänden wider, meine Muskeln waren angespannt und mein Herz drohte zu zerbrechen. Es war möglich, dass ich sie verlor. Was war dann? Es wäre für immer.

Niemand bewegte sich. Die Zeit stand still, doch ich hatte das Gefühl, als raste sie an mir vorbei, und ich hatte keine Chance, sie einzufangen. Die sanfte Berührung von Cats Fingern, die über mein Fell strichen, und ihr leises Flüstern sorgten schließlich dafür, dass ich mich umdrehte, vom Tisch sprang und zurückverwandelte. Dank Mutter Natur stand ich nun nicht nackt in der Bibliothek, sondern hatte meine schwarzen, extra für mich angefertigten Sachen an. Sorgsam musterte ich alle Personen im Raum und fragte mich, was noch alles auf uns zukam.

»Ihr habt euch nicht verbunden.« Es war eine Feststellung, keine Frage, und es war das erste Mal, dass Morlas Sohn Kian etwas sagte. »Deshalb seid Ihr so in Aufruhr, Jäger, nicht wahr?« Ich hatte nicht die Kraft, zu nicken, ich blieb einfach stehen. Jeder in diesem Raum kannte ohnehin die Antwort.

»Was sollen wir tun?« Cat versuchte ihre Stimme fest klingen zu lassen und kam zögernd auf mich zu. Sie lehnte sich an mich, bettete ihren Kopf an meine Brust und wartete, dass ihr jemand diese Frage beantwortete.

»Ihr müsst den Magier besiegen und Ihr müsst trainieren.«

»Wie sollen wir Seth finden?«

»Das müsst Ihr vielleicht nicht«, sagte sie geheimnisvoll. »Das Wichtigste ist, dass Ihr bereit seid.«

»Ich habe bereits trainiert.« Cat klang erschöpft. Eine Erschöpfung, die nicht mit einfachem Schlaf verschwinden würde.

»Nicht so, wie es nötig gewesen wäre. Das wisst Ihr auch. Ihr könnt Eure Elemente und Euer Wesen nach einem halben Jahr immer noch nicht vollständig kontrollieren und das wirklich Schlimme, das, was uns am Ende alle in den Abgrund reißen könnte, ist, dass Ihr auch heute noch nicht wisst, wer Ihr wirklich seid und zu was Ihr eigentlich fähig seid.«

Meine Arme hielten Cat fest, drückten sie enger an mich. Sie keuchte auf und die Gedanken und Gefühle, die ich von ihr empfing, waren chaotisch und so intensiv, dass sie mich vollständig unter Strom setzten.

»Nehmen wir an, dass Ihr die Wahrheit sagt: Wer soll mit Cat trainieren?« Kohana wirkte konzentriert. Was fragte er da für einen Unsinn?

»Was redest du da? Wir machen das natürlich! Lorcan und ich, so wie damals.« *Nur ohne Raphael*, zog es kurz durch meine Gedanken.

»Nein«, sagten der Fuchs und das Orakel beinahe gleichzeitig und ich konnte sie nur fassungslos anstarren.

»Kian wird das Haupttraining übernehmen.«

»Wieso sollte ich dem zustimmen, Orakel?« Das Wort Orakel spuckte ich förmlich aus.

»Weil Kian ein guter Gegner ist. Weil er sie nicht schonen wird. Was auch immer passiert, Ihr alle werdet sie nicht so angreifen, wie es nötig wäre, und sie würde sich nicht so verteidigen, wie sie es könnte und müsste. Sie wird bei Euch nichts mehr lernen.« So sehr ich es hasste, ich musste zugeben, dass sie Recht hatte. Dieser Gedanke brannte wie Säure und das *Okay*, mit dem ich meine Zustimmung zu diesem Irrsinn gab, brachte mich beinahe dazu, mich zu übergeben. Cat nickte nur.

»Bring mich nach oben. Bitte!« Ihr Flehen klang so hilflos und verloren.

»Wir besprechen morgen alles Weitere. Ich bringe Cat nun auf unser Zimmer.« Kian verbeugte sich, das Orakel sah uns nur interessiert an.

»Ich werde Euch beide morgen rufen lassen. Ich schicke Fio oder eine der anderen Elfen vorbei. Heute Abend wird man Euch das Essen aufs Zimmer bringen.« Deegan schaffte es nicht, uns dabei ins Gesicht zu blicken.

Auf dem Weg nach oben schaffte es sogar der Fuchs, mich ab und an voller Mitleid anzusehen, wenn er nicht gerade mit gesenktem Kopf still neben uns herlief. Weder die Besonderheiten der Treppe, der Gänge noch die wundervollen Ranken und Blüten, die Cat auf dem Weg hierhin noch begeistert hatten, konnten sie nun von all dem ablenken.

»Sag doch etwas, bitte.«

»Was soll ich denn sagen?«, flüsterte Cat abwesend. »Dass ich in einer Welt bin, die ich nicht kenne? In der Anderswelt? Dass ich in der Heimat und dem Schloss meiner Mutter bin, die tot ist? Dass ich mich wieder schwach fühle und keine Ahnung habe, wer ich wirklich bin? Dass mir, verflucht nochmal, gerade eine vollkommen Fremde, die behauptet, ein Orakel zu sein, gesagt hat, dass ich wieder kämpfen muss – wir alle?« Sie blieb abrupt stehen und sah mir tief in die Augen. »Dass ihr alle meinetwegen leiden oder sogar sterben könntet? Und dass ich schuld wäre, wenn Seth siegt?«

Ich schluckte schwer. Alles auf einmal entgegengeschleudert zu bekommen, ließ mich das wirkliche Ausmaß unserer Situation richtig erkennen und ich konnte nichts tun, außer zu hoffen und zu kämpfen. So lange, wie es nötig war.

***

Ich hatte Cat und den Fuchs nach oben gebracht und mir dann von Ella den Weg zu Lorcan und Myra zeigen lassen. Ihr Zimmer lag auf der anderen Seite des Schlosses, im Westflügel. Vor der Tür hörte ich sie bereits.

»… Was soll das schon wieder heißen?«

»Na das, was ich gesagt habe! Die Schokoladenpackung ist wiederverschließbar!«

»Willst du damit sagen, ich sollte besser aufhören, sie zu essen?«

»Herrgott, ich habe dir nur gesagt, dass du sie wieder einpacken kannst, wenn du sie nicht ganz schaffst.«

»Du bist so ein Idiot!«

»Und du treibst mich in den Wahnsinn! Iss deine Schokolade und komm endlich zur Vernunft. Du wirst gefälligst nirgendwo hingehen, schon gar nicht alleine. Du bist schwanger, falls du das vergessen hast. Wir sind hier nicht zum Spaß!«

»Sehe ich so aus, als ob ich Urlaub machen will?« Myras Stimme überschlug sich.

Ich schüttelte den Kopf, lächelte und trat einfach ein, ohne zu klopfen.

Beide verstummten sofort, als ich die Tür öffnete, und richteten ihre Blicke auf mich.

Myra hatte sich bedrohlich vorgebeugt, mit den Händen in den Hüften und einem riesigen, leuchtenden Bauch. Ihr Kopf war knallrot angelaufen und in der rechten Hand hielt sie die besagte Schokolade. Lorcan hatte beschwichtigend die Hände gehoben. Er hatte keine Chance. »O Myra, hat er dir wieder gesagt, du seist zu dick?« Ich versuchte mich an einem traurigen Gesicht, was mir, angesichts unserer Lage, nicht besonders schwerfiel.

»Siehst du? Finn bekommt es auch immer mit! Ich bilde mir das nicht ein«, sagte sie, während sie wild mit der Schokolade herumfuchtelte. Lorcan warf mir mörderische Blicke zu und ich hätte schwören können, er ging in Gedanken gerade mehrere Szenarien meines Todes durch.

Dann fuhr ich mir durch die Haare und holte tief Luft.

»Ich muss euch etwas erzählen.«

10

Cat – Es ist nicht vorbei

Es wird alles wieder gut, es wird alles wieder gut, es wird alles wieder gut! Du wirst sehen, Cat, alles wird, verflucht nochmal, wieder gut. Es ist bald vorbei.
Nein. Es hatte noch nicht einmal richtig angefangen.
Ich saß auf dem Bett und ich hatte keine Ahnung, wie ich hierhingekommen war. Erst als Kohana auf das Bett sprang und eine Decke über mich legte, bemerkte ich, dass ich am ganzen Körper zitterte. Ich wiegte mich langsam vor und zurück, konzentrierte mich auf meine Atmung und versuchte meine egoistischen Gedanken zu verdrängen, sie von Finn fernzuhalten und zu hoffen, dass er nicht merkte, wie armselig ich war. Ich wollte nicht kämpfen, ich wollte es nicht lernen und ich wollte nicht noch einmal Angst haben müssen, einen von ihnen zu verlieren. Ich hatte Raphael verloren, er war gestorben, weil er mich retten wollte – und meine Mutter.
»Prinzessin?« Aus traurigen Augen sah Kohana zu mir hoch.
»Was soll ich nur tun? Wie wird das alles enden? Können wir dieser Morla vertrauen? Wir sollten Myra und Lorcan wieder zu Erin schicken, nach Hause. Sie sind hier nicht sicher. Nicht, wenn ich hier bin. Du solltest auch gehen.« Der Kloß in meinem Hals nahm gigantische Ausmaße an und ich hatte das Gefühl, keine Luft zu bekommen. Mir war bitterkalt.
»Auf keinen Fall! Was redet Ihr da? Ihr wisst so gut wie ich, dass ich nirgendwohin gehen werde – nicht ohne Euch. Die Verrückte mit dem Baby und ihr Begleiter werden Euch sicher dasselbe sagen. Prinzessin, wir werden das alle gemeinsam zu Ende bringen.« Seine Stimme wärmte mich

von innen, gab mir den Mut zurück, den ich verloren hatte, und einen Funken Hoffnung.

»Wenn wir zusammenbleiben, wird alles gut, Ihr werdet sehen.« Er schmiegte sich an mich, schob seine Schnauze unter meine Hand und schloss die Augen. Ich hoffte, er hatte Recht. Ich hoffte es von ganzem Herzen.

»Was, wenn ich euch alle verliere? Ich habe bereits Raphael und meine Mutter verloren. Sie sind meinetwegen gestorben.«

»Es war nicht Eure Schuld. Aber eines solltet Ihr bedenken: Wenn Ihr Euch darum Sorgen macht, dann folgt dem Rat des Orakels. Ich habe viele Geschichten über sie gehört, als ich noch über die Wiesen und durch die Wälder Scátháns gerannt bin, durch die düsteren Städte und die einsamen Gassen. Selbst die dunkelsten und gefährlichsten Schatten unserer Welt haben sie respektiert. Sie sagt die Wahrheit. Auch, wenn Ihr Euch wünscht, dass es nicht so wäre.« Er stupste mich leicht an. »Kämpft, Prinzessin. Und wenn Ihr es nicht um Euretwillen tut, dann tut es für den stinkenden Wolf, den Ihr so liebt.« Meine Hände ballte ich unwillkürlich zu Fäusten, meine Lippen waren fest zusammengepresst und meine Gedanken wurden klarer. Ja, er hatte Recht. Ich würde es tun, für alle, die ich liebte.

Als ich mich erhob, flatterte die Decke mit einem leisen Rascheln zu Boden. Kohana nickte mir aufmunternd zu und ich gab ihm schnell einen Kuss auf den Kopf.

**

»Ich hatte gehofft, dass Ihr hier sein würdet.«

»Und ich hatte gehofft, Euch zu finden«, sagte ich ernst. Morla und ich setzten uns an den schönen Holztisch der Bibliothek, auf die gleichen Plätze wie vorhin, und sie sah mich mit ihren Augen so durchdringend an, dass ich wegblicken musste.

»Ihr werdet kämpfen«, stellte sie erfreut fest und das Grinsen auf ihren Lippen ließ tiefe Falten in ihrer Haut entstehen.

»Woher wollt Ihr das wissen?« Skeptisch blickte ich sie an, stellte sie auf die Probe.

»Die Chancen standen fünfzig zu fünfzig. Da Ihr nun hier seid, habt Ihr Eure Entscheidung getroffen. Wäret Ihr nicht hier, hätten sich mir andere Wege offenbart als die, die ich jetzt vor mir sehe.«

»Welche Wege seht Ihr?«

»Bereits vorhin sagte ich Euch und Euren Begleitern, dass es mir nicht erlaubt ist, die Zukunft vollständig preiszugeben. Ihr müsst wissen, selbst wenn ich es sagen wollte, ist das nicht ohne weiteres möglich. Ihr müsst Euch vorstellen, dass jede Entscheidung und Handlung einen Einfluss auf Euer Schicksal hat. Ihr fragt Euch jetzt sicher, ob dies nicht paradox ist, aber das ist es nicht. Nur weil Euch ein Schicksal zugeteilt wurde, heißt es noch nicht, dass Ihr es auch annehmen müsst. Eure Wege und Eure Zukunft haben sich mit jedem Schritt des Magiers verändert und verdunkelt, weil sein Fokus auf Euch liegt.« Ihre Lippen begannen sich zu kräuseln und sie legte ihren Kopf schief, so als würde sie in Gedanken etwas abwägen.

»Ihr werdet auf den Magier treffen und Ihr werdet kämpfen, entweder freiwillig oder weil Ihr keine andere Wahl habt.« Ihre Stimme wurde leiser, rauer, eindringlicher. »Nicht alle Lebensfäden sind gleich lang, Prinzessin. Manche verlieren sich.« Ich schluckte schwer. »Viele Dinge sind unscharf, aber ich spüre, dass wir nicht mehr viel Zeit haben werden. Ich werde nun Kian rufen und Deegan Bescheid geben. Ihr solltet heute bereits trainieren, egal wie erschöpft Ihr seid.« Sie stand schwerfällig auf, ächzte leicht. »Deegan wird Euch abholen. Wartet hier.«

Sie ging und ließ mich allein in der Bibliothek, allein mit meinen Gedanken und Ängsten. Der Mut, den Kohana mir zugesprochen hatte, schien mit Morla die Bibliothek verlassen zu haben.

Meine Füße trugen mich an den Bücherregalen entlang, ich ließ meine Hand über all die Buchrücken gleiten und schloss die Augen. Es fühlte sich so an, als würde ich durch Aidans Bibliothek gehen, Büchern über Irland begegnen, Sagen, Mythen und Legenden. Dieser Raum gab mir ein Stück Heimat. Der Geruch des Papiers und das Gefühl, das ich beim Berühren dieser Bücher bekam, ließen kurz Aidans Gesicht vor mir erscheinen und ich hörte Erins Lachen. Meine Gedanken flogen still umher. Wie viel Zeit blieb uns noch? Würde ich stark genug sein? Ich atmete tief ein und sehnte mich nach Finn.

»*Cat? Geht es dir gut?*« Seine besorgte Stimme zauberte mir ein Lächeln ins Gesicht und seine Anwesenheit in meinen Gedanken wärmte mein Herz.

»*Es würde mir besser gehen, wenn du bei mir wärst. Bist du noch bei Myra und Lorcan?*«

»*Allerdings.*« Er seufzte und ich konnte ihn praktisch vor meinem inneren Auge sehen, wie er die Hände über dem Kopf zusammenschlug. »*Wenn ich nicht wüsste, dass sie sich lieben ...*«

»*Die zwei genießen es doch, sich selbst und auch uns in den Wahnsinn zu treiben. Was haben sie zu dem Orakel gesagt?*«

»*Wenn ich ehrlich bin, hat Myra nur ab und an die Augen aufgerissen. Manchmal hat ein Auge ganz seltsam gezuckt. Die meiste Zeit hat sie einfach nur geflucht. Lorcan war sehr still und gab mir zu verstehen, dass er nicht abreisen würde, genauso wenig wie Myra. Sie wäre mir beinahe an die Gurgel gegangen, als ich das vorgeschlagen habe. Sie wollen helfen.*«

Ja, das hatte ich befürchtet.

»*Wir ...*« Ich zuckte zusammen und verstand nicht, was Finn noch zu mir sagte. Die Tür der Bibliothek ging auf und Dee trat ein, mit Kohana.

»*Cat? Hörst du mich?*«

»*Ja, entschuldige. Ich bin in der Bibliothek. Dee bringt mich jetzt zu Kian.*«

»*Was?*« Es war mehr ein Knurren als eine einfache Frage und bevor er protestieren konnte, mir sagen würde, dass ich auf ihn warten sollte, unterbrach ich ihn. Ich wollte ihn beschützen, ich musste das hier alleine tun.

»*Sie hat gesagt, wir haben nicht mehr viel Zeit. Kümmere dich um Myra und Lorcan, wir sehen uns nachher.*« Dann schloss ich ihn aus.

»Hallo, Dee. Kohana, was machst du hier?«

»Denkt Ihr, ich sitze allein und gelangweilt im Zimmer, während Ihr trainiert?« Entrüstet sah er mich an und schnaufte dann abfällig.

»Er wollte unbedingt mit. Kommt! Das Orakel und ihr Sohn erwarten Euch im oberen Stock, in dem Raum, den wir schlicht *Gairdín* nennen.« Wir folgten dem Gang, der von der Bibliothek wegführte, und schließlich einem

Weg, den ich noch nicht kannte. Dee musste mein grüblerisches Gesicht gesehen haben.

»Der *Gairdín* ist geschützt, falls Euch das Sorgen bereitet. Niemand wird Euch beobachten können, er liegt dennoch innerhalb dieser Mauern und Ihr könnt frei trainieren.«

Schweigend und irgendwie bedrückt folgte ich ihm. Es gab so viel zu sagen und gleichzeitig nichts. Meine Gedanken drifteten ab, zu Erin und meinen Klippen. Ich fragte mich, wie viel Zeit wohl schon zu Hause in Irland vergangen war, Tage, Wochen, Monate? Ich fragte mich, ob es noch immer schneite, wie hoch der Schnee lag und ob sie vielleicht gerade an uns dachten.

Dutzende Gänge und Treppen gingen wir entlang, hinauf und hinunter, so viele Türen und Räume, bis wir vor einer Tür standen, die hier nicht hinzugehören schien. Sie ließ mich lächeln, denn sie erinnerte mich an mein Lieblingsbuch – *Alice im Wunderland*. Ich war die kleine Alice, die vor der riesigen Tür stand und nicht an das Schlüsselloch herankam.

Doch Dee musste die Tür nicht einmal berühren, er sprach lediglich ein paar Worte, deren Sinn ich nicht verstand, und die Tür schwang langsam auf. Kurz hatte ich die aufwallende Magie gespürt. Gerade wollte ich Dee fragen, wo dieser *Gairdín* überhaupt lag, weil ich nicht mehr wusste, auf welcher Seite des Schlosses wir uns befanden oder in welcher Höhe, da schien mir unerwartet die Sonne so stark ins Gesicht, dass ich meinen Arm schützend davor halten und die Augen zukneifen musste. Es war bitterkalt. Kohana und ich folgten Dee. Kälte und Nässe durchdrangen meine Chucks, ich spürte die Gänsehaut und zugleich die Sonne auf meinem Körper. Mein Atem bildete kleine Wolken in der Luft. Es lag Schnee.

»Was ist das denn hier?«, fragte Kohana irritiert und schüttelte sich. »Versteht mich nicht falsch, ich liebe Schnee, aber wenn ich mich recht erinnere, kamen wir hier an und es war Frühling. Wie kann das sein?«

Dee sah erst Kohana und anschließend mich lachend an.

»Wir sind nicht draußen – und wir sind wahrlich nicht passend angezogen, aber ich wusste nicht, dass Ihr die Kälte so liebt. Kommt, der Raum liegt versteckt in diesem Schloss, nicht viele kennen ihn. Er ist eine perfekte Kopie der Natur, eines Gartens, daher der Name *Gairdín*. Eure Mutter hat einen sicheren Ort erschaffen und trotzdem die Natur erhalten.«

Der Schnee knirschte unter meinen Füßen, ich schlang meine Arme um mich und wusste nicht, was ich zuerst bewundern sollte, die schneebedeckten Wiesen, den Wald zu meiner Linken oder den See, der im Schein der Sonne funkelte. Atemberaubend!

Kian stand inmitten dieses Schauspiels und sein Gesicht zeigte keine Regung. Er trug wieder Schwarz und so wie ich nur ein T-Shirt.

»Prinzessin, Ihr wollt mich gleich zu Beginn ärgern, wie ich sehe.« Seine Stimme war einzigartig und ließ mich noch mehr frösteln. Sie war nicht so tief wie Finns, aber alles, was er sagte, klang stets bedrohlich. Es hörte sich an, als würde jedem seiner Worte immer ein kleines Echo folgen, das einem durch Mark und Bein ging. Nur das Funkeln in seinen hellen Augen und das angedeutete Lächeln nahmen seinen Worten die Schärfe. Ich hatte so ein intensives Türkis noch nie gesehen.

Vor allem verstand ich nicht, was er meinte. Ich war gerade erst hierhergekommen, ich hatte weder etwas getan noch gesagt. Wie also hätte ich ihn bereits jetzt verärgern sollen?

»Was meint Ihr? Und Dee, du bist sicher, dass das hier ein Raum ist? Das ist einfach …« Ich fand kein Wort dafür, während ich erneut alles in mich einsog. Meine Zähne begannen bereits zu klappern.

Kian zog die Augenbrauen hoch und sah mich erstaunt an. Dann begann er lauthals zu lachen.

»Ich wollte meiner Mutter nicht glauben, als sie sagte, dass Ihr immer noch unwissend seid. Hat man Euch denn gar nichts beigebracht?« Kohana stellte sich vor mich und ich sah ihn seine Zähne fletschen. Sanft schob ich ihn zur Seite und stellte mich direkt vor Kian. Meine Unsicherheit vermischte sich mit Trotz und Wut und ich schleuderte ihm meine Worte entgegen.

»Seid gefälligst nicht so überheblich. Wer hätte mir denn all das sagen sollen? Wer? Meine Mutter? Sie ist TOT!« Ich hatte zu schreien begonnen und atmete schwer. »Raphael? Der ist ebenso tot. Finn, Kohana und die anderen hatten doch selbst keine Ahnung. Und Erin …« Ich stockte.

»Prinzessin, so war es gewiss nicht gemeint.«

»Doch, Dee, das war es. Wenn unser Wissen und ihr Können ein Alphabet wäre, könnte sie es gerade mal bis zum C wiedergeben. Niemand hat sie eingeweiht und jetzt ist sie so unvorbereitet, dass ich Kopfschmerzen bekomme. Du bist daran nicht gerade unschuldig, aber warum hat der Luftgeist ihr nichts gesagt?« Dee reckte sein Kinn vor, auch wenn er bei jedem von Kians Worten zusammengezuckt war.

»Wir haben nur die Anweisungen der Königin befolgt. Sie wollte, dass Cat eine normale Kindheit hat, sie hat sich für ihre Tochter das Leben gewünscht, das sie nur für kurze Zeit mit Cats Vater hatte. Sie wollte sie beschützen vor all dem, was unsere Welt ausmacht. Wie die Prinzessin sagte, wusste niemand so viel, als dass er ihr alles hätte beibringen können. Als Cats Kräfte erwachten, haben alle ihr Möglichstes getan und versucht, ihr das Nötigste beizubringen. Unsere Zeit war begrenzt und unsere Fehler ... wir haben für sie bezahlt.« Dee schluckte, seine Stimme klang belegt und er schloss kurz die Augen, um sich zu beruhigen. Die Träne, die über meine kalten und zugleich erhitzten Wangen rollte, versuchte ich unauffällig wegzuwischen.

»Erin musste der Königin versprechen, nichts von Tír Na Nóg zu verraten. Sie musste versprechen, Cat nur beizubringen, wie sie die Elemente kontrollieren kann, um sich zu verteidigen. Sie hatte gehofft, dass es nicht dazu kommen würde, dass Cat jemals dieses Land betreten muss. Erin trifft keine Schuld – und die Prinzessin am wenigsten. Es ist, wie es ist, Magier. Hilf ihr, so gut es geht.« Kian sah Dee gefühlt eine Ewigkeit an und es sah aus, als führten sie ihr Gespräch stumm fort, als schlossen sie mich aus. Bis Kian schließlich verhalten nickte und sich an mich wandte.

»Gut, fangen wir an. Eure erste Lektion: Nichts ist, wie es scheint, und alles ist möglich. Dies hier ist ein Raum, nicht die Natur, aber es sieht aus wie sie, riecht wie sie und fühlt sich so an. Ihr seid für das Wetter hier verantwortlich. Normalerweise passt es sich genau an die Umstände in dieser Welt an, bis Ihr hier eingetreten seid, schien die Sonne und es waren angenehme zwanzig Grad. An was habt Ihr gedacht, kurz bevor Ihr den Raum betreten habt?«

Was erzählte er da? Meine Gedanken suchten fieberhaft nach einer Erklärung, doch es ergab keinen Sinn.

»Ich dachte an *Alice im Wunderland*. Die Tür erinnerte mich daran. Mehr gab es nicht.«

»Nein?« Er trat noch einen Schritt vor, so dass ich seinen Atem auf meinem Gesicht fühlen konnte. Mein Herz flatterte unerwartet.

»Nein«, hauchte ich ihm entgegen.

»Was dachtet Ihr auf dem Weg hierhin?«

»Das ist nicht möglich«, flüsterte ich und meine Augen weiteten sich, als mir plötzlich klar wurde, worauf Kian hinauswollte.

»Ihr solltet in Zukunft genauer zuhören und in unser aller Interesse schneller lernen. Ich sagte Euch bereits, dass alles möglich ist.«

»Ich hatte an Zuhause gedacht, an Erin. Ich habe mich gefragt, wie viel Zeit vergangen ist und ob noch Schnee liegt.«

»Da habt Ihr Eure Antwort. Eure Gefühle und Eure Magie haben es hier schneien lassen. Also bitte, macht es wieder rückgängig, bevor mein hübsches Gesicht ganz einfriert.« Er grinste frech, hob dabei mit zwei Fingern mein Kinn an und sah mir tief in die Augen. Kohana schnaubte abfällig.

»Wie?«, fragte ich nur, doch in diesem Moment hämmerte es mit voller Wucht an der Tür und ich zuckte kräftig zusammen. Das Lächeln auf Kians Gesicht wurde nur größer und er sah nicht überrascht aus. Dee seufzte, schloss die Augen, sprach die gleichen Worte wie vorhin und machte eine ausladende, schnelle Handbewegung, so dass die Tür sich öffnete.

Finn! Seine Emotionen führten dazu, dass ich mich krümmte. Ich hatte vergessen, ihn weiter abzuschirmen. Jetzt begann es auch noch zu schneien und von Kohana drang ein leises »Jetzt habt Ihr ein Problem, Magier« zu mir. Finn kochte vor Wut. Nicht zwingend, weil ich hier war und schon trainieren wollte, sondern weil ich ohne ihn hier war, weil ich ihn ausgeschlossen hatte und Kian mir so nahegekommen war, dass es für einen kleinen Moment etwas in mir bewegt hatte. Finns Ego war gigantisch, aber nicht bei den Dingen, die uns beide betrafen. Und weil er seine Angst nicht zugeben konnte, verwandelte er sie in Wut.

Wütend und verdammt schnell kam er durch den Schnee auf mich zu, schleuderte mir alles entgegen, was durch ihn hindurchfuhr, und ich hielt mir den Kopf – es war so viel. Kian machte den Fehler, mich stützen zu wollen, weil ich bereits taumelte, weil ich schluchzte, und nahm seine Hand von meinem Kinn, um nach meinem Arm zu greifen.

Finn schlug Kian mit der Faust ins Gesicht, so dass dieser zur Seite kippte und in den Schnee fiel.

»*Finn, es ist nichts passiert, es ist alles okay. Du kannst mir nicht helfen.*«

»*Wie kannst du das sagen? Wie kannst du überhaupt versuchen wollen, es ohne mich zu beginnen?*«

Kian hätte ausweichen können, aber er hatte es nicht getan.

Finn zog mich hinter sich, sein Gesicht war schmerzverzerrt. »Wenn du Cat noch einmal zu nahe kommst, breche ich dir jeden Knochen im Leib.« Sein Körper zitterte. Nicht vor Kälte, sondern vor Ärger. Er wollte mich nur beschützen. Ich konnte es so klar erkennen. Aber dasselbe wollte ich auch bei ihm.

»*Ich liebe dich. Wieso darf ich dich nicht beschützen, aber du mich?*« Sanft fuhr ich über seinen Arm. Er neigte seinen Kopf, so dass er mich ansehen konnte.

»*Weil das meine Aufgabe ist. Es ist meine und nicht die deine. Lieber sterbe ich, als dich zu verlieren. Wenn du gehst, vor mir, ohne dass wir verbunden sind, dann ... Cat, dann werde ich dich, verflucht nochmal, nie wiedersehen. Ich werde dich verlieren, dich nie wiederfinden, nicht in eintausend Welten oder zehntausend Leben. Nirgendwo. Deshalb werde ich nicht zulassen, dass du mich ausschließt. Tu das nie wieder.*« Mein Herz stolperte. Gerade als ich antworten wollte, erhob sich Kian, wischte sich das Blut aus dem Mundwinkel und ich spürte seine Magie. Ich wollte Finn warnen, aber er wurde brutal von mir weg katapultiert. Als wäre er von einem unsichtbaren Schlag getroffen worden, flog er durch die Luft und knallte auf dem Boden auf. Der Schnee flog nach allen Seiten, die Magie waberte noch in der Luft.

»Damit wären wir quitt, Jäger.«

Finn stand völlig unbeeindruckt auf und schüttelte den Schnee ab. Sein Gemüt beruhigte sich langsam, auch wenn ihm der Schlag von Kian nicht gefallen hatte, wäre ein weiterer Angriff grundlos und unnötig gewesen. Er würde es nicht tun.

»Wenn Ihr das noch einmal tut, dann werde ich Euch alle Knochen brechen und nicht er.« Der Satz verließ meine Lippen, bevor ich registrierte, was ich sagte. Der Magier nickte mir jedoch süffisant lächelnd zu und neigte den Kopf zu einer Verbeugung.

»Interessant. Ich wusste, hier würde mir nicht langweilig werden«, war das Einzige, was Kohana dazu zu sagen hatte.

»Wir beruhigen uns jetzt, sonst werde ich wütend.« Man sah es Dee nicht an, aber wahrscheinlich wollte das niemand von uns.

»Ich bin nicht nachtragend. Es muss schwer sein, wenn man so viele Tiere in sich birgt, man ist dann so ... animalisch.« Purer Spott troff aus Kians Mund, aber Finn hob lediglich sein Kinn. Er würde sich nicht die Blöße geben, darauf einzugehen. Wenigstens ermahnte ich ihn still, es nicht zu tun.

»Nun, lasst uns das hinter uns bringen. Zeigt mir, was Ihr mir zeigen wolltet.«

»Zuerst solltet Ihr mich duzen, denn mit *Euch* und *Ihr* angesprochen zu werden, steht nur Euch zu und vielleicht noch meiner Mutter, wenn man sie nicht verärgern will. Bevor der Jäger uns so rüde unterbrochen hat, sagte ich Euch, nichts ist unmöglich und nichts ist, wie es scheint. Dieser Raum ist durch Magie entstanden, die durch Euch hindurchfließt wie Euer Blut. Schließt die Augen.« Eindringlich sah er mich an und ignorierte Finn, der sichtlich angespannt war. »Jetzt fühlt Eure Magie. Lasst sie durch Euch hindurchfließen, leitet sie.«

Es war ein Gefühl reiner Energie, als würde Licht mich durchfluten, ich spürte, wie sie jede Faser meines Körpers durchdrang, und atmete tief ein.

»Stellt Euch vor, es wäre warm. Stellt Euch vor, die Sonne, die Euch jetzt ins Gesicht scheint, würde Euch wärmen und den Schnee schmelzen lassen. Seht vor Eurem inneren Auge, wie Ihr durch das grüne Gras geht.« Konzentriert rief ich mir die Bilder zu dem, was Kian sagte, vor Augen. Die Energie rauschte in meinen Ohren, meine Arme und mein Gesicht wurden wärmer, ich roch das frische und noch nasse Gras und sog den Geruch noch einmal tief ein. Ich hörte nichts, konzentrierte mich auf das Bild vor mir, auf den Wunsch, dass der Schnee verschwinden sollte. Immer schneller floss der Strom der Magie durch mich hindurch, aus mir heraus und wieder hinein, wie ein weiterer Blutkreislauf, verbunden mit der Natur.

Kian berührte mich nur kurz an der Schulter, um mich zurückzuholen.

»Sehr gut gemacht. Öffnet die Augen.« Kein Schnee, keine Kälte, nur die warme Luft des Frühlings.

11

Finn – Niemand hat eine Wahl

Nach meinem kleinen Wutanfall von eben sollte Cat den Schnee um uns herum schmelzen. Sie folgte den Anweisungen des Magiers, schloss ihre Augen, breitete leicht die Arme aus und öffnete ihre Handflächen. Einzelne Strähnen flatterten um ihr Gesicht, sie leuchtete ganz leicht durch die Magie, die sie umgab. Das Gefühl, wie sie sie lenkte, war unglaublich. Der Schnee schmolz, es wurde wärmer, einzelne Wolken verzogen sich und das Gras reckte sich der Sonne entgegen. Es war kaum zu glauben, dass wir uns hier in einem Raum befanden.

Kian lobte sie und auch Kohana konnte sich sein stolzes Grinsen kaum verkneifen. Ich biss mir auf die Wange, um Kian nicht noch einmal an die Gurgel zu springen. Seit wir hier waren, kämpfte ich mit meinen Tieren, mit mir selbst, meiner Angst, meiner Wut, dabei konnte ich nicht mal richtig erklären, warum.

»Wir sollten morgen weitermachen, bevor Euer Gefährte explodiert.« Kian verneigte sich und verließ mit einem genervten und blass wirkenden Deegan den Raum. Wir standen stumm da, keiner von uns sagte etwas. Dann drehte sich Cat einfach um und stapfte in Richtung Tür, suchte den Weg in unser Zimmer. Schweigend gingen wir nebeneinander her und ich spürte, wie ihr Blick immer wieder seitlich an mir hängenblieb.

»Könntest du bitte etwas sagen?« Ihre Stimme klang verärgert und ich konnte es verstehen. Scheiße, sie hatte keine Ahnung, was sie mir antat, wenn sie mich ausschloss, wenn sie mich nicht das tun ließ, was ich tun musste. Ich wusste, auch sie hatte einfach nur versucht, alles richtig zu machen, aber ich …

Ich fuhr mir durch die Haare, fluchte schon wieder und wusste, dass sie das schlechte Gewissen nicht verdiente, das sie nun quälte.

»Prinzessin, Ihr habt nichts falsch gemacht.« Obwohl ich Kohana mit einem zornigen Blick bedachte, von dem er sich nicht einschüchtern ließ, musste ich zugeben, dass er Recht hatte. Der Fuchs wurde immer unerträglicher. Klugscheißer mochte niemand!

Erst in unserer Suite, nachdem Cat die Tür geschlossen und ich den Fuchs in sein Zimmer verbannt hatte, sah ich ihr in die Augen und fand meine Stimme wieder. Auch wenn ich keinen Sinn in meinen Worten erkennen konnte. Meine Füße wollten nicht stillstehen, ich tigerte vor ihr auf und ab, während sie einfach nur abwartete und schließlich ihren Blick auf den Boden heftete.

»Der dämliche Fuchs hat Recht, du hast nichts falsch gemacht, ich ... es ist nur ...« *Reiß dich zusammen!* »Die letzten Monate waren für uns alle schlimm, Cat. Wir sind nicht verbunden, wir sind wieder in Gefahr und niemand weiß das besser als du, aber es ist nicht deine Aufgabe, mich zu beschützen.« Stürmisch trat ich vor sie, zog sie an mich und zwang sie, mich anzusehen. »Verdammt, ich bin der Einzige, den du nicht beschützen sollst, und der Einzige, der dich immer beschützen wird. Du bist für die ganze Welt verantwortlich, dann lass mich bitte für dein Leben verantwortlich sein!« Ihre Züge wurden weich und ich spürte ihre Dankbarkeit. Sie stellte sich auf die Zehenspitzen und gab mir einen Kuss. Ihre Lippen berührten beinahe nur flüchtig die meinen und ließen mich aufseufzen. Dieser Kuss schien die Angespanntheit und Last der letzten Stunde wegzuzaubern.

»Ich werde versuchen, dich immer miteinzubeziehen. Versuch du zu verstehen, dass mir alle nur helfen wollen, auch Kian.«

»Danke. Ich werde es versuchen.« Meine Hände fuhren ihren Rücken hinauf und hinab.

»Lass es uns hier tun.« Die Worte platzten ungewollt aus mir heraus. Kein Wunder, dass sie mir noch nicht um den Hals gefallen war bei so viel Nicht-Romantik. Irritiert und etwas schockiert sah sie mich an. Nervös fuhr ich mir über den Nacken. »Tut mir leid, so wollte ich das nicht sagen. Ich meine nur, wir wissen nicht, wie viel Zeit uns bleibt, und ich weiß nicht, wie es dir geht, aber ich würde mich um einiges wohler fühlen, wenn wir endlich miteinander verbunden wären. Der Nachteil wäre, dass dein Leben mit meinem verwirkt wäre, aber wir würden auf ewig immer zueinander finden. Cat, es gibt kein Leben, das ich ohne dich leben könnte.« Ihre Finger zitterten, als sie damit die Konturen meines Gesichts nachfuhr, mir über die Wange strich und über die Lippen. Sie folgte ihren Fingern mit ihrem Blick und ließ mich erschaudern. Ihre Augen brannten sich in meine und als ich ihre Gefühle näher in Erfahrung bringen wollte, schien sie etwas in den Hintergrund zu rücken. Es war, als hätte sie etwas in eine Büchse gesperrt und den Schlüssel weggeworfen, damit ich es nicht herausfinden konnte.

»Ich werde noch etwas trainieren und sobald ich mich sicherer fühle, sollten wir es tun. Du weißt, dass ich dich liebe, oder?« Ihre letzten Worte klangen so bedrückt, dass ich sie ganz erstaunt ansah.

»Natürlich! Was redest du da?« Sie küsste mich und gab mir keine Antwort. Dass es sinnvoller wäre, zuerst die Verbindung einzugehen und dann zu trainieren, erwähnte ich nicht.

**

Cat lag neben mir auf der Couch, während ich aus dem Fenster sah und grübelte. Der Fuchs war kurz nach unserer Ankunft im Zimmer wieder gegangen, mit der Ankündigung, sich weiter umsehen zu wollen. Nach einem kurzen Klopfen flog die kleine Ella in den Raum mit zwei unbekannten Feen, die je ein riesiges Tablett trugen, ohne dabei etwas zu verschütten oder gar fallen zu lassen. Dabei konnte man ihre kleinen Körper und Flügel darunter kaum erkennen.

Nach ihrem lauten und fröhlichen »Guten Abend« schlug sie sich schnell die kleinen Feenhände vor den Mund, weil Cat schlief. Ich winkte ab.

»Keine Sorge, ich werde sie sowieso gleich wecken. Sie muss etwas essen.« Ella nickte erleichtert und schickte die zwei anderen Feen raus, nachdem sie die Sachen auf dem Tisch vor uns abgestellt hatten. Sie hob die Deckel über den Tellern an und zeigte, was darunter verborgen lag. Frisches Brot, Käse, Obst, eine herrlich duftende Gemüsesuppe.

»Darf ich dich etwas fragen?«

»Aber natürlich!«

»Wie spät ist es hier? Und wie spät ist es in unserer Welt?« Traurig, beinahe voller Mitleid sah sie mich an. Unschlüssig, wo sie beginnen sollte.

»Ich würde die Frage gerne beantworten, aber ich kann es nicht. Die Zeit vergeht hier nicht nur anders, sie vergeht auch langsamer. Viele von uns verbringen einige Zeit in Eurer Welt und wenn sie wiederkommen, dann hat sich hier kaum etwas verändert.«

Ernst nickte ich und bedankte mich. Ella strahlte, machte einen Knicks in der Luft und flog wieder hinaus.

Cat bewegte den Mund, aber kein Ton verließ ihre Lippen. Ihre Augenlider zuckten hin und her, aber ihre Atmung war ruhig. Ich fragte mich, was sie träumte. Auch wenn ich ihre Gedanken lesen und im Geiste mir ihr sprechen oder ihre Emotionen empfangen konnte, von ihren Träumen blieb ich ausgeschlossen. Wenn man schlief, befand man sich auf einer anderen Bewusstseinsebene.

»Kleine Fee, du musst etwas essen. Danach kannst du weiterschlafen.« Mir war klar, dass ich zu leise redete und sie so unmöglich wach werden würde, aber ich genoss ihre Nähe gerade zu sehr. Wir waren erst seit heute hier, einen Tag, und doch kam es mir vor wie eine Ewigkeit.

»Aufwachen.« Meine Lippen berührten zuerst ihre Stirn, dann ihre Nasenspitze und anschließend ihre Lippen. Ich fuhr durch ihre Haare, ließ meine Gefühle bewusst zu ihr fließen, flüsterte in Gedanken schöne Worte. Schließlich bewegten sich ihre Lippen auf meinen, sie legte ihre Hand in meinen Nacken und vertiefte den Kuss. Ein Stöhnen entwich mir und ich zog sie nach oben, so dass wir beide aufrecht sitzen konnten. Stürmisch küsste sie mich, neckte mich und lächelte frech, als sie schließlich den Kuss beendete und ich sichtlich erregt dasaß.

»Findest du es nicht auch unfair, jemanden einfach zu küssen, wenn er ganz friedlich schläft?« Unfair? Das, was sie hier machte, war unfair. Sie lachte und warf den Kopf zurück, als sie meine Gedanken empfangen hatte. Ihr Lachen endete in einem Gähnen.

»Du Schlafmütze! Geh runter von mir, hinter dir auf dem Tisch steht unser Abendessen. Besser spät als nie.« Ich zwinkerte ihr zu, als sie sich neben mich setzte. »Außerdem gibt es keine schönere Art, als mit einem Kuss geweckt zu werden.«

***

Die Nacht war nicht die längste und nicht die erholsamste gewesen, obwohl ich nach dem Abendessen ziemlich kaputt mit Cat zusammen ins Bett gefallen war. Meine Glieder fühlten sich steif und meine Muskeln ziemlich verspannt an. Cat schlief noch, als ich leise aus dem Bett stieg, aus dem Schlafzimmer ging und hinter mir die Tür schloss. Auf dem Tisch stand bereits Frühstück und ein kleiner Zettel lag dabei, auf dem stand:

Lasst es Euch schmecken.
Ruft nach dem Essen nach Ella. Sagt ihren Namen und zieht dabei drei Mal an Eurem Ohrläppchen.
Dee.

Irritiert legte ich den Zettel auf den Tisch zurück. Obst, Müsli, Rührei und Speck. Das Wasser lief mir im Mund zusammen und ich begann meine Portion auf einem der Teller zu verteilen. Kohana schlich derzeit ins Wohnzimmer und gähnte.

»Morgen«, nuschelte er und setzte sich neben mich. Mein Blick huschte von ihm zu dem Speck ... wieder zu ihm und zu dem Speck. Schließlich seufzte ich unzufrieden und schaufelte den ganzen Speck auf einen der kleinen Teller, den ich dem Fuchs schließlich murrend vor die Nase stellte. Er aß schmatzend und mit geschlossenen Augen. Gerade als ich die Gabel mit dem warmen, lecker duftenden Rührei zum Mund führte, sprang die Tür knallend auf, krachte an die Wand und ich zuckte so stark, dass das Ei auf dem Boden landete. Wütend starrte ich Myra an, die mit dem ebenso schlecht gelaunten Lorcan in unser Zimmer gestürmt war.

»Wenn du diesem arroganten und besserwisserischen Hornochsen nicht sofort sagst, dass er mich nicht behandeln soll, als wäre ich aus Glas und zu dumm, auch nur zu atmen, dann werde ich ihn langsam und qualvoll umbringen. Hast du das verstanden, Finn?« Mit den Fäusten in den Hüften und hochrotem Kopf blieb sie vor mir stehen.

»Schrei hier nicht so rum, Cat schläft bestimmt noch! Und Finn wird mir sicher nicht in den Rücken fallen! Du bist im Moment aus Glas, ob es dir passt oder nicht. Du trägst unser Kind in dir und deshalb wirst du dich unter gar keinen Umständen irgendwo hinbewegen, wo es für dich gefährlich werden könnte. Weder in unsere Welt noch alleine auf einen Spaziergang außerhalb des Schlosses und mit Sicherheit nicht in Cats Nähe, wenn sie trainiert!« Die beiden standen Nase an Nase und grummelten um die Wette. Ich hätte mich nicht gewundert, wenn Rauch aus ihren Ohren gekommen wäre.

»Was ist denn hier los?«, ertönte Cats leise Stimme links von uns. Sie rieb sich über die Augen, hatte noch ihren Pyjama an und sah sichtlich verwirrt aus.

»Jetzt hast du sie geweckt!«

»Bitte was? Du hast hier zuerst rumgeschrien!« Lorcan sah seine Frau völlig fassungslos an. Ich hingegen wollte nur wissen, warum ich mein Frühstück nicht in Ruhe essen konnte und mein Rührei nun auf dem Boden lag.

Cat kam zum Sofa, beugte sich vor, streichelte den Fuchs liebevoll, der immer noch den Speck genoss, schnappte sich einen Apfel und setzte sich zu mir. Während Lorcan und Myra sich anschrien, sah sie mein mürrisches Gesicht und das Ei auf dem Boden und fing lauthals an zu lachen.

»Das ist nicht witzig.«

»O doch. Wir beide wissen, dass es das ist.« Sie gab mir einen Kuss auf die Wange und stellte erneut die Frage, was jetzt eigentlich hier los war, bevor sie in den Apfel biss.

Myra sah Cat völlig aufgelöst an und legte ihre Hände zusammen, als würde sie beten. Von jetzt auf gleich begann sie Tränen aus den Augen zu drücken.

»Er hat gesagt, ich darf hier nichts machen!«

Lorcan sah aus, als würden gleich seine Augen aus dem Kopf fallen und Sabber aus seinem Mund laufen.

»Könntest du Cat bitte sagen, dass da noch ein paar Informationen fehlen?« Myra schnaufte und erdolchte ihn mit Blicken. Aber sie schwieg. Der Fuchs schmatzte noch lauter und gab seine Meinung preis.

»Das arme Irrlicht vor Euch stirbt bald an einem Nervenzusammenbruch, weil die Vampirelfe mit Hormonen um sich wirft.«

Immer wenn Myra die Worte fehlten und Lorcan sich stattdessen das Lachen verkneifen musste, so wie in diesem Moment, standen wir kurz vor einer Explosion. Und mein Ei lag immer noch auf dem Boden. Verflucht!

»Jetzt beruhigt euch! Lorcan, was meint sie denn damit?«

»Ganz einfach, ich habe ihr nur gesagt, dass sie dich nicht zum Training begleiten darf, weil sie schwanger ist. Das ist zu gefährlich. Egal, was ist, es wäre besser, wenn sie hier im Schloss bliebe.«

Myra sah Cat flehend und hoffnungsvoll an, aber ich wusste schon, dass Cat Lorcan Recht gab. Sie legte den Apfel auf den Tisch und ging zu Myra. Sie nahm ihre Hände.

»Nur dieses eine Mal solltest du auf deinen Mann hören. Es wäre besser für dich und euer Kind, wenn du nicht mit zum Training kommen und das Schloss nicht alleine verlassen würdest. Bitte, versprich es mir. Ich möchte mir keine Sorgen um dich machen müssen.« Man sah, wie Myra in sich zusammensackte, wie ihre Haltung sich veränderte. Lorcan nahm sie in den Arm und man hörte sie weinen. Die Hormone machten sie bestimmt vollkommen wahnsinnig.

»Ich bin nutzlos«, nuschelte sie in Lorcans Shirt, der sie noch fester an sich drückte. Cat sah hilfesuchend zu mir, aber ich hatte keine Ahnung, was ich zu diesem Gespräch beitragen sollte.

Lorcan und Cat versuchten sie gleichermaßen zu beruhigen, während ich Ellas Namen flüsterte und drei Mal an meinem Ohrläppchen zog.

12

Cat – Niemand hat eine Wahl

Es war lange her, dass sich so viele Gefühle in mir abgewechselt oder vermischt hatten. Myra lag aufgelöst in Lorcans Armen, beide sorgten sich ununterbrochen seit unserem Aufbruch, ich war immer noch dabei, alles zu verarbeiten, ich hatte unruhig geschlafen und um Finn machte ich mir auch Gedanken. Er wollte sich mit mir verbinden, jetzt, am besten bereits gestern, und er hatte keine Ahnung, dass ich den Gedanken nicht ertragen konnte, ihn vielleicht mit in den Abgrund zu reißen. Was war, wenn Seth mich fand? Wenn er mich aufstöberte und ich nicht stark genug war, würde ich Finn mit mir reißen. Diese Vorstellung hielt ich nicht aus, auch wenn es egoistisch war.

Plötzlich ertönte ein lautes *Plopp* und Ella sah sich neugierig um. Verwundert über ihr plötzliches Erscheinen, blickte ich Finn an. Ella war mit ihrer Frage schneller als ich.

»Wie komme ich hierher?«

»Deegan hat gesagt, wir sollen dich rufen, sobald wir mit dem Frühstück fertig sind. Er hat es mir aufgeschrieben.« Finn wedelte mit einem kleinen Stück Papier in der Luft herum, was die kleine Fee schnaufen ließ.

»Dieser ungehobelte Kerl! Er weiß, dass ich es hasse, wenn man das tut.«

Ich wandte mich an Lorcan und meine beste Freundin.

»Du könntest mit Dee heute einen Spaziergang machen oder das Schloss erkunden. Du könntest dich auch einfach nur ausruhen. Lorcan bringt dich jetzt erst mal auf dein Zimmer. Ist das okay für dich?«

Myra kräuselte ihre Nase. Man sah ihr an, dass ihr das alles nicht gefiel, aber schließlich nickte sie, wenn auch missmutig. Ich drückte ihre Hand, gab ihr einen Kuss auf die Wange und sagte ihr, dass sie mich unterstützte, indem sie einfach in Sicherheit war. Lorcan versprach nachher zum Trainingsraum zu kommen, Dee wollte ihn abholen und hinbringen. Vielleicht würde er ja danach Myra auf einen Spaziergang begleiten. Ich hoffte es. Die zwei verließen den Raum.

Ella wedelte schon die ganze Zeit wild mit den Händen herum, ihre Flügel zitterten an der Spitze, als ich ihr und Finn endlich meine volle Aufmerksamkeit widmete.

»Worüber unterhaltet ihr euch?«, fragte ich neugierig.

»Oh, Prinzessin, ich habe nur gerade von unserer Welt erzählt, von all den Dingen, die Ihr noch sehen müsst. Aber nun werde ich schnell Deegan Bescheid geben, dass Ihr so weit seid. Soll ich Euch danach abholen oder findet Ihr alleine zum Trainingsraum?«

»Würde es dir etwas ausmachen, uns heute noch einmal zu führen? Ich werde mir dieses Mal genau merken, wo es langgeht.« Gestern war ich zu sehr in Gedanken versunken gewesen. Die kleine Ella nickte überschwänglich und verschwand wieder mit einem *Plopp*. Wie stellte sie das nur an?

Mir wurde bewusst, dass ich noch meinen Pyjama trug, was mich ungläubig schnaufen ließ. Unfassbar, dass hier anscheinend niemand gerne lange schlief – außer mir. Finn war zwischenzeitlich der ganze Teller auf den Boden geknallt, wahrscheinlich nicht ohne Zutun von Kohana, der nun frech grinsend neben ihm saß und ihn fragte, wann er nun endlich sein Rührei essen wollte. Während die beiden zankten wie ein altes Ehepaar, schnappte ich mir unsere zwei Taschen und nahm sie mit ins Schlafzimmer. Ich hatte keinen Hunger und die ein, zwei Bissen des Apfels lagen mir bereits schwer im Magen. Ich fühlte mich unwohl.

Die Tür hinter mir schloss sich und ich begann unsere wenigen Sachen, die wir mitgenommen hatten, in einer der Kommoden zu verstauen. Das ewige Licht fand seinen Platz an dem großen Fenster, wie bei uns zu Hause, in unserer Hütte. Als ich fertig war und die beiden Reisetaschen auch noch unterbringen wollte, wurde ich beim Aufziehen der Schubladen der zweiten Kommode überrascht. Dort lagen T-Shirts, Tops, Kleider, Jeans, sorgfältig gefaltet und sortiert, in den unterschiedlichsten Farben, aus einem Stoff, der sich so wundervoll auf der Haut anfühlte, dass ich unwillkürlich meine Augen schloss. Mein Pyjama landete auf dem Bett, ich zog eine dunkelblaue Jeans an, meine grauen Chucks und nahm eines der schönen Shirts heraus. Es war bordeauxrot mit einer kleinen Tasche in hellerem Rot auf der linken Brust. Die Ärmel gingen bis knapp über die Ellenbogen und waren dort mit beigefarbenem Stoff vernäht. Hinten fiel es etwas länger, vorne endete es mit dem Bund der Jeans, es saß eng an den Armen und trug sich ansonsten locker und bequem. Es fühlte sich fast an, als würde ich nur einen BH tragen, so angenehm war der Stoff auf der Haut. Mir war nicht klar, woher die Sachen kamen und warum man hier meine Größe kannte, aber ich rief mir die gelernte Regel von gestern ins Gedächtnis: Alles ist möglich. Im Bad nahm ich meine chaotischen Haare und die wilden Locken und versuchte sie mit einem geflochtenen Zopf zu bändigen, aber wie ich befürchtet hatte, lösten sich schon wieder einzelne sture Strähnen. Nach dem Zähneputzen und einer kleinen Katzenwäsche ging ich ins Wohnzimmer zu Finn und Kohana und stand einigermaßen fit vor den beiden Streithähnen.

»Nun hört schon auf! Kohana, du sollst ihn doch nicht immer absichtlich ärgern.« Mit aller Macht versuchte ich meinen tadelnden Gesichtsausdruck beizubehalten, aber meine Lippe zuckte bereits verräterisch. Bevor Finn etwas sagen konnte, rannte ich stürmisch zu ihm und landete lachend auf seinem Schoß. Das schien ihn etwas abzulenken von dem Frühstücksmassaker.

»Los, du Held. Ruf die liebe Ella. Es kann losgehen.«

∗∗∗

Dieses Mal hatte ich mir den Weg gemerkt, auch wenn es nicht einfach war. Morgen würde ich selbst zur Alice-im-Wunderland-Tür finden. Aufmunternd drückte Finn meine Hand, als wir den Raum betraten. Mir war nicht aufgefallen, dass er sie genommen hatte. Meine Aufregung konnte ich mir nicht erklären, aber zu sehen, dass nicht nur Lorcan und Kian, sondern auch Morla bereits da waren, ließ mich erzittern und unregelmäßig atmen. Finn verstärkte unsere Verbindung, um mich zu beruhigen, und es half. Ich orientierte mich an seiner Atmung, seinem Herzschlag und seiner ruhigen, warmen Stimme in meinem Kopf.

»Was will die denn hier?« Kohana konnte das Orakel nicht leiden.

»Wenn ich das wüsste ...« Nervös kaute ich auf meiner Unterlippe und erwiderte Finns Händedruck. Heute war es angenehm warm, es wehte kaum Wind und die Sonne versteckte sich nur ab und an hinter ein paar Wolken.

Wir blieben mitten auf der Wiese stehen, warteten auf Kian, der bereits selbstbewussten Schrittes auf uns zukam, mit einem spitzbübischen Grinsen im Gesicht, mit dem er Finn unter Garantie reizen wollte. Und es funktionierte.

»Bitte, heute keinen Streit.«

»Versprechen kann ich dir nichts, aber ich werde mich bemühen, wenn er das ebenso tut.« Finn sah Kian herausfordernd an, der immer näher kam.

»Ausnahmsweise stimme ich dem Wolf zu. Ich mag es nicht, wie er Euch ansieht.« Mein überraschter Blick fiel auf Kohana. Das glich förmlich einer Liebeserklärung an Finn. Meine Hand fuhr kurz durch sein Fell, dann drehte ich mich zu Finn. Seine Augen lösten sich von Kian, fanden meine, seine Finger nahmen eine meiner Haarsträhne und steckten sie mir hinters Ohr.

»Ich schnappe mir jetzt den Fuchs und gehe mit ihm zu Morla und Lorcan. Du siehst es ja, wir sind nicht weit entfernt. Du weißt, dass du nur etwas sagen musst, wenn etwas nicht stimmt.« Finn gab mir einen Kuss auf die Stirn und ging an der Seite von Kohana zu den anderen. Kian kam kurz darauf bei mir an, sein Blick war Kohana und Finn gefolgt und lag nun auf mir. Er war mir wieder viel zu nah und ich spürte Finns Unbehagen.

»Du solltest das lassen.«

Er beugte sich vor.

»Aber es macht so viel Spaß.« Seine Hand fing mein Handgelenk auf, bevor ich ihm kräftig einen Schlag verpassen konnte.

»Jetzt weiß ich, wofür Cat steht«, schnurrte er. »Ich werde Euch ab heute Wildkatze nennen.« Sein heiteres Lächeln erstarb, er wich zurück, ließ meine Hand los und verschränkte die Arme vor der Brust.

»Regel Nummer zwei: Der Lehrer wird niemals außerhalb des Trainings geschlagen.« Seine Lippen zuckten schon wieder und das Türkis seiner Augen funkelte. Ich für meinen Teil hatte die Hände zu Fäusten geballt und starrte ihn wütend an. Dieser arrogante, ungehobelte Idiot.

»Können wir jetzt anfangen?« Es war mehr ein Zischen als ein wirkliches Sprechen, da meine Zähne so fest aufeinandergepresst waren.

»Aber gerne.« Fröhlich klatschte er in die Hände, trat ein, zwei Schritte zurück und musterte mich nachdenklich.

»Regel Nummer eins habt Ihr hoffentlich nicht vergessen, Regel Nummer zwei tritt nur außerhalb des Trainings in Kraft. Verstanden, Wildkätzchen?« Demonstrativ hob er die Augenbrauen, während ich nur mit den Augen rollte. Diese Frage war keiner Antwort würdig. Zum Glück schien es auch nicht so, als erwartete er ernsthaft eine.

»Heute will ich sehen, was Ihr bereits wisst und könnt. Also, was wisst Ihr über Eure Magie?« Sein ernster Tonfall brachte mich dazu, mich zu konzentrieren und intensiv darüber nachzudenken. Meine Befürchtung, dass Kian eventuell keine Geduld haben würde oder währenddessen nur mit blöden Kommentaren aufwarten würde, war unbegründet. Ruhig wartete er, bis ich etwas sagte.

»Man hat mir erklärt, dass ich die Natur in mir trage und ...«

Kian unterbrach mich.

»Ihr sagt das, als würdet Ihr es nicht glauben. Aber das solltet Ihr, wenn das hier alles einen Sinn machen soll.«

Es gefiel mir nicht, aber es stimmte. Ich sollte anfangen, an mich und an das, was offensichtlich ist, zu glauben, deshalb reckte ich mein Kinn vor und sprach lauter als zuvor.

»Ich bin die Tochter von Mutter Natur, ich trage das, woraus unsere Welt gemacht ist, in mir – Erde, Luft, Wasser, Feuer. Ich kann die Elemente rufen und sie kontrollieren.« Etwas kleinlaut fügte ich hinzu: »Zumindest sollte ich das können.« Den letzten Satz schien Kian zu ignorieren, denn er nickte.

»Sehr gut. Was unterscheidet Euch von uns allen hier?« Mein Mund öffnete und schloss sich ein paar Mal.

»Ich bin keine Fantasie?«

»Stimmt. Aber Ihr könnt mit keinem Wesen dieser Welt verglichen werden. Warum nicht?« Das war doch bescheuert. Was sollte das hier?

»Was wird das hier? Sind wir bei der Know-How-Show?« Verärgert blickte ich ihn an. Mehr darüber, dass ich seine Fragen nicht beantworten konnte, als über Kian selbst. Kian kniff die Augen zusammen und trat auf mich zu, da er nicht stehen blieb, wich ich zurück.

»Wenn Ihr das hier nicht ernst nehmt, können wir auch einfach aufhören und warten, bis der Magier Euch findet, Euch zerfetzt und alles zerstört. Eines sage ich Euch, kleine Wildkatze, ich mache nie etwas ohne Grund und ich mache das hier bestimmt nicht, weil es so viel Spaß macht. Ich will, dass Ihr gewinnt.« Das letzte Wort glich einer Mischung aus Schnurren und Knurren und ich sah im Augenwinkel, wie Lorcan Finn festhielt. Ich spürte ihn in mir toben, spürte, wie sehr es ihm missfiel, am Rand zu stehen und zuzusehen.

»Und jetzt sagt mir: Was macht Euch so einzigartig?« Angestrengt versuchte ich mich zusammenzureißen und weiter nachzudenken.

»Meine Verbindung zu Finn?«

»Ihr meint die Bindung, die Ihr noch nicht eingegangen seid?« Sein überhebliches Grinsen begann mich zu nerven. »Nein, das ist es nicht. Soll ich es Euch verraten? Es gibt niemanden, weder hier in Tír Na Nóg noch in Eurer Welt oder Scáthán, der über alle Elemente herrschen und sie zudem heraufbeschwören kann. Es gibt niemanden, der über die gesamte Natur herrschen kann.« Er machte eine Pause. »Und es gibt niemanden, der Leben schenken kann, so wie Ihr.«

Während seine Worte zu mir drangen, holte ich tief Luft und sah ihn erschrocken an.

Was hatte er gerade gesagt? Hatte ich mich verhört?

»So einfach, wie es klingt, ist es nicht. Dies ist eine Lektion, die Ihr am Ende lernen werdet, aber nicht heute. Für heute begnügen wir uns mit ein paar Regeln. Regel Nummer drei: Zweifelt niemals an Euch selbst. Es könnte Euch mehr kosten, als Ihr ahnt.« Bei seinen Worten überzog mich eine Gänsehaut. Diese Regel würde ich am schwersten einhalten können.

Kian begann vor mir auf und ab zu gehen und ließ seine Augen immer wieder über mich wandern, als suchte er etwas.

»Was versteht Ihr unter Fantasie?«

»Normalerweise hätte ich wohl geantwortet, dass sie keine Grenzen hat und dennoch immer das bleibt: eine Fantasie.« Das erste Mal, seit wir hier waren, wurde mir leichter ums Herz. Mein Blick wanderte zu Finn und ich lächelte.

»Aber jetzt kann ich es dir nicht mehr beantworten. Fantasien können wahr werden, sie sind real.«

»Nicht schlecht.« Kian nickte anerkennend und hob seine Hand. »Und was wäre, wenn ich Euch frage, was Magie bedeutet?«

Ich kniff die Lippen zusammen, aber in mir herrschte gähnende Leere. Ich wusste es nicht. Vielleicht machte ich mir auch zu viele Gedanken darüber, was Kian hören wollte.

»Regel Nummer vier: Fantasie ist Magie und Magie ist Fantasie. Da gibt es keinen Unterschied. Nur hat nicht jeder die Macht, das wahr werden zu lassen, was er sich vorstellt und wünscht.« Kian blieb stehen, streckte seine Hand, hielt sie über den Boden und plötzlich blühten dutzende von Blumen mitten im Gras, reckten ihre Hälse, wuchsen seiner Hand entgegen. Er nahm eine davon, bevor er mit einem Schnipsen alle anderen dazu brachte, auf einen Schlag zu verwelken, in sich zusammenzufallen und zu vertrocknen. Sie wurden zu Staub. Dann nahm er meine Hand, strich sanft darüber, drehte sie mit der Innenseite nach oben und obwohl mir seine Berührung auf gewisse Art und Weise unangenehm war, entzog ich ihm meine Hand nicht. Er legte die Blüte hinein, die er zuvor genommen hatte, strich noch einmal über meine Finger. Die Blume war purpurrot, ich spürte ihre Lebenskraft, es kribbelte auf meiner Hand. Dann schnipste Kian und sie zerfiel. Ich spürte ihren Tod, ihr Zerfall war greifbar, ihre Lebensenergie und das Kribbeln verebbten.

»Alles hat seinen Ursprung in der Natur. Das heißt, einst in Eurer Mutter – und nun in Euch. Wir sind alle ein Teil davon und Ihr solltet Regel Nummer fünf nie vergessen: Alles, was fühlt, egal ob Hass, Wut, Liebe oder Schmerz, lebt. Und alles, was lebt, kann sterben.«

13

Finn – Der Brief

Das war einfach eine bescheuerte Idee. Der Magier war nicht der Richtige für das hier. Des Öfteren berührte er Cat einfach nur, um mich wütend zu machen, und er war wirklich furchtbar überheblich.

»Lass mich los, Lorcan.« Diesem ganzen Unsinn würde ich ein Ende bereiten, ich konnte sie genauso gut trainieren. Diese Lektionen brauchte kein Mensch.

»Nein. Du stellst deine Bedürfnisse über alles andere. Du kannst ihn nicht leiden und willst ihn nicht in Cats Nähe sehen. Ich verstehe das. Aber du musst einsehen, dass auch sie keine andere Wahl hat.« Betont ruhig, aber dennoch bestimmend stand Lorcan vor mir und hielt mir eine Standpauke. Wie gerne würde ich mir die Haare raufen. Besonders, wenn ich das dämliche Grinsen Kians vor mir sah und die wissenden Augen des Orakels mich anblickten. Der Fuchs mit seinen Kommentaren war auch keine große Hilfe. Meine Selbstbeherrschung hatte mich verlassen, als Cat in mein Leben getreten war.

Konzentriert schloss ich die Augen, versuchte meine Emotionen zu bändigen und mich auf Cat einzulassen. Wir waren zu weit entfernt, konnten höchstens Bruchstücke verstehen von dem, was Kian ihr erzählte. Wenn ich mich vollkommen auf Cat konzentrierte, konnte ich es verstärken. Durch sie hörte ich genau, was Kian sagte. Der Magier begann mit seinen Lektionen ganz von vorn. Es fiel mir schwer es zuzugeben, aber anscheinend schloss er die Lücken in ihrem Wissen, die wir noch nicht hatten füllen können. In so kleinen Dimensionen hatten wir nie gedacht. Meine Kehle begann auszutrocknen und ich schluckte schwer. Meine Augen blickten beim Öffnen plötzlich in die des Orakels und ich konnte ein Zusammenzucken gerade noch verhindern. Wenn ich mich so sehr auf Cat konzentrierte, schwächte das die Wahrnehmung meiner Umgebung, meine anderen Sinne. Ich hatte nicht mitbekommen, dass sie vor mich getreten war.

»Ihr habt endlich erkannt, warum das hier so wichtig ist und warum Ihr es nicht tun könnt, nicht wahr? Zumindest hoffe ich es für Euch, Jäger. Die Zukunft kommt schnell näher und sie verändert sich immer öfter. Das ist beunruhigend. Falls Ihr Ängste hegt, zerstört sie. Euer Feind wird keine Angst haben.« Unerwartet legte sie ihre knochige, blasse Hand an meine Wange und ihre Gesichtszüge wurden weich. »Noch nie wollte ich so gerne eine mögliche Zukunft preisgeben. Die Königin liegt mir am Herzen und ich bete, dass der Feind, der am Ende auf sie wartet, nicht zu übermächtig sein wird. Der Magier ist zu einer Marionette geworden.« Sie räusperte sich und drehte sich zügig weg, doch ich hatte noch gesehen, dass sie bereits mehr verraten hatte, als sie durfte. Seth war nicht allein – und diese neue Nachricht ließ das Blut in meinen Adern gefrieren. Wir hatten keine Ahnung, worauf wir uns vorbereiten mussten und ob es tatsächlich eintreten würde. Wir hatten ein Orakel an unserer Seite, das uns nichts verraten durfte, einen überheblichen Magier und nichts als Fragen ohne Antworten.

Lorcan beugte sich zu mir.

»Sag mir bitte, dass ich mich eben verhört habe. Bitte, Finn, sag mir, dass wir nur den Magier im Nacken haben.« Mein Seufzer war wohl Antwort genug, denn Lorcan verzog grimmig sein Gesicht.

»Scheiße, wie soll ich das Myra sagen und sie gleichzeitig weiterhin in unserem Zimmer festhalten? Wenn sie weiß, dass noch andere Gefahren auf uns lauern, wird sie nicht mehr zu bremsen sein, Baby hin oder her. Sie wird helfen wollen.« Er fuhr sich übers Gesicht. »Wir dürfen es ihr nicht sagen.«

»Toller Plan, Glühwürmchen! Wenn sie es dann herausfindet und Euch in die Finger kriegt, bestelle ich mir Popcorn. Ich reserviere mir hiermit schon einen Platz in der ersten Reihe.«

»Du bist keine große Hilfe, Fuchs«, zischte ich ihm zu.

»Das liegt im Auge des Betrachters.« Spöttisch wie immer.

Während der Fuchs sich amüsierte und ausnahmsweise Lorcan in den Wahnsinn trieb, stellte ich mich neben Morla, um Cat und Kian zu beobachten. Meine Gedanken kreisten immer wieder um ihre Worte. Cat machte bisher nur kleinere Übungen, sie hatte noch keine Probleme damit, zeigte Kian, dass sie die Elemente beherrschen und beschwören konnte, auch wenn es sie manchmal mehr Konzentration und Kraft kostete, als es sollte. Sie ließ das Gras um sich herum wachsen, ließ den Wind um sich wehen, versuchte Kian in Brand zu setzen, weil er sie so wütend machte. Einmal hatte sie es geschafft, seine Haare in Flammen aufgehen zu lassen, was mir ein Lachen entlockte. Kian hatte es schnell löschen können. Cats Angriffe hielten ihn nicht davon ab, sie weiter anzutreiben. Mehr als einmal rief Kian: »Konzentriert Euch! Es sollte Euch nicht anstrengen, es sollte für Euch wie atmen sein. Ihr seid mit Euren Gedanken nicht bei der Sache.« Er stellte sich wieder vor sie – zu dicht. »Und auch nicht mit Eurem Herzen.« Er drehte sich einfach um, ging, ließ Cat dort stehen, die gerade von Scham überflutet wurde und ihm ungläubig nachsah.

Schnellen Schrittes ging ich auf Cat zu, knurrte Kian im Vorbeigehen warnend an und hoffte, das alles würde bald ein Ende finden.

Morgen würden wir trainieren, mit Cat zusammen.

Lorcan hatte sich Kohana geschnappt, folgte Morla und Kian hinaus aus dem Raum. Nach und nach verschwanden sie. Cat stand einfach nur da, sie hatte sich nicht bewegt und starrte auf den Boden. Vorsichtig fuhr ich ihr über den Arm, strich einige Strähnen aus ihrem Gesicht, warf sie ihr über die hängenden Schultern. Bevor ich etwas sagen konnte, begann sie mit belegter Stimme zu sprechen.

»Sind die anderen weg?«

»Ja, das sind sie.« Meine Finger fuhren ihren Arm hinauf und wieder hinab.

»Könntest du ... Könntest du mich vielleicht einfach nur in den Arm nehmen?« Stürmisch und zugleich liebevoll nahm ich sie in den Arm, hielt sie, strich ihr über den Kopf, küsste sie, ließ sie für einen Moment eine Pause einlegen. Sie wollte nicht, dass die anderen sie so sahen, voller Angst, voller

Zweifel und Fragen. Sie begann langsam zu zerbrechen und versuchte sich alleine zusammenzuhalten. Sie merkte, dass es nicht funktionierte. Fest umschlungen flüsterte ich ihr zu, dass ich immer da sein würde, um sie aufzufangen, dass ich für sie stark sein würde, wenn sie es nicht konnte, und ich ihr immer sagen würde, dass sie alles schaffen konnte, was sie wollte. Dass sie ihren Glauben in mir finden würde, um weiterzumachen – und wenn sie genau hinsah, auch in sich selbst.

Ihre stillen Tränen versiegten in meinem Shirt. Mir wurde übel, weil Cat nicht ahnte, dass Seth nicht unser einziges Problem war und dass wir das andere Problem noch gar nicht kannten.

***

Völlig erschöpft lag Cat in meinen Armen. Nachdem wir eine halbe Ewigkeit im Trainingsraum verbracht hatten, trug ich sie nun auf unser Zimmer. Im Schloss war es ungewöhnlich still. Jede Ranke und Blume, an der wir vorbeigingen, streckte sich Cat entgegen und es sah aus, als wollten sie ihr Wohlergehen sicherstellen.

Auf dem Zimmer wartete niemand auf uns und ich atmete erleichtert auf. Ich wusste nicht, ob der Fuchs bei Lorcan und Myra war und wo die Feen sich gerade rumtrieben, aber es war schön, in ein leeres, ruhiges Zimmer zu treten. Vorsichtig legte ich Cat auf die Couch und deckte sie zu, wischte einige der letzten Tränen weg, die sich noch auf ihre Wangen verirrt hatten. Auf dem Tisch stand etwas zu essen, aber ich hatte keinen Hunger. Ich ging zum Fenster. Man konnte von hier aus über alles blicken, sah die verschlungenen Pfade und Gassen, das rege Treiben im Dorf und verschwommen konnte ich sogar Fíri auf seinem Posten erkennen, wenn ich die Augen zusammenkniff. Versunken in Gedanken, mit den Händen in den Hosentaschen und der Stirn am Glas des Fensters, mit Cats leisen, gleichmäßigen Atemzügen im Ohr, hätte ich beinahe das verhaltene Klopfen an der Tür überhört.

Deegan trat ein. Er wirkte nicht sonderlich glücklich. In seiner Hand lag eine Schatulle, wunderschön verziert. Sie sah dem Holz und den Verzierungen von Cats altem magischem Spiegel zum Verwechseln ähnlich.

»Entschuldigung, ich wusste nicht, dass die Prinzessin schläft.«

»Schon okay, wie solltest du auch? Sie war ziemlich erschöpft vom Training heute und ich denke, die Ruhe tut ihr gut.« Ich trat vom Fenster weg und zeigte auf die Schatulle in seiner Hand.

»Was hast du da?«

»Eigentlich hätte ich der Prinzessin dies nach ihrer Ankunft bereits geben sollen, ich wollte jedoch ein bis zwei Tage warten, bis sie sich eingelebt hat und etwas zur Ruhe gekommen ist. Leider sieht es wohl so aus, als macht das keinen Unterschied. Es wird nicht leichter für sie.« Er atmete hörbar ein und hob kurz das Kästchen ein Stück an. »Das hier ist von ihrer Mutter. Sie hat mir vor ihrer Abreise das Versprechen abgenommen, dass ich mich um die Prinzessin kümmere, falls ihr etwas passieren sollte, und dass sie das hier bekommt, falls ich sie jemals nach Tír Na Nóg holen müsse.« Erstaunt blickte ich auf das kleine, unscheinbare Ding in Deegans Händen.

»Weißt du, was drin ist?« Ich wartete auf seine Antwort, doch er schüttelte nur den Kopf.

»Nicht mit Gewissheit.« Mein Blick wanderte zu Cat, die immer noch friedlich schlief und nichts von all dem mitbekam.

»Ich werde später wiederkommen.«

»Dann ist es beinahe Nacht! Nein, wir werden sie wecken. Sie will es bestimmt wissen und wäre mir böse, wenn ich dich einfach gehen lassen würde.« Deshalb trat ich an die Couch, setzte mich auf die Kante und gab ihr einen Kuss auf die Wange.

»Wir haben Besuch. Deegan hat etwas für dich.« Nur langsam regte sie sich. »*Es ist von deiner Mutter.*« Sie hatte es gehört und verstanden, sie war wach, hielt ihre Augen nur noch geschlossen, um die Information sacken zu lassen, tief ein- und auszuatmen, bevor sie sich letztendlich an meinem Arm hochzog und aufrichtete. Sie küsste mich kurz. »*Danke.*« Nicht fürs Aufwecken, sondern für den Moment im Trainingsraum. Dieser Gedanke drang ganz klar zu mir durch.

»Hallo, Dee. Schön, dich zu sehen.« Sie bedeutete ihm, sich auf den Sessel neben der Couch zu setzen. Cat tat das unbewusst, aber sie erstaunte mich immer wieder, dass sie wie eine Königin sprechen konnte, mit freundlicher Stimme, erhabener Ausstrahlung und einem Ton, der eine Aufforderung wie eine Bitte klingen ließ.

»Möchtest du etwas essen?« Ich musste sie fragen, bevor Deegan ihr das zeigte, was er bei sich trug. Aber sie schüttelte nur den Kopf. Sie hatte seit heute Morgen nichts gegessen und schien trotzdem genauso wenig Hunger zu haben wie ich.

Deegan umklammerte die Schatulle so stark, dass seine Fingerknöchel unnatürlich hervortraten.

»Prinzessin. Ich habe hier etwas für Euch. Es ist von Eurer Mutter. Sie gab es mir für den Fall, dass sie ...« Seine Stimme versagte für den Moment, aber Cats zusammengekniffene Lippen und die Falte zwischen ihren Augenbrauen zeigten, dass er den Satz nicht beenden musste. Meine Hand lag auf ihrem Oberschenkel, ich wollte ihr irgendwie nahe sein.

»Jedenfalls ...« Deegan räusperte sich kurz »... ist das hier nun Eure Schatulle.« Cats zitternde Finger schlossen sich darum und zogen sie zu sich heran. Niemand von uns wagte es, etwas zu sagen, sie zu hetzen oder sie zu bitten, endlich den Deckel der Schatulle zu öffnen, auch wenn sie uns auf eine harte Probe stellte und sich unendlich viel Zeit damit ließ.

Beinahe in Zeitlupentempo hob sie ihre rechte Hand, legte sie an den kleinen Verschluss und hob den Deckel. Sie sah Deegan und mich kurz an, mit zittrigem Lächeln, bevor sie einen Blick in das Innere warf. Roter Samt kleidete das Kästchen aus und darin lag ein goldener Schlüssel, schlicht und wunderschön. Und ein Briefumschlag mit Cats Namen darauf in einer verschlungenen Handschrift. Die Schatulle gab bereits klappernde Geräusche von sich, weil Cat immer mehr zitterte. Ich half ihr und hielt sie fest. Vorsichtig nahm sie den Schlüssel in die Hand und danach den Brief, der in einen cremefarbenen Umschlag gehüllt war. Mit einem Ratschen öffnete sie ihn und zog das ebenfalls cremefarbene Briefpapier heraus, faltete es auseinander und starrte auf die Zeilen. Die letzten Worte ihrer Mutter.

14

Cat – Der Brief

Ich konnte nicht fassen, dass das hier passierte. Der Brief meiner Mutter, die ich nie richtig kennenlernen durfte, lag in meinen Händen und obwohl er aus nichts weiter bestand als Papier, wog er so schwer, als würde er die ganze Welt tragen.

Tränen brannten bereits in meinen Augen, als ich ihre Handschrift sah und die ersten Worte las.

Liebe Caillin,

in diesem Moment schreibe ich dir diesen Brief in der Hoffnung, dass du ihn niemals lesen wirst. Falls du es doch tust, dann habe ich es leider nicht geschafft, dich zu beschützen und alles richtig zu machen. Es tut mir so unendlich leid, mein Schatz!
Als du klein warst, kam ich nachts durch den Spiegel zu dir, sooft ich konnte. Ich habe über deinen Schlaf gewacht und war so stolz auf dich und deinen Vater – das bin ich noch heute und zwar mehr denn je.
Wenn du diesen Brief liest, bist du hoffentlich nicht alleine. Ich hoffe von Herzen, dass Finn bei dir ist, dass ihr euch nicht verloren habt und er dir hilft, deine Lasten zu tragen. Es werden noch viele auf euch zukommen und so sehr ich es mir wünsche, ich werde nicht mehr da sein, um sie für dich zu tragen oder dich zu beschützen. Nein, ich werde nun diejenige sein, die dir eine weitere Last zu tragen gibt, und es bricht mir das Herz.

Der Schlüssel öffnet dir eine Tür in meinen Privatgemächern. Dee wird dich zu ihr führen. Niemand wird die Tür öffnen können außer dir und niemand wird ohne dich in meine Gemächer kommen. Lege deine Hand auf die Tür und sage deinen Namen, der Zauber wird dich erkennen.

Hinter der Tür findest du eine kleine Glaskuppel. Das Innere der Kuppel wird schwarz sein. Wenn es sich bewegt wie Nebel, als würde es leben, dann sag Dee Bescheid. Alles Weitere wird Dee in die Hand nehmen.

Ich schreibe dir das, weil ich das Gefühl habe, dass dieser Tag schneller kommen wird, als uns allen lieb ist, und du diese Worte eher sagen wirst, als ich das möchte.

Um deine Neugierde etwas zu stillen, findest du neben der Kuppel auf dem Tisch ein kleines, dünnes Buch. Es ist ein Märchenbuch unserer Welt, das alle Naturwesen kennen. Für sie ist es ein Märchen, für mich meine Geschichte.

Du, meine Tochter, wirst immer mein ganzer Stolz sein. Du bist für mich das Schönste und Vollkommenste, das ich je erschaffen habe und je sehen durfte. Hör immer auf dein Herz, dort wirst du mich finden.

In Liebe,
deine Mutter

Immer wieder las ich den Brief, am Ende war es nur noch ein Versuch, die Wörter zu entziffern, weil meine Hände so zitterten und mit ihnen der Brief, weil meine Tränen meinen Blick verschleierten und bereits auf das Papier fielen. Sie drohten, die Tinte zu verwischen. Finns Stimme und seine Hand, die mir sanft den Brief abnahm, holten mich aus dem Nebel meiner Gedanken zurück ins Hier und Jetzt. Komische Geräusche drangen an meine Ohren und ich zog verwirrt die Augenbrauen zusammen, bis ich merkte, dass ich es war, ich schluchzte so laut. Weinend warf ich mich Finn in die Arme und wollte für den Moment den Schmerz in mir einfach nur zulassen. Ich wollte ihn nicht wegschieben, sondern fühlen und damit meiner Mutter nahe sein. Finn strich mir immer wieder übers Haar, sagte mir, dass ich nicht alleine war. »Tá mé leat, fairy beag«, sagte er in meinen Gedanken. *Ich bin bei dir, kleine Fee, ich bin bei dir.*

Irgendwann versiegten meine Tränen und ich wurde ruhiger, irgendwann war der Schmerz nur noch ein Pochen, das ich ertragen konnte, aber von dem ich wusste, dass es nie mehr verschwinden würde. Mein Lächeln glich wohl eher eine Grimasse, aber ich wischte tapfer meine Tränen weg, richtete mich auf, gab Finn den Brief und die Schatulle. Vorher nahm ich den Schlüssel an mich.

»Bitte, lies ihn und leg ihn anschließend in die Schatulle. Zu niemandem ein Wort.« Ich küsste ihn und wartete, bis er den Brief gelesen hatte.

»Dee, würdest du uns zu den Gemächern meiner Mutter bringen.« Meine Stimme klang kratzig und rau. »Bitte.«

»Aber natürlich, Prinzessin.« Kurz drückte er meine Hand und in dieser einen Geste lag so viel, dass sich meine Brust zusammenzog. Eine einfache Geste, ehrlich gemeint, kann so viel sein und so viel geben – mehr als alle großen Taten dieser Welt.

Wir folgten Dee aus dem Zimmer und gingen auf unserer Seite des Schlosses, der Ostseite, immer weiter nach oben, Treppe um Treppe. Mich beschlich das Gefühl, dass wir im Kreis gingen – und das taten wir, nur dass es stetig weiter nach oben ging. Wir befanden uns in einem der Türme des Schlosses und standen plötzlich vor einer schlichten weißen Tür. Der Zauber, den meine Mutter im Brief erwähnt hatte, war nicht zu sehen oder zu fühlen. Wahrscheinlich sollte diese Tür weniger als alle anderen hier Aufmerksamkeit auf sich ziehen. Meine Hand legte sich wie von selbst auf das Holz und ich sagte meinen Namen.

Der Zauber gab sich zu erkennen, waberte um mich herum, hüllte mich in schöne Blau- und Grüntöne ein und zog kurz durch mich hindurch. Er war ein Teil meiner Mutter und es roch für einen Moment nach ihr. Kräftig einatmend öffnete ich meine Augen, die ich beim Aufkommen der Magie geschlossen hatte, und sah die Tür vor mir aufgehen. Ich trat in ein Zimmer, ganz in Weiß, mit wundervollen Holzbalken an der Decke und einer abgerundeten Wand. Ich glaubte fast, meine Mutter stünde mit mir im Raum, so präsent waren ihre Magie, ihr Geruch, ihr ganzes Wesen. Finn und Dee warteten vorne, bis ich meinen Rundgang gemacht und alle Räume gesehen hatte. Alle – bis auf einen. Im Schlafzimmer wartete die letzte Tür auf mich, genauso weiß wie der Rest des Raumes, wunderschön, aber schlicht verziert, mit goldener Klinke, passend zu dem Schlüssel in meiner Hand. Ein kleiner Raum empfing mich, gerade so hoch, dass ich darin stehen konnte, mit einem einfachen Holzfußboden und weißen Wänden. Nichts bis auf einen kleinen Tisch und die Kuppel fand ich darin. Während eine Hand beim Eintreten den Schüssel fest umklammerte, lag die andere auf meinem Herzen, in dem Versuch, es zu beruhigen. Ich fragte mich noch, wie der Raum wohl aussehen würde, wie es möglich war, eine Kuppel in einem Zimmer zu errichten. Als ich sie dann vor mir erblickte, konnte ich nicht anders, als zu staunen. Die Kuppel war tatsächlich in den Boden eingelassen, vielleicht endete sie auch damit, ich wusste es nicht. Sie reichte mir bis zur Brust und zog sich wie ein halber Kreis über die Mitte des Zimmers. Langsam umrundete ich sie, betrachtete das schöne Glas. Ich schätzte den Durchmesser auf zwei Meter. Sie war vollkommen schwarz, ein Schwarz, das sich nicht bewegte, nicht glänzte, nichts spiegelte, sondern eines, das alles in seiner Nähe verschlang.

Erst jetzt merkte ich, dass ich die Luft anhielt. Mein Atem strömte erleichtert aus mir heraus. Was meine Mutter angekündigt hatte, war nicht eingetroffen. Das Märchenbuch nahm ich mit, meine Neugierde nahm überhand und ich ging aus dem Zimmer, nicht ohne einen letzten Blick auf die Kuppel. Das Buch legte ich aufs Bett, dann ging ich zu Finn und Dee, die bereits ungeduldig auf mich warteten. Finn hatte schon dutzende Male gefragt, wo ich blieb und ob alles okay sei.

Beide sahen mich an.

»Es ist alles in Ordnung. Danke, dass ihr mich begleitet habt.« Zögernd stand ich da.

»Nun frag es schon«, sagte Finn mit einem Lächeln im Gesicht. Seufzend knetete ich meine Hände, es war nicht immer so einfach, wenn jemand andauernd wie in einem Buch in mir lesen konnte.

»Würde es euch etwas ausmachen, wenn ich heute Nacht hierbleibe?« Finn trat auf mich zu, gab mir einen Kuss und es schien ihm nichts auszumachen.

»Ich hole deine Schlafsachen. Wenn du Schreie hörst, das bin ich, weil der Fuchs mich in den Wahnsinn treibt!«

»Prinzessin, ich hoffe, dass es Euch gut geht?« Skeptisch sah Dee mich an.

»Ja, ich denke, das tut es, Dee.« Ich drückte den Schlüssel fest an mich und umarmte ihn kurz. »Danke!« Mit leicht rotem Kopf verabschiedete er sich.

Allein in den Räumen meiner Mutter, wartete ich darauf, dass Finn mir meine Schlafsachen brachte und ich anschließend hier einfach ein wenig allein sein konnte. Nur ich und meine Erinnerungen. Eine kleine Pause, bevor der Ernst meines Lebens mich morgen wieder einholen würde.

Ein Blick aus dem gebogenen Fenster zeigte mir, dass wir uns tatsächlich auf derselben Seite befanden, auf der auch unser Zimmer lag, nur einige Stockwerke höher, denn ich konnte von hier über das ganze Dorf und sogar den angrenzenden Wald blicken. Die Sonne war untergegangen und der Mond spendete helles Licht, das sich in den Baumwipfeln verlor. Die Lichter der kleinen Feen, Glühwürmchen und der Häuser im Dorf leuchteten in wunderschönen Farben, machten mich ganz schläfrig. Als Finn an die Tür klopfte, zuckte ich zusammen, ich wäre beinahe eingeschlafen. Er kam zu mir.

»Sieht es nicht zauberhaft aus?«

»Ja, man könnte sich an den Anblick gewöhnen.« Mit einem schiefen Lächeln sah er mich an. Seine schwarzen Haare waren wie immer chaotisch und hingen ihm teilweise in die Stirn, seine dunklen Augen und diese langen Wimpern hatten nie ihren Reiz und ihre Anziehung verloren, genauso wenig wie seine Narbe und sein Grübchen, wenn er dieses Lächeln aufsetzte, dieses eine, das nur mir galt.

»Warum grinst du so komisch?«

»Nur so.«

»Wieso kann ich dir das nicht glauben?« Er schob seine Hand in meinen Nacken und zog mich zu sich.

»Ich nehme an, du möchtest heute Nacht etwas Zeit für dich?« Standhaft zu bleiben fiel mir wirklich schwer, besonders, wenn er mich so ansah wie jetzt. Deshalb schloss ich meine Augen und nickte. Sein Kuss sorgte beinahe dafür, dass ich meine Meinung änderte. Dann stöhnte er leise auf und warf den Kopf in den Nacken, bevor er mir meinen Pyjama gab und in Richtung Tür ging.

»Ich flehe dich an, bete, dass der Fuchs mich heute in Ruhe lässt.«

Einige Zeit nachdem Finn zur Tür herausgegangen war, klopfte es leise an meiner Tür. Eine kleine Fee kam mit einem Tee hinein. Sie war wirklich zauberhaft und ihre Flügel glitzerten in einem tiefen Blau.

»Guten Abend, Prinzessin.« Sie versuchte zu lächeln, aber es sah komisch aus. Sie stellte den Tee auf das Fensterbrett vor mir und blickte sich die ganze Zeit nervös um.

»Ist alles okay bei dir?« Erschrocken sah sie mich an und flog direkt vor mein Gesicht.

»Ja, danke. Mein Name ist Saifír.«

»Ich nehme an, du wurdest so genannt, weil deine Flügel so schön sind wie Saphire.« Ich zwinkerte ihr zu, versuchte sie aufzuheitern.

»Ja, das stimmt.« Sie versuchte sich nochmals an einem Lächeln.

»Vielen Dank für den Tee. Wo ist denn Ella?«

»Ella geht es nicht gut, Prinzessin. Deshalb bringe ich Euch den Tee.« Sie verbeugte sich schnell und flog aus dem Zimmer heraus. Komische Fee.

Ich verließ den Fensterplatz, um hinter der saphirblauen Fee die Tür zu schließen, und statt zurück zum Fenster ging ich nach links. Im Schlafzimmer ließ ich mich auf das Bett fallen, die Lampen tauchten den Raum in ein weiches Licht. Den Schlüssel legte ich neben das Märchenbuch meiner Mutter und mit dem Gedanken, dass ich vergessen hatte, die Tür zum Kuppelzimmer zu schließen, schlief ich ein.

***

Egal ob im Schlaf oder während des Wachseins – es gab diese Momente, in denen einem ganz klar bewusst wurde, dass etwas nicht stimmte. Genau dieses Gefühl riss mich zurück ins Wachsein. Das gedimmte Licht leuchtete noch, es war noch Nacht und es war still. Es gab auch diese eine Stille, die zu still erschien, als dass es sich noch gut anfühlte.

Ich rieb mir über meine geschwollenen Augen und richtete mich auf, strich mein Top glatt, das ich noch trug, genau wie die Jeans. Verschlafen sah ich mich um, bis mein Blick an der Tür zur Kuppel hängenblieb. Die Tür war noch offen.

Ich fuhr das Licht hoch und ging zum Kuppelzimmer hinüber. Dunkler Nebel, grau und schwarz, waberte hinter dem Glas und schien aus der Kuppel ausbrechen zu wollen. Er wirkte lebendig und ich hätte schwören können, dass er schrie. Hastig eilte ich hinaus, mit wildklopfendem Herzen, dessen Pochen in meinen Ohren widerhallte.

»*FINN!*« Innerlich schrie auch ich, so laut ich konnte. Ich brauchte Hilfe.

»*Was ist passiert?*« Er klang etwas verschlafen, aber ich wusste, er spürte meine Unruhe, meine Angst.

»*Weck Deegan. Ruf ihn! Er soll sofort hierherkommen.*« Finn stellte keine Fragen und ich war ihm sehr dankbar dafür, denn ich hätte sie nicht beantworten können. Ich hatte keine Ahnung, was das bedeutete – wusste nur, dass meine Mutter sich davor gefürchtet hatte.

15

Finn – Alles, was lebt, kann sterben

»Deegan, das gibt es doch nicht! WACH AUF!«

»Liegt der Zwerg im Koma, wenn er schläft?« Der Fuchs war wie Herpes! Einmal da, musste man ihn ertragen, weil er nie mehr verschwinden würde.

»Könntest du mal den Mund halten?«, zischte ich ihm zu.

»Entschuldige, aber du schreist hier seit Minuten ohne Unterbrechung in der Gegend rum, nicht ich.«

Nach Cats Aufschrei wollte ich sofort Ella rufen, aber sie war nicht erschienen, deshalb rief ich Fio. Oh, und sie war wirklich sauer, dass ich sie samt Mini-Nachthemd aus dem Bett gejagt hatte. Aber das war nötig, denn ich wusste nicht, wo sich Deegans Zimmer befand. Nun standen die Nervensäge von Fuchs und ich bestimmt seit zehn Minuten hier und ich hämmerte ohne Unterlass an die Tür vor uns.

Endlich vernahm ich ein leises Rascheln und Gemurmel, dann wurde die Tür einen Spalt geöffnet. Ich sah nach unten und entdeckte Deegan, der mich mit zusammengekniffenen Augen wütend anstarrte.

»Endlich! Cat hat gerufen ... ich ...« Verflucht, wo sollte ich nur anfangen. »Sie hat geschrien, ich sollte dich holen. Sie ist im Zimmer ihrer Mutter. Ich denke, es geht um die Kuppel.« Bei den letzten Worten verflog Deegans Wut, er schien zu erstarren und riss seine Augen auf, die durch sein plötzlich blass gewordenes Gesicht noch größer wirkten. Er zitterte.

»Sie war außer sich, Deegan.«

Fluchend rannte er durch sein Zimmer, zog sich an und rauschte dann an uns vorbei in Richtung Turm. Er war ziemlich schnell für sein Alter.

Bei Cat angekommen, war Deegan dafür ziemlich außer Atem. Cat saß auf dem Bett ihrer Mutter, die Hände im Schoß gefaltet, nein, eher krampfhaft zusammengedrückt, sie wirkte etwas blass um die Nase, aber nicht nervös oder ängstlich, sondern gefasst. Schnell erkannte ich, warum: Sie wusste genauso wenig wie ich, was das bedeutete. Wir wussten nur, dass wir Deegan Bescheid geben sollten.

Sie zeigte nach links. Irritiert zog ich die Augenbrauen zusammen und sah den Fuchs fragend an, doch er schüttelte nur den Kopf.

»Wir können es nicht sehen, Prinzessin. Das könnt nur Ihr. Also, was seht Ihr?«

»Dort ist ein Raum und eine kleine Kuppel. Erst war sie schwarz und starr, jetzt sieht es aus, als wabert Nebel in ihrem Inneren umher. Es sieht aus, als lebte er.«

»Ich muss sichergehen: Habt Ihr die Anweisungen Eurer Mutter gelesen? Seid Ihr Euch sicher?« Ernst und zugleich einfühlsam trat Deegan zu Cat und sprach mit ihr.

»Ja, das bin ich. Ich weiß nicht, was das bedeutet, aber ich bin mir sicher. Es tut mir leid, egal was es ist oder worum es geht.« Deegan tätschelte ihren Arm.

»Ich werde ein paar Tage weg sein. Die Feen werden sich um alles kümmern, Ihr trainiert bitte weiter. Sollte es ernsthafte Probleme geben, wendet Euch an Fíri, Ihr könnt ihm vertrauen. Sobald ich wieder hier bin, werde ich Euch und Eure Begleiter in alles einweihen. Verzeiht mir, ich muss gehen.« Er deutete eine Verbeugung an und eilte dann aus dem Zimmer, noch bevor wir weitere Fragen stellen konnten. Der Fuchs lag schon längst auf Cats Schoß, als ich mich neben sie setzte.

»Ihr könnt den Raum und die Kuppel also wirklich nicht sehen?«

»Nein.« Kohana wusste davon. Da er mitbekommen hatte, wie ich nachts panisch aus dem Zimmer verschwinden wollte, rannte er natürlich hinterher und hat mich mit all seinen Fragen gelöchert, bis wir bei Dee ankamen.

Cat beschrieb mir die gläserne Kuppel. »Sie war ganz schwarz. Und jetzt scheint sich ihr Inneres zu bewegen. Das Schwarz wirft Schatten, sieht aus wie Nebel. Es ist schwer zu erklären.«

Sie legte ihren Kopf auf meine Schulter und ich schloss sie in meine Arme. Mein Kinn ruhte auf ihrem Kopf, ich rieb mit meinen Händen sanft über ihre Arme, ihren Rücken. Langsam zog ich Cat und somit den Fuchs mit mir nach hinten, schob das Buch auf dem Bett zur Seite, deckte uns zu, ja, sogar den Fuchs.

»Lasst uns noch etwas schlafen. Wir sind alle müde und so wie ich das sehe, können wir gerade nichts tun. Lasst uns hoffen, dass Deegan schnell wieder hier ist, mit guten Neuigkeiten. Morgen solltest du weitertrainieren. Wir werden dich begleiten.«

**

Wenn ich darüber nachdachte, konnte ich kaum glauben, dass wir noch keine drei Tage hier waren. Alles fühlte sich schon so vertraut an und nach Routine, das war das Schlimmste daran. Aufstehen mit tausenden Fragen und Ängsten, Cat dabei zusehen, wie sie trainierte, ohne etwas dazu beitragen zu können, und mit dutzenden weiterer Fragen und Ängste wieder einschlafen. Es war zum aus der Haut Fahren! Verärgert fuhr ich durch meine Haare und tigerte an Lorcan, Finn und Morla vorbei, die Kian und Cat genauso intensiv beobachteten wie ich. Ich lief auf und ab, bis Lorcan mich irgendwann anschnauzte, dass ich nun endlich mal stehen bleiben sollte, weil das kaum auszuhalten war.

Immer wieder übten die zwei mit den Elementen und Cat gelang es gut. Trotzdem war Kian nie zufrieden, auch nicht, als ihr bereits der Schweiß von der Stirn tropfte und sie nach einer Pause fragte, die er natürlich ablehnte und mich damit beinahe wahnsinnig machte. Immer wieder schrie er »Konzentriert Euch!«, »Was macht Ihr denn da?« oder »Ist das Euer Ernst?«. Während ich vor Wut bebte, stand Morla mit gekräuselten Lippen und unzufriedenem Gesicht neben mir und Cat verlor immer mehr ihres ohnehin nur dünn gestrickten Selbstbewusstseins.

»Es reicht«, knurrte ich und machte mich auf den Weg zu Cat, stellte mich zu ihr.

»So wird das nicht funktionieren! Hast du dir schon mal zugehört? Wie kannst du ihr am laufenden Band vorhalten, was sie nicht kann?« O ja, ich war verdammt wütend und auch Cat, die mich sanft zurückzog, konnte nichts daran ändern. Dafür nervte mich der Typ viel zu sehr.

»Soll ich eine Runde mit ihr kuscheln? Wäre dir das lieber?«

»Finn!« Cats Schrei war mehr wie ein Rauschen in meinem Ohr. Ich hatte den Magier bereits zu Boden gerissen und ihn mit meinem Kiefer an der Kehle gepackt. Ich knurrte und biss gerade so sehr zu, dass er noch atmen konnte. Mit dem ganzen Gewicht des Timberwolfs stand ich auf ihm und betete, dass er sich bewegte, damit ich ihm die Kehle rausreißen konnte.

»Genug!« Morla war mittlerweile bei uns, ich nahm an, der Fuchs und Lorcan ebenso. Aber es war Cat, die mich überraschenderweise im Nacken packte und versuchte wegzuziehen.

»Komm schon, Finn, du bist zu schwer für mich. Lass ihn los.« Der Griff meines Kiefers um den Hals des Magiers lockerte sich, ich löste ihn schließlich ganz und trat von ihm runter, hörte noch sein lautes Röcheln, was mir ein zufriedenes Grinsen in mein wölfisches Gesicht zauberte. Schnell verwandelte ich mich zurück und stellte mich vor Cat, wartete wie elektrisiert ab, was geschehen würde.

Lorcan half Kian auf. Kohana lächelte mich an und ausnahmsweise lächelte ich zurück, ihm hatte es anscheinend auch Spaß gemacht.

»Ich schwöre euch, wenn er mich noch einmal ansabbert, könnt ihr euren Scheiß alleine machen. Dann setze ich mich hier einfach irgendwo in einen Sessel und sehe zu, wie unsere kleine Wildkatze hier mit der ganzen Welt untergeht.« Mein Lächeln wurde breiter, als ich merkte, dass er husten musste und sich den Hals hielt. Cat schlug mir sofort auf den Nacken, als sie es bemerkte.

»Gewöhn dir das bloß nicht an, Lorcan macht es wahnsinnig, wenn Myra das macht.«

»Hör auf damit! Er will mir helfen.«

»Er demütigt dich! Nicht mehr.« Daraufhin schwieg sie.

»Sie ist nicht bereit. Nicht wirklich. Sie blockiert sich selbst, aber ich kann nicht erkennen, warum. Also, sagt uns, Prinzessin, was veranlasst Euch dazu, Eure Macht nicht vollständig freizulassen?« Morla sah Cat erwartungsvoll an – wie wir alle.

»Was erwartet ihr denn? Ihr alle! Ich weiß nicht, was ich kann. Ich weiß es einfach nicht!« Sie schrie, sie tobte, raufte sich die Haare – sie litt.

»Sie sagt leider die Wahrheit, Mutter.«

»Ja, Kian, aber der Jäger hat Recht, du machst es nicht besser.« Das Gesicht des Magiers war unbezahlbar, als Kohana daraufhin sagte: »Eins zu Null für den Wolf.«

»Lasst uns etwas versuchen.« Morla trat ein paar Schritte zurück und bedeutete uns, ihr zu folgen.

»Kian, greif sie an.« Sofort versteifte ich mich, genau wie Cat, doch sie war sofort konzentriert, hatte einen sicheren Stand und schien bereit, sich zu wehren. Kian stand locker da, sammelte etwas Magie in einer seiner Handflächen und schleuderte sie dann mit voller Wucht auf Cat, die nur wenige Meter von ihm entfernt stand. Gerade so konnte sie den Energieball durch den Wind abwehren, so dass er an ihr vorbeirauschte, aber sie war nicht schnell genug für den nächsten, der sie mit voller Wucht am Bauch erwischte, explodierte und sie meterweit nach hinten katapultierte.

Morla hielt mich zurück, als ich bereits einen Schritt nach vorne ging.

»Wartet, Jäger, sie ist nicht verletzt.« Cat stand wieder auf, sie war äußerlich nicht verletzt, das stimmte, aber ich spürte, dass sie trotzdem Schmerzen hatte. Morla trat vor und zog mich hinter sich her.

»Jetzt greif den Jäger an.« Vollkommen überrascht starrte ich das Orakel an, das bereits in Sicherheit verschwand, und nahm meine Kampfhaltung ein, als in Kians Gesicht die Vorfreude auf den Angriff und seine kleine Rache aufblitzte. Der Energieball bildete sich bereits in seiner Hand, er stand zwei Meter vor mir, ich würde den Magier unmöglich vorher erreichen können. Cats Schrei hallte in meinen Ohren wider, als Kian angriff.

»NEIN!« Ich hatte die Augen geschlossen, aber es passierte nichts. Also öffnete ich sie wieder und sah, dass Kian auf dem Rücken lag und vor Schmerz aufstöhnte. Cat stand immer noch gut zehn Meter von mir entfernt. Was war hier passiert?

»Sehr gut. Ich habe es bereits geahnt.«

»Was, verdammt nochmal?«

»Eure Seelengefährtin hat ein gutes Herz.« Sie tätschelte fast großmütterlich meinen Arm. »Sie denkt nicht nach, wenn sie jemanden beschützen muss. Sie tut es einfach, egal wie.« Kian lag noch am Boden, Morla und ich gingen auf Cat zu.

»Wisst Ihr, was eben passiert ist?«

»Finn, geht es dir gut?« Das Orakel ignorierend warf sie sich in meine Arme und suchte nach Verletzungen.

»Ja.« Ich grinste sie an.

»Ich weiß nicht, was los war. Alles war auf einmal so klar, ich habe es einfach getan. Ich ...« Ihr fehlten die Worte, sie konnte ihre Gedanken kaum ordnen.

»Ich sage es Euch. Falls Euch jemals jemand geraten hat, auf Euer Herz zu hören, dann war das keine einfache Floskel. Ihr solltet es wortwörtlich tun. Euer Leben ist Euch egal, nicht wahr?« Cat senkte den Blick, versuchte den unseren auszuweichen und sie erwiderte nichts.

»Es wäre Euch egal, was mit Euch geschieht, aber sobald es um jemand anderen geht, um jemanden oder etwas, das ihr liebt oder das unschuldig ist, vergesst ihr alles um Euch. Ihr würdet dieses Leben retten, egal, was mit Euch passiert. Egal, was es Euch kosten würde.«

16

Cat – Alles, was lebt, kann sterben

Es hatte mich völlig aus der Bahn geworfen, dass Kian Finn angegriffen hatte anstatt mich. Für einen Moment hatte ich einfach nicht nachgedacht. Die Angst um Finn sorgte dafür, dass ich alles vergaß, einfach intuitiv handelte und Kians Energieball ihn schließlich durch mein Eingreifen selbst traf. Es war so einfach gewesen, es hatte sich natürlich angefühlt.

Jetzt sagte mir Morla, mir würde nichts an meinem eigenen Leben liegen, und bei jedem ihrer Worte zuckte ich unmerklich zusammen. Vielleicht hatte sie Recht. Aber war das so falsch? War es so falsch, dass ich mich mehr um Finn und die anderen sorgte als um mich?

»Ihr streitet es nicht ab, das ist gut. Es würde viel schwieriger werden, Euch die Wahrheit erst bewusst zu machen, und es ist besser, dass Ihr Euch schon darüber im Klaren seid. Ich nehme an, Ihr spürt es in Euch selbst. Ihr habt den Unterschied gefühlt zwischen dem Angriff auf Euch und dem auf Euren Seelengefährten.« Ich hielt ihrem Blick stand, schaffte es aber nicht, ihr zu antworten. Das alles hier wuchs mir über den Kopf.

Sie ging ohne ein weiteres Wort zurück an die Seite, wartete auch nicht, bis Kian sich erhoben und den Dreck von seiner schwarzen Jeans gewischt hatte.

»Ich werde mittrainieren.« Finn stand direkt neben mir und fixierte Kian. Sein Ton verriet, dass das für ihn beschlossene Sache war, Kians Gesichtszüge wandelten jedoch irgendwo zwischen »Soll das ein Witz sein?« und »Verdammt, er meint das ernst«.

»Da ich Cat ohnehin nicht alleinlassen werde, trainieren wir ab heute gemeinsam. Also steh schon auf, Magier.« Finn durchflutete der Drang, etwas zu tun, Kian auf die Probe zu stellen, und der Wunsch, ihn genauso bloßzustellen, wie er es die ganze Zeit mit mir versuchte. Nie würde ich ihn dazu bringen, weiterhin nur zuzusehen.

»*Das stimmt.*«

»*Hör auf, meine Gedanken zu lesen! Du weißt, dass ich noch viel lernen muss. Das kann ich nicht, wenn du mich beschützt. Trainiere mit Lorcan, bitte*«, flehte ich Finn in Gedanken an, aber ich bekam ein lautstarkes »*Nein*« zurück. Seufzend sah ich ihn an, aber er grinste nur.

»*Hab etwas Vertrauen. Hast du nicht gesehen, was du eben getan hast? Wie gut du warst? Du musst deine Konzentration auf etwas anderes lenken als darauf, immer alles richtig machen zu wollen.*«

»Seid ihr dann fertig mit dem Liebesgetuschel?« Kian war aufgestanden, hatte sich das Gras von der schwarzen Jeans geklopft, die hochgestylten Haare zurechtgerückt und die Ärmel seines dünnen Sweatshirts hochgeschoben, so dass die dunklen Tattoos auf seinen Unterarmen sichtbar wurden.

»Gut, Jäger, du kannst mittrainieren. Das wird vielleicht ganz lustig.« Er grinste süffisant. »Wildkätzchen, Ihr solltet noch mal Eure Übungen durchgehen, bevor wir anfangen.« Kian schien es wirklich zu lieben, Finn in den Wahnsinn zu treiben. Ich seufzte, dann konzentrierte ich mich auf mich selbst, meine Magie, die Elemente in mir. Ich hob meinen rechten Arm nach vorne, drehte die Handinnenfläche so, dass sie nach unten zeigte, und stellte mich etwas breitbeiniger hin für einen besseren Stand. Die Erde war das Element, das mir am wenigsten lag, es war für mich nicht so greifbar wie Luft, Wasser und Feuer. Vielleicht verstand ich es auch am wenigsten. Konzentriert atmete ich ein, versuchte mich zu erden. Der Geruch des Bodens und des Grases wurde intensiver, meine Hand zitterte leicht und der Boden unter uns begann zu beben. Das Gras reckte sich mir entgegen und plötzlich stob die Erde nach oben. Die einzelnen Sandkörner sahen aus wie Sterne, sie schwebten in der Luft. Meine Hand formte sich zu einer Faust, die einzelnen Partikel formten sich zu einer großen Wolke, konzentrierten sich und mit einer schwungvollen Bewegung meines Armes nach rechts und dem Öffnen meiner Hand katapultierte ich sie weg von uns. Mein Atem ging stoßweise und als ich in Finns Gesicht blickte, stand sein Mund leicht offen und er blickte mich stolz und verwundert zugleich an. Nun folgte das Wasser. Ich sah zum See, ich wollte es rufen, streckte die Hand aus, aber Kian unterbrach mich.

»Nein«, sagte er kopfschüttelnd. »Das Wasser findet Ihr ebenso in Euch.«

Mit zusammengepressten Lippen nickte ich. Darin war ich noch nicht gut genug, ich konnte das Wasser nicht lange genug aufrechterhalten und wusste bis heute nicht, wie ich es damals schaffen konnte, Raphael in einem Strudel aus Wasser und Luft gefangen zu halten, ohne zu wissen, was ich tat.

»*Du wolltest mich beschützen, deshalb. Du hast nicht nachgedacht.*« Finn hatte Recht.

Beide Hände zusammen, mit den Handflächen nach oben, zu einer Art Kelch geformt, schloss ich die Augen. Ein Summen erfüllte mich, in mir regten sich die Elemente, ich versuchte nur das Wasser hervorzulocken und zu filtern. Es flüsterte mir zu. Ich öffnete die Augen und sah, wie sich meine Hände langsam füllten, wie das Wasser klar in meinen Händen glitzerte, wie es nach und nach durch meine Finger rann.

Zitternd atmete ich aus, ließ das Wasser auf den Boden fallen. Feuer. Suchend sah ich mich um, ging ein kleines Stück, pflückte eine Blume und drehte sie zwischen meinen Fingern. Mir wurde heiß, meine Adern pulsierten, mein Herz klopfte schneller, das Feuer war immer präsent und unberechenbar, ich musste es eher unterdrücken als hervorrufen. Innerhalb von Sekunden ging die kleine Blume in Flammen auf. Es tat mir so leid, dass ich auf dem Boden schnell eine neue Blume wachsen ließ.

Ein Blick zu Finn und Kian genügte, um mir zu zeigen, dass ich alles richtig machte. Finn grinste stolz, Kian hatte nicht gemeckert. Ich versuchte mich an einem Lächeln. Während ich zurückging, rief ich den Wind. Mein Lieblingselement. Er begrüßte mich freundlich, wehte durch meine Haare, kühlte mein vom Feuer erhitztes Gesicht. Er sammelte sich um mich, wurde stärker und stärker, bis ich nur noch das Tosen der Luft vernahm. Der Wind riss Sand und Erde mit sich und verdichtete sich. Durch diesen Sturm sah ich die Gesichter von Kian und Finn nicht mehr so klar, Finns Gedanken rückten in weite Ferne und ich genoss dieses Gefühl. Dann verebbte der Wind.

»Nicht schlecht.« Das war das größte Kompliment, das ich von Kian bisher bekommen hatte. Finn sah ihn ungläubig an.

»Nicht schlecht? Magier, dafür, dass sie anscheinend nicht weiß, was sie tut, macht sie das verdammt gut.«

»Ja, von mir aus. Aber jetzt Schluss mit den seichten Übungen, lasst uns mit dem richtigen Training beginnen. Der Jäger und die Wildkatze gegen mich.« Kurz ließ Kian seine Zähne aufblitzen. Schritt um Schritt trat er zurück.

»Vergesst die Lektionen nicht, sie haben einen Sinn. Denkt daran: Ihr seid der Ursprung von allem.«

Finn begann sich bei Kians Worten bereits zu verwandeln, im Augenwinkel nahm ich die Flügel des Falken war, der sich mit kräftigen Schlägen emporhob.

Ich spürte, wie das Adrenalin stieg, spürte die Magie unter der Oberfläche. Dann begann es. Finn flog im Sturzflug auf Kian zu, der kurz nach oben sah, Finn mit einer Druckwelle wegkatapultierte. In mir spürte ich, wie sich die Elemente aufbauten, aber etwas hielt mich zurück. Wenn Finn ihm so nah war – ich hatte Angst, ihn zu treffen. Finn verwandelte sich im Flug, wurde zum Wolf und schüttelte beim Aufprall knurrend seinen Kopf. Er stand auf, ging um Kian herum. Sie umkreisten sich und ich versuchte näher heranzukommen.

»Jetzt!«, hallte Finns Schrei in meinem Kopf wider, in dem Moment, als Kian fast mit dem Rücken zu mir stand und Finn zum Sprung ansetzte. Ich streckte meinen Arm aus, aus dem Wind und Wasser flossen und auf Kian zurasten. Er war schnell und er war kein Narr. Er schleuderte Finn erneut weg, drehte sich um und mit nur einer kaum sichtbaren Handbewegung und sich schnell bewegenden Lippen ließ Kian meine Magie vergehen. Ich atmete schwer, zog die Augenbrauen zusammen und wartete. Finn stand wieder, doch im nächsten Moment krümmte er sich, hielt sich den Kopf und verwandelte sich zurück in einen Menschen. Er versuchte sich abzuschotten, aber sein Schmerz traf mich dennoch mit voller Wucht. Kians Magie löste Finn vom Boden, hob ihn empor und Finn fühlte sich, als würde er zerquetscht werden und zugleich innerlich verbrennen.

»Hör auf!«, schrie ich. Ich ging auf Kian zu, nur noch Finn war in meinen Gedanken.

»Bringt mich dazu.« Kian grinste so widerwärtig, dass mir schlecht wurde. Meine Gedanken und Gefühle waren ein Chaos, Finns Schmerz wurde zu meinem, er lenkte mich ab. Auch ich griff mir unwillkürlich an den Kopf, der zu explodieren drohte, und sackte auf die Knie. Dann verstärkte Kian den Druck und Finn schrie auf. Diesen Schrei hatte ich nie vergessen, denn meiner folgte kurz darauf. Doch plötzlich passierte etwas. Etwas änderte sich in mir und es war, als würde ich mir selbst zuschauen. Ich war so wütend und der Wunsch, dass er Finn gehen lassen sollte, war so stark, dass es nichts anderes mehr gab. Ich musste ihn befreien. Die Elemente bäumten sich auf, ich hieß sie willkommen. Sie nahmen sich meine Wut, meine Angst und meine Entschlossenheit, griffen nach ihr und trugen sie nach außen, brachen wie ein Orkan aus mir heraus. Feuer, Wasser, Wind umarmten sich, Wurzeln durchstießen den Boden, errichteten einen Schutz. Unter Finn brachen sie auch aus der Erde, stiegen empor, reckten sich ihm entgegen und hielten ihn fest, genauso wie Kian, der versuchte, sie zurückzudrängen oder zu verdorren. Ich fühlte mich leicht, nicht mehr unsicher. Ich hatte keine Angst mehr. Mit einem Ruck riss ich die Arme nach oben, Feuer, Wind und Wasser rasten auf Kian zu und für einen Moment glaubte ich einen Funken Angst gesehen zu haben, ein kurzes Aufblitzen. Er ließ von Finn ab, der bewusstlos in die Ranken sank, und konzentrierte sich auf mich. Noch hielt Kian meinem Angriff stand, während ich ihn weiter bedrängte. Langsam erhob ich mich, während mich die Elemente umgaben. Die Ranken formten einen schützenden Kokon, in dem ich mich bewegte. Finn war gerettet, ich hätte aufgeben sollen, aber ich konnte nicht – ich war jemand anderes, jemand Fremdes.

Kurz vor Kian hielt ich inne, sah den Schweiß auf seiner Stirn, hörte seine gemurmelten Zaubersprüche, spürte seine Magie, aber er vermochte es nicht, gegen die meine anzukommen. Die Ranken wickelten sich um seine Beine, der Kreis um ihn zog sich zusammen. Wind und Wasser rief ich zurück, bis nur noch Feuer ihn umgab.

Er sah mir in die Augen, kniff sie zusammen und straffte seine Schultern.

»Ihr habt gewonnen.« Ja, das hatte ich. Aber ich konnte nicht aufhören. Meine Hand, die das Feuer bändigte, zitterte. Nur eine Drehung, ein kleiner Ruck und er würde davon gefressen werden. Er würde solche Schmerzen haben, wie Finn sie gehabt hatte.

»*Hör auf.*« Worte sickerten zu mir durch, die nicht von Kian stammten. Aber ich konnte sie nicht einordnen.

»*Hör auf, kleine Fee. Das bist nicht du.*« Ich kannte diese Stimme. Sie war in meinem Kopf, in meinen Gedanken. Sie wärmte mich und holte mich zurück. Finn.

Sofort verebbte all meine Magie, Finn landete auf dem Boden, Kians Beine gaben unter ihm nach, er rang nach Luft und ich versuchte nicht ohnmächtig zu werden.

Die Gesichter der anderen am Rand konnte ich kaum erkennen.

»Ihr hättet mich umgebracht, nicht wahr?« Kians Stimme war rau, sein Blick auf den Boden gerichtet. Ich schluckte schwer, mir wurde schlecht.

Kian erhob sich, seine Beine zitterten, Morla kam mit Kohana zu uns, Lorcan half Finn zu mir, er war noch etwas benommen.

Finn legte den Arm um mich, gab mir einen Kuss auf die Stirn, fragte mich in Gedanken, ob es mir gut ging, aber ich antwortete nicht. Kians Blick fand meinen, sein Lächeln war dünn.

»O ja, das hättet Ihr.« Er kam auf mich zu. »Euer Seelenpartner ist Eure Schwachstelle, Euer wunder Punkt, er ist aber auch Eure Stärke. Durch ihn verwandelt Ihr Angst und Unsicherheit in Mut und Tatendrang. Das kann sehr gefährlich werden, wenn Ihr Euch darin verliert. Für heute machen wir Schluss. Ihr werdet stärker, Ihr habt Euch tapfer geschlagen und Ihr habt eine Regel hoffentlich zur Gänze verstanden: Ihr seid der Ursprung von allem. Es war das erste Mal, dass ich keine Chance hatte, gegen Euch anzukommen, weil Ihr es zugelassen habt, dass Euer wahres Ich Euch durchströmt. Ich bin auch nichts weiter als eine Fantasie, erdacht von einem Menschen, in einer Welt, die von Eurer Mutter, durch Eure Magie erschaffen wurde. Vergesst das nie!«

Lorcan blieb stumm, als er an uns vorbeiging, nickte aber freundlich. Finns Griff um mich wurde fester, er war noch etwas wackelig auf den Beinen und Kohana streckte Kian frech hinter seinem Rücken die Zunge raus.

Wahrscheinlich hatte es ihm gar nicht gefallen, dass er uns so in die Enge getrieben hatte. Kian zuckte zusammen und blieb ruckartig stehen. Mit festgefrorener Miene, die mich erschaudern ließ, drehte er sich wieder zu uns um, er musterte Finn, mich und danach den Fuchs, immer wieder, bis sich ein diebisches Grinsen auf seinem Gesicht ausbreitete und er langsam den Arm hob. Eine Gänsehaut breitete sich auf meinen Armen aus und ich fühlte die Anspannung aller anderen, das hier bedeutete nichts Gutes.

»Kian, bitte«, flehte ich, nachdem ich einen Schritt auf ihn zugetreten und mich zuvor aus Finns Griff befreit hatte. Ich hatte keine Kraft mehr. Kurz zögerte er, dann öffnete er seine Hand, die auf Kohana zeigte.

»Keine Angst, Wildkatze. Es wird ihm nur eine kleine Lehre sein, mich nicht noch einmal zu verspotten. Wer weiß? Vielleicht mag er es sogar?« Magie sammelte sich und ich dachte nicht weiter nach, als ich zu Kohana rannte, um ihn zu beschützen. Natürlich wollte Finn mich aufhalten und auch Lorcan war zur Stelle, aber sie waren nicht schnell genug. Mit dem blaugrünen Licht von Kians Magie erreichte ich Kohana, fiel vor ihm auf die Knie und nahm ihn in den Arm, versuchte ihn abzuschirmen. Die Magie kribbelte auf meiner Haut und ich spürte, wie sie mich umging, es war, als würde sie um mich herumfließen, um dann mit voller Wucht meinen Fuchs zu treffen. Mit zusammengekniffenen Augen drückte ich ihn fester an mich, krallte meine Hände in sein Rückenfell und ließ mich weder von Finn noch von Lorcan wegziehen.

So schnell der Lärmpegel gestiegen war, so schnell verstummte er wieder. Von jetzt auf gleich war die Magie versiegt und auch Finns wütende Stimme, die so viel Sorge enthielt, Lorcan, der ruhig dagegenredete, und das Lachen von Kian. Es war zu still. Langsam rührte ich mich und ich ... Was zur Hölle? Warm, weich – aber definitiv kein Fell.

Zögerlich öffnete ich die Augen und sah – eine nackte Brust. Langsam lehnte ich mich nach hinten. Ein nackter Körper – und ich umklammerte ihn. O mein Gott.

Lorcan fluchte, Kian lachte kehlig und Finn zog mich wütend auf die Beine in seine Arme. Mit offenem Mund suchte ich kurz die Gegend nach Kohana ab, in der Hoffnung, dass meine Befürchtung nicht stimmt. Er war nirgendwo. Auf dem Boden saß ein Junge, sehnig, dünn, aber muskulös, mit feuerrotem Haar und orangefarbenen Strähnen, mit markanten Wangenknochen und einem schwarzen und einem blauen Auge – vollkommen nackt. Mir stieg die Röte ins Gesicht, ich begann zu hyperventilieren. Kian hatte Kohana in einen Menschen verwandelt. Wütend funkelte ich ihn an, doch er schien sich bestens zu amüsieren und drehte sich einfach weg, er ging. Ich schrie ihm hinterher, dass er das nicht tun konnte, ich schimpfte und schrie immer lauter, aber es interessierte ihn nicht.

Lorcan zog sein Shirt aus, damit Kohana es sich um die Hüfte binden konnte und nicht vollkommen nackt durch das Schloss bis in unser Zimmer laufen musste.

Kohana blickte an sich hinab, fuhr sich mit den Händen über die Haut seiner Arme, drehte sie dabei hin und her. Er wirkte konzentriert, nachdenklich und wir sahen ihm dabei zu, wie er langsam begriff, dass er nun kein Fuchs mehr war. Dann stahl sich ganz unerwartet ein Lächeln auf sein Gesicht.

»Ich hätte ihn wohl nicht ärgern sollen. Aber hey, das kann lustig werden.« Kohanas Stimme klang tiefer als erwartet und ganz anders als zuvor. An Finns Arm gelehnt blickte ich in sein unergründliches Gesicht, aber ich wusste, dass er innerlich brodelte.

Es zeigte sich, dass er so groß war wie Lorcan, und als das Shirt endlich die wichtigsten Stellen verdeckte, grinste er mich an und ich war für den Moment ziemlich fasziniert, ihn nicht als Fuchs vor mir zu sehen. All die Momente, in denen er sich an mich gekuschelt hatte, in denen ich ihm den Bauch gekrault hatte ... In diesem Moment betete ich, dass sich der Boden auftun würde, um mich zu verschlingen.

Finn ging los und zog mich einfach mit sich mit. Ohne ein Wort zu sagen, ließ er Kohana und Lorcan stehen. Er wurde nicht langsamer.

»Okay, du musst nicht so rennen, unser Zimmer läuft uns nicht weg.« Keine Antwort. Ich schnaufte frustriert. Natürlich wusste ich, was sein Problem war, aber ich konnte schließlich nichts dafür, dass unser Fuchs nun auch ein Mensch war, genauso wenig wie er. Kian würde das morgen wieder richten, dafür würde ich sorgen.

Im Zimmer angekommen, schloss er eilig die Tür, packte meine Oberarme und zog mich an seinen Oberkörper. Nicht einmal ein Blatt Papier würde zwischen uns passen und ich musste den Kopf in den Nacken legen, um Finn ins Gesicht sehen zu können. Seine Augen faszinierten mich von Tag zu Tag mehr. In ihnen lag mehr als dieses endlose Schwarz, sie waren wie ein Himmel ohne Sterne, tief und einsam zugleich, düster, aber nicht verängstigend. Er kniff seine Augen zusammen sowie seine Lippen, sein Kiefer mahlte, sein Oberkörper war angespannt und ich fühlte sein rasendes Herz, spürte seinen heftigen Atem auf meinem Gesicht.

»Auf keinen Fall wirst du den Fuchs noch einmal sehen, bevor der Magier ihn zurückverwandelt hat. Wenn du mit ihm redest, schwöre ich dir, werde ich ihn verprügeln und aus dem Fenster schmeißen.« Seine letzten Worte gingen in dem Grollen unter, das aus seiner Brust kam, seine Stimme war dunkel, rau, sie duldete keinen Widerspruch. Natürlich weckte genau das den Drang, ihm zu widersprechen, doch er hatte seine Lippen bereits herrisch auf meine gelegt und küsste mich. Dutzende von Gedanken und Gefühlen, die er nicht zurückhalten konnte, übertrugen sich auf mich. Er mochte Kohana, aber nun war er ein Mensch, ein Mann, den ich nicht nur nackt gesehen, sondern auch in dem Zustand umarmt hatte, der mit uns in einer Suite wohnte und der – wie Finn vermutete – mich liebte. Der Gedanke war so klar in mir.

Finn löste nur langsam und widerstrebend seine Lippen von meinen, er sah mich intensiv an, bittend, flehend.

»Ich kann ihn doch nicht ignorieren. Ich werde versuchen, nicht zu nett zu ihm zu sein.« Mein Atem ging zu schnell, um es aussprechen zu können.

Das war nicht das, was er hören wollte, aber er nickte trotzdem. Zuerst wollte ich gehen, aber er sah aus, als wollte er noch etwas sagen, als würde ihn etwas anderes belasten. Meine Hand legte sich wie von selbst auf sein Herz.

»Was ist los? Was geht in dir vor, das ich nicht erkennen kann?« Meinem Blick wich er aus, seine Züge wurden weicher und die Anspannung in ihm ließ nach. Nein, es waren traurige Gefühle, die jetzt in seine Seele drängten.

»Stimmt das, was Morla gesagt hat? Ich meine wirklich alles. Ist dir dein Leben nichts wert? Obwohl du weißt, was du für mich bist, was du mir bedeutest?« Ein fetter Kloß bildete sich in meinem Hals, mir wurde kalt und ich ließ meine Hand sinken.

»Ich weiß es nicht. Ich ...« Was sollte ich sagen? »Du bedeutest mir mehr als alles andere. Ist es nicht das, was zählt?«

»Das weiß ich. Ich habe es gesehen. Du hättest Kian beinahe umgebracht, meinetwegen. Du warst völlig eingenommen von deiner Magie und es hat mich ebenso erstaunt, wie es mich erschreckt hat. Aber das ist es, nicht wahr? Du bist dir egal, deshalb hast du gezögert und deshalb willst du dich noch nicht mit mir verbinden. Du bist so verdammt stur! Du verstehst es nicht.« Er erhob seine Stimme, die mittlerweile so verzweifelt klang, dass ich am liebsten rausgerannt wäre. »Ich ...« Die Tür flog auf und riss uns aus unserem Gespräch, ließ uns atemlos voreinander stehen. Lorcan sah erschöpft aus. Kohanas Haare waren verstrubbelt, sahen seinem Fell so ähnlich, er grinste und schien Lorcans Kleidung zu tragen. Die Hose saß perfekt, er war barfuß und das T-Shirt war ein wenig zu groß. Freudig klatschte er in die Hände.

»Wow, ihr Menschen habt einen eigenartigen Körper, der jedoch auch ziemlich faszinierend ist. Was machen wir nun Schönes?« Erhobenen Hauptes, freudestrahlend kam er auf Finn und mich zu, bis er merkte, dass etwas nicht stimmte. Eine tiefe Falte bildete sich auf seiner Stirn.

»Prinzessin, ist alles in Ordnung? Ihr seht nicht gut aus.« Er wurde rot. Mein sonst so sarkastischer, leicht arroganter Fuchs wurde rot und das zauberte mir ein kleines Lächeln aufs Gesicht.

»Also nicht, dass Ihr nicht gut aussieht, ich meine ...« Ihm fehlten die Worte, er verhedderte sich, begann mit den Händen in der Luft herumzuwedeln, bis Finn ihn anschnauzte, dass er den Quatsch lassen sollte.

»Wow, Wolf, plagen dich Flöhe?« In seinem Lachen lag purer Spott. Ich hielt mir die Hände vors Gesicht, als die beiden sich gegenseitig in den Wahnsinn trieben.

***

Nachdem ich Fuchs und Wolf in Menschengestalt dazu gebracht hatte, sich besser aus dem Weg zu gehen, nahmen Finn und ich das Gespräch nicht wieder auf. Nun saßen wir auf der Couch, es war längst nicht mehr so unangenehm, über das Thema zu schweigen, wie zuvor, aber es schwebte noch immer zwischen und.

»Guten Abend, Prinzessin. Ich bringe Euch und Eurem Gefährten Tee und Brote.« Saifír flog herein, stellte das Tablett mit den Tassen und den Broten vor uns auf den Tisch. Meine Tasse gab sie mir direkt in die Hand.

»Dankeschön!« Ich schenkte ihr ein Lächeln und beugte mich zu meinem Tee vor.

»Wo ist Ella?« Finn sah die kleine Fee skeptisch an, wobei sie unmerklich zusammenzuckte.

»Sie ist nicht da oder ihr geht es nicht gut. Ich weiß es nicht mehr.« Ich winkte ungeduldig ab und wandte meinen Blick von Finn zu unserer Fee, die mit zittrigen Flügelschlägen vor uns schwebte. »Sie wird bestimmt bald wieder bei uns vorbeischauen, nicht wahr, Saifír?«

Die kleine Fee nickte mir zu, aber Finn sah sie weiterhin nur skeptisch an, bis ich ihn leicht anstupste, weil es ziemlich unhöflich war.

Saifír verließ das Zimmer und ich nippte an meinem Tee. Es war kein Pfefferminztee, aber ein himmlisch schmeckender Kräutertee, der mich von innen wärmte und mich vor Genuss kurz die Augen schließen ließ. Wir aßen ein paar Brote und nach dem ersten Bissen bemerkte ich, wie groß mein Hunger war. Finns Hand kreiste in ruhigen Bewegungen über meinen Rücken und ich begann müde zu werden.

»Komm, das war ein *interessanter* Tag. Lass uns ins Bett gehen.« Bei dem Wort interessant hatte er sein Gesicht zur Grimasse verzogen.

»Merkwürdig wäre mir als Erstes eingefallen«, erwiderte ich, während ich meinen Tee austrank. »Geh schon mal vor, ich gehe noch ins Bad und schaue kurz nach Kohana.« Mein Kuss besänftigte Finn weniger als geplant, sein Gesichtsausdruck war unbezahlbar und wenn er nicht alles, was er heute gesagt hatte, ernst gemeint hätte, würde ich jetzt über ihn lachen. Aber ich kannte seine Sorgen und wusste, dass Kohanas Anwesenheit nun erst recht seine Eifersucht schürte.

Während Finn verärgert vor sich hin grummelte und in unser Zimmer ging, klopfte ich an Kohanas Tür. Keine Reaktion. Wahrscheinlich schmollte er, weil Finn ihn so rüde angemeckert hatte – und ich still geblieben war.

Ohne auf ein »Herein« zu warten, öffnete ich die Tür. Allerdings langsam und ich spähte vorsichtig hinein, weil ich Angst hatte, ihn nochmals nackt zu sehen.

Er lag mit Lorcans Sachen bekleidet auf dem Bett, mit hinter dem Kopf verschränkten Armen, und starrte an die Decke.

Das Bett sackte leicht nach unten, als ich mich darauf setzte. Sein Blick klebte noch immer an der Decke, er hatte nichts gesagt und sich nicht bewegt.

»Ich wollte nach dir sehen und dir gute Nacht sagen. Morgen wird Kian alles richten.« Plötzlich konnte ich ein Gähnen nicht mehr unterdrücken.

»Ihr solltet ins Bett gehen.«

»Bitte, sei nicht böse auf mich. Ich habe dir nichts getan.« Seufzend richtete er sich auf, stützte sich auf seine Hände und blickte mir in die Augen. Seine unterschiedlichen Augenfarben wirkten als Mensch noch beeindruckender.

»Das stimmt. Was ist, wenn ich Euch sage, dass ich nicht weiß, ob ich wieder ein Fuchs sein will?« Ich war erstaunt über diese Frage.

»Wieso solltest du das wollen? Ich meine, es ist nur ein Zauber. Du bist ein Fuchs und in deinem Herzen wirst du das immer bleiben.« Er nickte abwesend und ließ sich wieder rücklings aufs Bett fallen.

»Schlaft gut, Prinzessin.« Ich stand auf, um ihm einen Kuss auf die Stirn zu geben, so wie immer vor dem Schlafengehen.

»Gute Nacht, kleiner Fuchs.«

Ich ging aus dem Raum und fühlte mich schlecht. Auf seine Frage hätte ich Kohana sagen sollen, dass er sich für alles entscheiden konnte, was er wollte, aber die Wahrheit war, dass ich ihn als Fuchs vermisste, als Freund. Im Moment schien er mir so fern.

Finn lag bereits im Bett, als ich unser Zimmer betrat. Leise schlüpfte ich aus meinen Sachen, zog mir etwas Bequemeres zum Schlafen an und legte mich zu ihm. Es dauerte nicht lange, bis ich einschlief.

***

Nebel, pechschwarz. Wie eine dicke Wand kam er langsam auf mich zu, pirschte sich an und ich vernahm sein Flüstern. Ich hörte es und wusste dennoch nicht, was er sagte. Aber ich spürte den Schweiß auf meiner Stirn und das Pochen meines Herzens, das aus meiner Brust zu springen drohte. Hier war es beklemmend und kalt. Der Nebel kam näher, kreiste mich ein. Ein Schrei. Fieberhaft drehte ich mich um mich selbst, bis ich schließlich losrannte, in die Richtung, aus der ich den Schrei vermutete. Meine Sinne waren aufs Äußerste gespannt. Ich rannte durch die Dunkelheit, dann hielt ich inne und keuchte. Erin stand vor mir. Nur kurz sah ich ihr Lächeln, bis der Nebel sie von den Füßen riss, fort von mir, und sich über sie ergoss wie schwarze Säure. Ich konnte die Hand nicht fassen, die sie mir entgegenstreckte. Hilflos sah ich, wie sie verschwand und ihre angsterfüllten Augen mich anblickten. Ich schrie mit ihr und ich rannte wieder, ihr entgegen, immer schneller – aber sie ertrank im Nebel ...

Schweißgebadet erwachte ich, sog zischend die Luft ein und atmete schwer. Finn nahm mich fester in den Arm, nuschelte im Schlaf, fragte mich, ob alles okay sei. Ich flüsterte ihm zu, dass er sich keine Sorgen machen müsste, dass ich nur schnell ins Bad gehen würde. Leise verließ ich das Bett, auf Zehenspitzen sammelte ich meine Klamotten auf dem Weg ins Bad ein. Dort spritzte ich mir das kalte Wasser ins Gesicht und zuckte zusammen, als Erins Bild erneut vor meinem inneren Auge erschien. Alles in mir zog sich zusammen – und ich wusste, ich konnte unmöglich wieder zurück ins Bett. Nein, ich musste sichergehen, dass alles okay war.

Als ich rausschlich, schirmte ich Finn, so gut es ging, von meinen Gedanken und Gefühlen ab. Aus Kohanas Zimmer drang lautes Schnarchen, er bekam nichts mit. Myra und Lorcan waren zu weit weg, um mein Verschwinden sofort zu bemerken. Nein, sie würden mein Verschwinden erst morgen früh bemerken. Vielleicht war ich dann schon wieder hier.

Das versuchte ich mir zumindest einzureden.

Ich ließ unsere Suite hinter mir, schlich die Treppen hinunter zum Ausgang. Mein Herz klopfte viel zu laut, mein Atem, meine Chucks auf dem

Boden – einfach alles klang wie Donnergrollen in meinen Ohren. Über allen Gängen des Schlosses lag die Dunkelheit, aber ich hatte keine Probleme, etwas zu erkennen, denn es fiel ausreichend Mondlicht durch die einzelnen großen Fenster.

Endlich hatte ich die Türen erreicht und schlüpfte hinaus. Ich ließ das Schloss hinter mir, zog meine Strickjacke fest um mich und ging auf dem Gras anstatt auf dem Kies. Mehrmals drehte ich mich um, aber niemand verfolgte mich. Trotzdem beschleunigte ich meine Schritte. Mein Atem klang unnatürlich laut in dieser stillen Nacht. Immer weiter entfernte ich mich vom Schloss, bis ich schließlich die erste Barriere durchbrach und das Kribbeln des Schutzes auf meiner Haut spürte. Hinter mir sah ich nun nichts mehr von dem Dorf, den Straßen und allem anderen. Ich steuerte auf die Mauer zu, auf das große Tor. Es stand offen und ich suchte hektisch nach Personen, die mich sehen und verraten könnten. Niemand war hier.

Nur mühsam erstickte ich meinen eigenen Schrei mit meinen Händen, die nun meinen Mund bedeckten. Fíri stand auf einmal vor mir, wurde von Luft zu einem Menschen und sah mich trotz verschlafener Augen sehr wachsam an.

»Ein nächtlicher Spaziergang, Prinzessin?« Seine Augenbraue wanderte nach oben, als er mir diese Frage stellte. So selbstbewusst wie möglich sah ich ihn an, hob mein Kinn und sprach mit fester Stimme, während ich innerlich vor Angst um Erin beinahe wahnsinnig wurde.

»Ja, ich werde morgen zurück sein. Ich wünsche eine angenehme Nacht.« Er ließ mich nicht vorbei. Verdammt.

»Ich darf Euch nicht gehen lassen, tut mir leid.«

»Seit wann bin ich eine Gefangene?« Mein Ton war schneidend. Sein Lächeln auf meine Aussage war beinahe anerkennend, als ob er es schätzte, dass ich nicht klein beigab.

»So könnte es aussehen, wenn man es nicht besser wüsste. Deegan sorgt sich um Euch.«

»Ich will vorbei.« Meine Zähne knirschten, ich wurde wütend, denn ich hatte wirklich absolut keine Zeit für diesen Quatsch. Fíri regte sich nicht und mich durchfluteten die Angst und die Verzweiflung mit aller Macht. Wie im

Training, als Finn angegriffen wurde, war alles ganz klar, so einfach. Ich rief den Wind, wurde ein Teil von ihm und als wäre es unsagbar leicht, schloss ich Fíri darin ein. Ein dumpfes Lachen drang zu mir, Fíri hatte den Kopf in den Nacken gelegt und mit einem Schnippen verschwand der Wind um ihn herum. Er war selbst ein Luftelementar. Meine Hand hob ich erneut, mit ihr den Wind, doch dieses Mal trennte ich ihn nicht von allen anderen Elementen, ich konzentrierte mich nicht, ich fühlte nur. Wasser und Feuer schossen in inniger Umarmung aus meiner Hand, vermischten sich mit dem Wind und wirbelten um Fíri herum, hielten ihn gefangen. Mit seiner eigenen Magie hielt er dagegen, Wind und Wasser wurden etwas schwächer, aber es war dennoch so, als würde ein Schmetterling versuchen eine Wand aus Stein zu verschieben. Wurzeln schossen aus dem Boden, klammerten sich an seinen Beinen fest.

Schritt um Schritt trat ich näher zu ihm, hörte das leise Rauschen des Windes und des Wassers, das Knarzen der Wurzeln und das Knistern des Feuers, das immer heller loderte und drohte, mich zu verraten.

»Ich sagte, lass mich gehen.« Ohne ihn noch einmal anzusehen, trat ich an ihm vorbei, ließ das Schloss mit seinen schützenden Mauern hinter mir. Meine Magie zog ich zurück und ich bereute es augenblicklich, denn Fíri war sofort wieder zur Stelle.

»Prinzessin, egal, was Euer Ziel sein mag, Ihr werdet alleine keinen Weg dorthin finden.« Obwohl ich es nicht wollte, blieb ich stehen. Verdammt! Ruckartig drehte ich mich um.

»Ich muss nach Hause. In meine Welt.«

»Selbst wenn Ihr es bis zum Übergang schaffen solltet, kommt Ihr ohne Fährmann nicht weit. Sagt mir, was dort so Wichtiges auf Euch wartet, dass Ihr bei Nacht von hier fortschleicht. Von hier und sogar von Eurem Gefährten.« Mittlerweile stand er vor mir, ragte über mir auf.

»Eine Freundin. Eher Familie. Erin. Sie ... Sie wird sterben.« Ich wusste es nicht, es war ein Gefühl. Selbst wenn ich es gewollt hätte, hätte ich es nicht beschreiben können. Ich wollte, dass es nur ein Traum war, aber ich musste es selbst sehen, mich vergewissern, dass nichts von all dem wahr war. Und ich wollte niemanden in Aufruhr versetzen.

Das Türkis seiner Augen leuchtete sogar bei Nacht und es war so intensiv wie sein Blick, dem ich nur mit großer Mühe standhielt. Ich wollte nicht schwach wirken.

»Ich begleite Euch. Deegan würde mich umbringen, wenn ich es nicht täte. Und da ich Euch nicht aufhalten kann ...« Er seufzte. »Kommt, lasst uns gehen.«

Wir liefen durch den Wald und mir war nicht klar gewesen, wie unvorbereitet ich aufgebrochen war. Ich hätte mich sicher verirrt. Es kam mir vor, als gingen wir einen anderen Weg als den, den ich durch Dee kannte, denn wir hatten bereits zwei Baumportale passiert. Wie schon das eine Mal auf dem Weg hierher wurde ich dabei von Licht umarmt und trat an einer anderen Stelle heraus. Mit meinen Gedanken war ich jedoch stets bei Erin. Drei Mal hatte Fíri bereits eine Hand nach mir ausstrecken müssen, um mich vor einem Sturz auf dem unebenen Boden zu bewahren.

Dann sah ich unsere Anlegestelle, das Boot, das an eine Gondel erinnerte, und ich spürte das Ziehen in meiner Brust, die aufkeimende Hoffnung, dass alles gut werden würde.

»Woher bekommen wir nun einen Fährmeister? Ich sehe Ronan nirgendwo.« In dieser Dunkelheit, in die nur der große Mond und ein paar Glühwürmchen Licht brachten, konnte man ohnehin kaum etwas erkennen.

»Ronan ist nicht der einzige Fährmeister.«

»Soll das heißen, du bist nicht nur Seelenleser, sondern auch Fährmeister?« Erstaunt versuchte ich seinen Gesichtsausdruck zu erkennen.

»Nein.« Ich hörte das Lächeln in seiner Stimme, während er sprach. »Das bin ich nicht. Aber ich trage etwas Wassermagie in mir und es wird reichen, um uns das Portal zu öffnen. Da ich in diese Welt gehöre und nicht in die Welt der Menschen, wird es mich hoffentlich erkennen und Euch als meinen Gast einlassen. Wir werden uns allerdings Ronans Boot leihen müssen.« Er klang nicht so, als würde er das bedauern.

***

Als die Anderswelt hinter uns lag und Fíri das Boot über das Meer in Richtung Irland gleiten ließ, konnte ich meine Aufregung kaum noch verbergen. Kurz öffnete ich meine Verbindung zu Finn, um zu schauen, ob sie überhaupt von hier nach Tír Na Nóg funktionierte. Ich konnte mich noch gut an unsere getrennte Verbindung erinnern, als ich in Scáthán und Finn in der Menschenwelt gewesen war. Erstaunt stellte ich nun fest, dass ich ihn wie eh und je wahrnahm. Man könnte sagen, dass lediglich so etwas wie ein Rauschen darüber lag. Finn schlief noch und ich kappte die Verbindung, damit dies so blieb.

»Was genau lässt Euch denken, dass Erin in Gefahr ist?« Fíris Gesichtsausdruck sollte wohl entspannt wirken, was gründlich misslang. Plötzlich kam mir ein komischer Gedanke, weshalb ich eine Gegenfrage stellte.

»Du kennst Erin, nicht wahr?«

»Ja, sie hat mich ausgebildet. Es ist Ewigkeiten her.« Mehr sagte er nicht und ich wusste, er würde es auch nicht tun, wenn ich weiter nachbohrte. Deshalb antwortete ich nun auf seine zuvor gestellte Frage.

»Es klingt wirklich dämlich, aber ich habe es geträumt. Ich habe sie gesehen, wie sie schreit und wie sie von etwas Dunklem verschluckt wird.« Ich atmete tief ein und wieder aus. Fíri blieb still. Ich war froh, dass er nicht über mich lachte oder mich zurechtwies, dass ich auf Grund eines Traumes in einer Nacht-und-Nebel-Aktion zu ihr reiste.

Es kam mir vor, als würden wir Stunden über das Wasser fliegen. Das Meer schien so dunkel wie die Nacht, so wie an dem Tag, als wir Irland verlassen hatten. Aber heute herrschte kein Sturm, der Himmel über uns war voller Sterne und klarer denn je. Dann verstärkte sich das Rauschen, die Küste kam in Sichtweite.

Wir erreichten meinen Strand, ich sah meine Klippen, atmete irische Luft ein und als der Sand unter meinen Chucks nachgab, konnte ich ein Seufzen und ein kleines Schluchzen nicht unterdrücken. Ich hatte das hier wirklich mehr vermisst, als ich gedacht hatte.

»Ich nehme an, du willst mitkommen und nicht hier warten.« Es war eine Feststellung und Fíri machte sich nicht einmal die Mühe, mir zu antworten, sondern ging bereits zu der Treppe.

Wie in der Anderswelt war es Nacht, nur war es hier kälter, Schnee bedeckte den Boden und meine Strickjacke hielt den eisigen Wind nur mäßig ab – bis er plötzlich vollkommen verschwunden war.

»Wie hast du das gemacht, Fíri?«

»Ich habe eine Art Schutz um Euch erschaffen. Ihr könnt das auch, schließlich gehorcht Euch der Wind.« Versucht hatte ich es noch nie, nicht so. Der Wind wurde von mir eher gerufen als vertrieben oder ausgeschlossen.

Wir gingen den Pfad zu Erins Haus entlang, die Laternen leuchteten nicht. Stockdunkel war es im Haus. Wer wusste schon, wie spät es hier gerade war. Nichts schien merkwürdig zu sein. Nichts, nur mein Gefühl, das mir sagte, dass etwas ganz und gar nicht stimmte.

Ich klingelte. Nach einigen Sekunden ging das Licht im Flur an, wenig später öffnete sich die Tür. Erin stand vor mir und sie sah nicht unbedingt müde aus. Sie trug ihre bequeme Hose und einen lockeren Pullover, wie immer, wenn sie es sich auf der Couch oder im Bett bequem machte, um noch ein Buch zu lesen.

»Cat? Bist du das?« Ungläubig sah sie mich an und ich weinte hemmungslos, sprang in ihre Arme. Sie lebte.

»Was tust du hier?«

»Hast du nicht geschlafen?« Ich nuschelte so stark, dass es mich wunderte, dass sie mich verstanden hatte.

»Nein, ich ...« Sie stockte, als sie Fíri sah, kniff sie die Lippen zusammen. »Kommt rein, lasst uns drinnen weiterreden.« Ihr Griff um meinen Arm wurde ungewohnt stark, ihre Stimme klang anders.

»Erin? Ist alles okay?« Plötzlich schnellte Fíris Hand vor, krallte sich in Erins Pullover fest, die andere legte sich auf die Haut unter ihrem Hals und ich spürte seine Magie, sah, wie sie in Erin eindrang, die sich in seinem Griff wand. Er atmete schwer, riss mich von ihr weg und stellte sich vor mich.

»Lauft, Prinzessin! Das hier ist nicht Erin. LAUFT!« Es dröhnte in meinen Ohren, ich konnte mich nicht bewegen. Erins Lachen klang metallisch, hohl, viel zu hoch und der Zug um ihren Mund war so beängstigend, dass ich einige Schritte nach hinten stolperte. Fíri wurde von jetzt auf gleich auf den Boden geschleudert.

»Oh, Prinzessin«, sagte Erin tadelnd. »Hättet Ihr nicht alleine kommen können oder zumindest ohne diesen Seelenleser? Nun gut, jetzt ist es so. Es wird nichts ändern.« Eine Handbewegung, dunkelrote, fast schwarze Magie waberte um Erin herum, eine Aura, die nicht zu ihr passte.

Seth.

Nein. Das konnte nicht sein.

Ich taumelte noch weiter zurück, Fíri rappelte sich auf, stellte sich wieder vor mich. Erins Abbild war verschwunden.

»Wo ist sie? Was hast du mit ihr gemacht?« Die Wut, die mich überfiel, überdeckte jegliche Vernunft und ich wollte nichts mehr, als ihm die Augen auskratzen, ihn bluten lassen für alles, was er uns angetan hatte. Und das würde ich, wenn Fíri mich nicht festhalten würde – vielleicht wäre ich bei dem Versuch auch direkt gestorben, aber in diesem Moment war mir das egal.

»Wollt Ihr nicht wissen, wie ich Euch hergelockt habe?« Sein süffisantes Lächeln war so ekelerregend und ich wünschte, er würde an jedem seiner Worte ersticken. »Der Traum, meine Liebe, der Traum! Ich war so enttäuscht, dass Ihr nicht bereits beim ersten Mal den leckeren Tee getrunken habt, nein, Saifír musste ihn Euch noch ein zweites Mal bringen.« Mit der Zunge schnalzend lehnte er an Erins Türrahmen und verschränkte die Arme vor der Brust.

Zischend atmete ich ein und konnte nicht glauben, dass die kleine Fee mit diesem Monster zusammengearbeitet hatte.

»Wo ist Erin?« Ich bebte und schrie, drückte gegen Fíri, der mich zurückhielt und immer weiter nach hinten drängte. Seths Lachen ging mir durch Mark und Bein, ließ mich zittern und noch mehr frieren und ich betete so sehr, dass sie nicht hier, sondern irgendwo in Sicherheit war.

Seth drückte sich von dem Türrahmen ab, trat heraus, unter seinen Füßen knirschte der Schnee. Er streckte beide Arme aus, öffnete seine Hände und aus ihnen kroch der schwarze Nebel, der Rauch aus meinem Traum, waberte über den Schnee auf den Platz zwischen uns und wurde immer größer. Er sah aus, als würde er leben.

Mit einem Ruck von Seths Händen löste sich der Nebel auf und gab den Blick auf drei leblose Körper frei, voller Blut, Kratzer, zerrissener Kleidung und so blass.

Meine Beine gaben unter mir nach, Fíri konnte mich nicht halten. Ich krallte meine tauben Finger in den Schnee, ich schrie und weinte, bis die Erde unter mir bebte und ich glaubte, keine Luft mehr zu bekommen.

Erin, Aidan, Kerry. Dort lagen sie – ich kam zu spät.

»Ihr werdet für den Tod meines Bruders bezahlen, mit allem, was Ihr liebt. Heute ist der Tag meiner Rache noch nicht gekommen, aber dies ist bereits ein kleiner Vorgeschmack auf das Leid, das euch noch erwartet.«

Voller Wut, mit einem Schleier vor den Augen, einem Dröhnen in den Ohren, riss ich die Hände hoch und schleuderte Seth schreiend alles entgegen, was ich besaß. Fíri schrie mich an, versuchte mich wegzuziehen, sagte mir, dass wir gehen mussten und nichts tun konnten. Aber er hatte keine Chance gegen mich und meine Wut. Seth hielt dagegen, während um uns rum der Schnee schmolz, Bäume umkippten, Wurzeln aus dem Boden krochen und um sich schlugen, der Wind einzelne Ziegel vom Dach fegte und sich Risse im Boden bildeten.

So schnell wie mein Ausbruch kam, so schnell versiegte er und ich konnte die Trauer nicht mehr in Wut wandeln, sondern ich begann darin zu versinken. Seth grinste mich boshaft an, kam langsam auf mich zu.

»Ihr seid stärker geworden, Prinzessin. Es wird mir dadurch umso mehr Spaß machen, Euch zu quälen.«

Fíri versuchte Seth Schaden zuzufügen, ließ seine Magie frei, um mich zu beschützen, und konnte tatsächlich einige schwere Treffer landen. Seth beachtete mich nicht mehr, während er sich mit Fíri duellierte und sie sich umrundeten, wobei Seth nie sein diabolisches Grinsen verlor. Nein, er spielte nur mit ihm.

Ein spitzer Ast lag vor mir. Wie in Trance ergriff ich ihn, umklammerte ihn und sprang auf. Ich rannte die wenigen Schritte zu Seth und rammte ihn ihm mit aller Kraft in die Seite, hörte es knacken und Blut strömte aus der Wunde. Die Magie versiegte, aber sein Lachen erklang lauter denn je. Fíri atmete schwer, hielt für einen Moment inne. Seth drehte sich zu mir.

»Ihr könnt mich nicht töten.« Ächzend zog er den Ast aus seinem Körper. »Denkt Ihr wirklich, ich wäre allein? Nicht vorbereitet? Keine Angst, heute wollte ich Euch nur zeigen, was Ihr verloren habt und noch verlieren werdet. Ich werde Euch auf jede erdenkliche Art und Weise brechen.« Er spuckte die Worte förmlich aus, jedes troff nur so vor Hass und Bosheit. Es lief mir kalt den Rücken hinunter, ich spürte meine Beine kaum noch, ich wollte meine Magie rufen, aber da war nichts.

Fíri schleuderte ihn mit einem plötzlichen Windschub weg von mir an die Wand von Erins Haus, bevor er mich eindringlich ansah und auf mich zukam.

»Los! Lauft zum Boot und fahrt zurück. Ihr könnt das. Das Boot kennt den Weg. Ruft das Wasser. Konzentriert Euch! Es sollte Euch auch ohne Fährmeister das Portal zeigen und öffnen.« Mit mir ringend, nickte ich schließlich, als Seth sich wieder hochrappelte. Ich ließ meinen Blick nochmals über Erin, Aidan und Kerry wandern, über meine Familie, die ich nicht hatte beschützen können, die ich nie wiedersehen würde – dann rannte ich los und blickte nicht zurück.

»Es ist nicht vorbei!«, drang Seths Schrei zu mir.

Meine Füße trugen mich über den Weg, den ich schon unzählige Male mit einem Lächeln entlanggegangen war, sie trugen mich vorbei an meinen Klippen, hinunter an den Strand, wo ich vor dem Boot zitternd zusammenklappte. Wild schlug ich mit meinen Fäusten auf den Sand ein, der leicht gefroren war, schlug, bis Schmerz in meine tauben Hände fuhr.

Irgendwie war ich ins Boot gekommen und irgendwie hatte es sich in Bewegung gesetzt. Keine Ahnung, wie.

Ein Windhauch streifte mich und plötzlich saß Fíri neben mir, schwer verletzt, sein Atem ging nur rasselnd. Er sah übel aus. Sein Shirt war zerfetzt, ein großer Schnitt, aus dem das Blut quoll, zog sich quer über seinen Oberkörper und erinnerte mich an die Schnitte, die Seth und Mago mir in Scáthán zugefügt hatten. Weitere Schnitte verunstalteten sein Gesicht, das Blut lief ihm beinahe in die Augen, lief über seine Nase, seine Lippen. Trotzdem war ich erleichtert, dass er noch lebte, und umarmte ihn stürmisch, weinend und schluchzend zugleich.

»Prinzessin, Ihr schafft das ... ich ...« Erschrocken sah ich ihn an, das Blut sammelte sich bereits auf dem Boden des Bootes.

»Was? Nein, auf keinen Fall.« Doch seine Augen waren bereits geschlossen, sein Atem verlor sich.

»NEIN!« Ich drückte meine Hände auf seine Wunde am Bauch, ignorierte das viele Blut und wollte nur, dass er lebte. Meine Hände glühten auf, meine Magie war so bunt wie eine Blumenwiese im Frühling und ich spürte, wie die Wärme in meine kalten Glieder fuhr, bis es dunkel wurde, so dunkel und still.

Kurz darauf kam ich benommen in Fíris Armen zu mir und hörte nur leise seine Worte, bevor ich einschlief.

»Oh, Prinzessin, was habt Ihr getan? Euer Seelengefährte wird mir den Kopf abreißen.«

17

Finn – Der Mut wird nicht müde

Schweißgebadet wachte ich auf und sah mich hektisch um, das Blut rauschte in meinen Ohren, mein Atem war unnatürlich laut in dieser bedrückenden Stille.

Sofort fasste ich mir stöhnend an den Kopf, mir tat alles weh, der Schmerz schien durch mich hindurchzufließen. Mit geschlossenen Augen griff ich nach Cat. Und ich griff ins Leere. Ich riss meine Augen auf, machte das Licht an und erst nach und nach begriff ich, dass ihre Bettseite leer war und was das bedeutete.

Es war ihr Schmerz und er war so intensiv, dass ich zitterte und gleichzeitig knurrte. Nur halb mit den Gedanken hier bei mir zog ich mich an und torkelte beinahe aus dem Schlafzimmer. Laut und ungehalten klopfte ich an die Tür des Fuchses, so lange, bis er sie genervt öffnete. Doch als er mich sah, wich alle Farbe aus seinem Gesicht und er verkniff sich einen dämlichen Kommentar.

Meine Beine gaben kurz unter mir nach und Kohana griff mir unter die Arme.

»Danke, es geht. Ich muss es nur kontrollieren.«

»Was ist passiert?« Ernst sah er mich an.

»Cat ist weg. Scheiße, sie hat starke Schmerzen oder sie leidet, ich kann die Gefühle kaum auseinanderhalten, es ist so intensiv.« Wenn das möglich war, wurde Kohana noch blasser. »Mach dich fertig, ich lasse Lorcan rufen. Wir müssen sie finden. Dee ist nicht hier und wenn ich ehrlich bin, weiß ich nicht, wo wir mit dem Suchen beginnen sollen.« Kohana nickte mir knapp zu und verschwand wieder im Zimmer. *Verdammt, Cat!* Wieso hatte ich ihr Fortschleichen nicht bemerkt?

Auf der Couch sitzend zupfte ich drei Mal an meinem Ohr, rief nach Ella, aber sie kam nicht. Fluchend versuchte ich es wieder und wieder, bis ich schließlich Fio weckte und zu uns rief. Sie war ziemlich außer sich, bis ich ihr erklärte, was los war. Sofort machte sie sich auf den Weg zu Lorcan – und sie würde auch Morla und Kian herbringen.

Das Warten auf die anderen schien sich zu einer Ewigkeit auszudehnen. Kohanas Haare standen wirr von seinem Kopf ab, er sah beinahe kränklich aus und tigerte im Zimmer umher, während ich weiterhin versuchte, den Schmerz in mir zu besiegen. Es war kein körperlicher Schmerz, eher Leid – gepaart mit unbändiger Wut und Trauer. Dieses Gemisch, das Cat anscheinend nicht mehr vor mir verbergen und nicht mehr zurückhalten konnte, prasselte auf mich ein. Kaum vorstellbar, wie stark sie selbst das alles empfinden musste, wo schon ich davon beinahe verrückt wurde. Ich konnte nicht mal erahnen, was sie dazu brachte so zu fühlen. Ich betete, ich flehte, dass es nicht schlimmer wurde und dass ich sie finden würde. Der Versuch, in ihre Gedanken einzudringen, scheiterte, ich konnte weder mit ihr reden noch herausfinden, wo sie war. Überall war nur dieses Gemisch aus Gefühlen, das ich unbedingt loswerden wollte, von dem ich Cat befreien wollte.

Lorcan stürzte herein, gefolgt von Myra, die ihre Hände auf ihrem leuchtenden Bauch hielt und ganz blass im Gesicht war. Mit aufgerissenen Augen richtete sie das Wort an mich.

»Finn? Wo ist sie?« Ihre Stimme klang panisch, drohte sich zu überschlagen, ihre Augen glänzten bereits verräterisch und ich war auch kurz davor die Fassung zu verlieren. Ruckartig stand ich auf, ignorierte das Ziehen in meiner Brust, fuhr mir ungelenk über meinen verschwitzten Nacken und konnte sie einfach nicht ansehen.

»Ich weiß es nicht. Verflucht, ich weiß es nicht.«

Myra erzitterte. Cat war nicht nur ihre beste Freundin, sie war, genau wie für Lorcan, zu einer kleinen Schwester geworden. Lorcan nahm Myra in den Arm, strich ihr behutsam über den Rücken, auf und ab, sah mich dabei aber eindringlich an. »Wir müssen sie suchen.«

»Sofort!«, ergänzte Kohana Lorcans Satz. Ja, das sollten wir, aber wo fingen wir damit an?

»Warum hat sie dich nicht mitgenommen? Warum ...« Lorcans Frage wurde durch das Öffnen der Tür unterbrochen. Morla und Kian traten ein und sie schienen weder überrascht noch in Sorge zu sein. Alles andere hätte mich auch gewundert. Sie fragten nicht, was los war, denn sie wussten es.

»Wisst Ihr, wo sie ist?« Meine Stimme bebte.

»Ja«, sagte das Orakel völlig emotionslos. Stürmisch trat ich auf sie zu, ich bebte, formte die Hände zu Fäusten.

»Sagt es mir«, forderte ich mit zusammengebissenen Zähnen.

»Nein. Ich darf nicht – und vielleicht muss ich das auch nicht.« Ich hasste Orakel, ich hasste es, wie sie zugleich alles und nichts sagten.

»Lebt sie?«

»Ja – noch.« Noch. Der Schleier der Wut legte sich über meine Augen, über meine Sinne und in Kombination mit Cats Gefühlen drohte ich darunter zu ersticken. Ich raufte meine Haare, schrie und tobte, während Myra an Lorcans Brust verzweifelt schluchzte, Kohana wie wild auf Kian einredete und Morla einfach nur dastand ... sie stand nur da.

Ich hätte sie nicht danach fragen müssen, ich wusste, dass sie lebte. Solange ihr Schmerz der meine war, gab es keinen Zweifel. Morla hatte mir aber eine ganz andere Frage, die unausgesprochen blieb, beantwortet: Sie wusste nicht, wie lange Cat noch lebte.

Dee war weg und ich fühlte mich so unendlich hilflos, wusste nicht, wo ich anfangen sollte zu suchen, da meine Gedanken mich immer wieder unter sich begruben. Kohana ging es anscheinend ähnlich.

»Wo sollen wir anfangen, Wolf?« Gewohnt spöttisch blickte er mich an. »Sollen wir einfach ganz Tír Na Nóg auseinandernehmen?«

Ich kniff die Augen zusammen. »Wenn es sein muss.«

Eine angespannte Stille legte sich über uns, bis Lorcan mit gedankenverlorenem Blick sagte, dass wir vielleicht hinunter zur Mauer gehen sollten und durch das Dorf. Wir sollten zu Fíri gehen.

»Wenn sie das Schloss und seine schützenden Mauern verlassen haben sollte, wird er es wissen.« Myra nickte zustimmend und Lorcan schüttelte bereits den Kopf.

»Nein, du bleibst hier. Wir wissen nicht, wo Cat ist und was passieren könnte. Du und unser Kind, ihr bleibt hier.« Myra wollte widersprechen, doch im letzten Moment wurden ihre Züge weich.

»Bitte bring sie mir wieder«, bat sie Lorcan leise und er versprach es ihr.

Die ganze Zeit behielt ich Morla und Kian im Auge und es beunruhigte mich, dass Mr Arrogant so still war. Kian hatte noch kein Wort gesagt und als er einmal zum Sprechen ansetzte, sah ihn Morla nur warnend an. Im Moment zog sie ihre Lippen kraus.

»Worauf warten wir noch?« Kohana stürmte bereits aus der Tür, während ich weiterhin skeptisch das Orakel musterte, das gekonnt meinem Blick auswich.

Wir eilten die Treppen hinunter, aus dem Schloss und sahen, wie die Sonne aufging und diese Welt in ein helles, weiches Gelb tauchte. Die Feen lachten fröhlich, die ersten Elementarwesen erwachten, andere legten sich jetzt erst zur Ruhe, die Bäume reckten sich den ersten Sonnenstrahlen entgegen, die Glühwürmchen ließen ihr Licht erlöschen und feiner Nebel waberte um unsere Knöchel.

Ein Zittern durchfuhr mich, als wir den Schutz durchbrachen. Die Mauer lag direkt vor uns, wir kamen ihr immer näher und sie warf riesige Schatten auf den Boden. Am Tor rief ich Fíri, ich schrie mir die Seele aus dem Leib, auch noch, als alle anderen längst verstummt waren. Ich fluchte, ich beschimpfte ihn, aber er war nicht hier. Wenn er weg war, so wie Cat, dann war sie hier vorbeigekommen – und er hatte sie begleitet. Unfassbare Wut ließ mich nicht mehr klar denken, unkontrolliert verwandelte ich mich – in den Falken, die Katze, den Bären, den Nebelparder, den Wolf – immer wieder. Sie hatte mich hiergelassen. Sie hatte sich, verflucht nochmal, einfach weggestohlen und nun stand ich hier, wusste nicht, wo sie war, warum sie gegangen war, wie lange sie noch leben würde. Ich wusste nur, dass sie litt. Wie hatte sie ihn mitnehmen und mich zurücklassen können?

Lorcan packte mich und schlug mir kräftig ins Gesicht. Für den Moment kam die Kontrolle zurück, aber die Wut blieb. Dankbar nickte ich Lorcan zu. Es war nicht der richtige Moment, um durchzudrehen.

»Du weißt, was das bedeutet«, drang Lorcans Stimme dumpf zu mir.

»Ja.« Sie hatte ein bestimmtes Ziel. Sie brauchte jemanden, der sie hinführte.

»Seht mich nicht so an, Jäger! Ihre Zukunft hat sich in den letzten Stunden so oft geändert, dass mir schwindelig wurde. Dass sie den Seelenleser mitgenommen hat, ist eine weitere Verkettung. Eine, die nicht die wahrscheinlichste ihrer möglichen Wege war. Die Karten wurden neu gemischt und eines hat mich Eure Seelengefährtin gelehrt: Bei ihr sollte man sich nie zu sicher sein. Auch der unwahrscheinlichste aller Wege ist bei ihr so wahrscheinlich wie der naheliegendste. Das ist einer der Gründe, weshalb ich Euch nichts über Ihre Zukunft sagen kann. Auch wenn Ihr das nicht glaubt, aber diese Erkenntnis ist besser als jede Voraussage, die ich Euch geben könnte.« Schnaufend stemmte Kohana die Hände in die Hüfte, dann lief er wild auf und ab. Es sah aus, als würde er seine Zähne blecken wie ein Fuchs, der er nicht mehr war. Er giftete Kian an, der das Zucken in seiner Wange mittlerweile nicht mehr kontrollieren konnte. Lange würde seine Geduld nicht anhalten.

»Lasst uns zur Anlegestelle gehen. Vielleicht kann uns dort jemand helfen. Es wäre das Einzige, was mir einfiele. Wo sollte Cat hingehen?«

»Prima, Wolf!« Unser Nicht-Fuchs blieb abrupt stehen. »Wieso sollte Cat mitten in der Nacht durch Tír Na Nóg wandern, zur Anlegestelle? Wieso sollte sie dahin, wieso sollte sie ohne uns nach Hause wollen? Und sag uns doch mal, wie wir da wieder hinkommen. Deegan ist weg und ich glaube kaum, dass sich einer von euch den Weg gemerkt hat.« Meine Kiefer mahlten und obwohl ich ihm wirklich gerne eine runterhauen wollte, sagte er die Wahrheit. Fragend sah ich Lorcan an, doch er verneinte meine stumme Frage. Kian ließ sich nichts anmerken.

»Ihr dürft uns nichts verraten, trotzdem seid Ihr hier. Macht Euch endlich nützlich! Verflucht, sagt uns wenigstens, wie wir da hinkommen.« Ich war am Ende, aber Morla sah mich nur abschätzend an und dass sie einfach nicht antworten wollte, stellte unsere nicht vorhandene Geduld hart auf die Probe – bis Kian entschlossen vortrat.

»Kommt, ich kenne den Weg.« Morla sah ihn fassungslos an.

»Wir sollten nicht ...« Aber er unterbrach sie, hob die Hand, sah sie ernst an.

»Nein, wir sollten! Wir haben unsere Heimat verlassen, um zu helfen. Wir kamen hierher, weil du die schlimmsten deiner Visionen verhindern wolltest. Wie willst du das tun, wenn du nichts preisgibst? Am Ende geht alles und jeder unter und du mit ihnen, mit dem Wissen, dass du es hättest verhindern können.« Das Orakel wirkte wütend, zugleich aber frustriert und nachdenklich. Ihre sonst so kühle und ruhige Fassade bekam Risse. Kian legte eine Hand auf ihre knochige Schulter.

»Ich bin mir bewusst, dass wir die Zukunft nicht preisgeben dürfen, keine einzige von ihnen, aber wir können trotzdem gewisse Dinge lenken, ohne zu viel zu verändern – ohne zu viel ins Negative zu verändern.« Sie regte sich nicht, aber Kian wandte sich trotzdem an uns, erwartete keine weitere Reaktion und ging mit uns aus der Stadt hinaus.

Gerade als wir den Wald erreichten, stöhnte ich auf und lehnte mich an einen der Baumstämme. Der Schmerz war weg, Klarheit herrschte plötzlich in meinem Kopf und ich schloss tief einatmend kurz die Augen. Cat war nicht wach, deshalb war der starke Schmerz einer Ruhe gewichen. Aber die Sorge blieb, denn ich wusste noch immer nicht, wo genau sie war, ob sie schlief oder bewusstlos war, ob es ihr gut ging.

»Was ist los?« Lorcan stützte mich.

»Cat schläft oder ist ohnmächtig, ich weiß es nicht. Jedenfalls zieht sich der Nachhall des Schmerzes langsam zurück.«

»Wo ist sie?«

»Ich weiß es nicht. Lasst uns weitergehen. Wenn wir Glück haben, finden wir sie auf dem Weg in unsere Welt.«

Ich hatte vorgehabt, die Übersicht zu behalten, mir den Weg zu merken, aber ich wurde immer ungeduldiger und Cats Schmerzen hallten stark in mir nach, so dass ich bei all den Baumportalen schlicht den Überblick verlor. Dies war nicht der Weg, den Deegan mit uns gegangen war. Die Welt um uns herum stand in so starkem Kontrast zu meinen Gefühlen, dass ich mir ein freudloses Lächeln nicht verkneifen konnte. In diesem Wald herrschten Fröhlichkeit, Ausgeglichenheit und Wärme. Alle Wesen schienen zufrieden und beschäftigt, sie grüßten uns, die Vögel zwitscherten, die Feen kicherten, die Sonnenstrahlen schimmerten durch die Baumkronen.

Als das Geräusch von fließendem Wasser an mein Ohr drang und ich hinter der nächsten Biegung den Fluss und die Anlegestelle sah, konnte ich vor Freude kaum Atmen. Ich sagte Cat in Gedanken, dass wir sie holen würden, dass ich sie finden und sie nach Hause bringen würde. Aber sie antwortete nicht und es schien, als verschwanden die Worte im Nichts.

Wir gingen den Fluss entlang, der immer breiter wurde, ließen die Anlegestelle hinter uns. Niemand war hier.

Ich ignorierte die wütenden Worte der anderen, verwandelte mich in einen Falken und flog in Richtung Übergang, dahin, wo ich ihn vermutete. Ich kreiste über dem Fluss, flog hinauf und hinab, bis meine Flügel schwer wurden. Ich hörte Lorcan rufen. Aber ich würde nicht aufgeben. Wir würden hier noch bleiben, denn es war der einzige Punkt, an dem wir ansetzen konnten, die einzige Idee.

Schatten und Umrisse erschienen in meinem Augenwinkel aus dem Nichts. Mein Kreischen scheuchte die anderen auf, während ich im Sturzflug auf das Boot zuraste. Cat lag auf dessen Boden, während Fíri in der Ecke saß und angestrengt versuchte, das Boot zu lenken. Seine Kleidung war schweißnass, voller Blut, er sah furchtbar aus. Ich setzte mich auf die Kante des Bootes, hüpfte zu Cat, pikste sie mit meinem Schnabel, kreischte, öffnete und schloss meine Flügel, aber sie regte sich nicht. Auf ihr klebte ebenfalls Blut, aber es schien nicht das ihre zu sein.

Fíri atmete schwer, er konnte kaum die Augen offen halten, aber ihm gelang ein kleines Lächeln.

»Ah, der Jäger. Schön, dich zu sehen. Deiner Seelengefährtin geht es gut. Zumindest, solange sie schläft. Das sollte dir genügen. Mehr werde ich dir nicht sagen, das sollte sie selbst tun.« Sein Lächeln verblasste. »Es wird dir nicht gefallen.«

18

Cat – Der Mut wird nicht müde

Langsam wurde ich wach. Ich spürte die weiche Bettwäsche an meinen Beinen, streckte mich, genoss diesen Moment des Friedens, grub mein Gesicht tiefer in das Kissen und seufzte. Der Geschmack in meinem Mund war komisch und irgendwie fühlte ich mich matter als sonst, erschlagener. Meine Hand wollte gerade nach Finn tasten, als ich merkte, dass seine Hand meine bereits fest umklammerte. Er lag nicht im Bett. Zaghaft öffnete ich die Augen, wollte ihn anlächeln, doch das ging nicht, als ich sein Gesicht sah. Was war los? Hektisch setzte ich mich aufrecht hin, während Finn mich mit einer Mischung aus Wut und Sorge musterte. Dunkle Ringe lagen unter seinen Augen. Ich konzentrierte mich auf ihn und seine Berührung, zuckte zusammen, als ich seine Gefühle stärker wahrnahm. Ja, er war wütend, verdammt wütend, er war besorgt, angsterfüllt und müde. Dann riss ich die Augen auf, ich zog meine Hand aus Finns, hielt mir die Ohren zu, kniff die Augen zusammen und schrie. Tränen flossen aus meinen Augen und ich wippte vor und zurück. Alles brach mit voller Wucht erneut auf mich ein. *Erin, Aidan, Kerry, sie waren tot. Gestorben – meinetwegen! Fíri, was war mit ihm? Wie kam ich in mein Bett?*

Finn setzte sich zu mir, er stellte keine Fragen, er sagte nichts und dafür war ich ihm dankbar. Er hielt mich einfach nur fest, war mein Anker – obwohl ich ihn so verletzt hatte. Ich hatte das nicht gewollt, nichts von all dem. Wenn uns das Leben eines lehrte, dann, dass es egal war, ob man etwas wollte oder nicht, dass es egal war, ob man gute Absichten hatte oder nicht. Die Konsequenzen musste man immer tragen, auch wenn sie schwerer wogen, als man heben konnte.

Wie lange auch immer wir so dasaßen, ich wurde ruhiger. Ich wollte Antworten und die anderen wahrscheinlich ebenso, besonders Finn. Ein letztes Mal drückte ich mich an ihn, dann sah ich ihm in die Augen.

»*Ist es okay, wenn ich die anderen hereinlasse? Sie warten vor der Tür. Myra nimmt sonst noch alles auseinander, genauso wie unser Nicht-Fuchs.*« Finn klang so erschöpft, er schien mir so fern, dass mir das Herz zu brechen drohte.

»*Ja, lass sie rein.*« Er strich mir zärtlich über die Wange, bevor er das Bett verließ und die anderen holte. Myra stürmte mit leuchtendem Bauch als Erste hinein, sie hatte dunkelrote Wangen und gerötete Augen, dicht gefolgt von Kohana, dessen Gesicht blass und eingefallen wirkte und der, im Gegensatz zu Myra, unschlüssig vor dem Bett stehen blieb.

Myra warf sich neben mich aufs Bett und irgendwie auch auf mich, womit sie mich und das Baby beinahe erdrückte. Wir beide fingen an zu weinen, hielten uns fest. Lorcan trat mit ernstem Gesicht ein, blieb an der Tür stehen. Finn stellte sich neben ihn. Sie warteten ab, gaben uns ein paar Minuten.

Schließlich ließ Myra von mir ab, strich mein Haar zur Seite und sagte mit belegter Stimme immer wieder, was das für eine idiotische Idee gewesen war.

»Was hast du dir nur dabei gedacht? Wie konntest du ohne uns gehen, ohne Bescheid zu sagen? Wieso bist du überhaupt gegangen? Wegen dir bekomme ich noch mal einen Herzinfarkt.« Sie drückte mich noch einmal. Danach schnäuzte sie laut in ein Taschentuch und legte sich neben mich ins Bett. Sie atmete tief ein und rieb sich über ihren Bauch. Lorcan trat neben sie, setzte sich auf die Kante und ich sah zu Finn, der mit verkniffenem Ausdruck den Boden anstarrte.

Morla und Kian traten ein, nickten mir zu, aber niemand sagte etwas. Meine Hände wurden schwitzig. Meine Gedanken waren unsortiert und ich hatte keine Ahnung, wo ich anfangen sollte. Noch einmal sah ich zu Finn. Am liebsten würde ich alle rausschicken und ihn um Verzeihung bitten. Erst ihm alles erklären, bevor die anderen es erfuhren.

Es wunderte niemanden, dass nun auch Fíri wie selbstverständlich ins Zimmer trat. Er lebte! Ich war unsagbar erleichtert, nicht noch jemanden auf dem Gewissen zu haben.

Alle waren in unserem Schlafzimmer und sahen mich an. Kohana trat auf mich zu, sah mich mitleidig an und aus irgendeinem Grund konnte ich das nicht ertragen.

»Verwandele mich zurück.« Sein Kopf fuhr zu Kian herum, der ausnahmsweise nicht erhaben oder dämlich grinste. »Bitte! Verwandle mich wieder zurück.« Kurz kniff er die Augen zusammen, dann wedelte er knapp mit der Hand. Seine Magie flammte auf, hüllte Kohana ein und ließ ihn wieder zu einem Fuchs werden. Sofort sprang er zu mir aufs Bett, kuschelte sich an mich und als ich mit meinen Händen durch sein Fell fuhr und ihn an mich drücken konnte, wurde mir klar, wie sehr ich Kohana als Fuchs, als meinen Freund, vermisst hatte. Kohana drückte seine Nase an meinen Hals, Myra umarmte uns beide, alle anderen warteten ab – und die Frage, warum ich so etwas Törichtes getan hatte, stand noch immer im Raum.

»Es tut mir leid.« Ich schloss kurz die Augen, atmete durch. »Es tut mir so schrecklich leid.« Mit einem dicken Kloß im Hals, brennenden Augen und kalten, feuchten Händen begann ich zu erzählen.

»Ich hätte es euch sagen müssen, ich hätte es dir sagen müssen.« Meine Augen suchten die von Finn. »Ich dachte, ich würde euch beschützen, nein, ich wollte euch beschützen. Ich wollte niemanden beunruhigen. Aber ... ich habe zu schnell gehandelt, bin einfach drauflos gelaufen, weil ...« Ich zitterte. »Ich hatte einen Albtraum. Aber er war so real, so anders. Er schien wie eine Vision. Alles in mir sagte mir, dass er wahr wäre. Deshalb ging ich. Aber ich hätte es besser wissen müssen.« Ich schüttelte den Kopf. »Ich habe von Erin geträumt ...« Ich stockte, räusperte mich kurz, blinzelte die Tränen weg. Ich versuchte weiterzureden, aber kein Ton, kein Wort wollte mehr über meine Lippen kommen. Meine zitternde Hand lag mittlerweile auf ihnen. Ich konnte es nicht sagen. Wenn ich es sagte, dann würde es wahr werden, dann wäre es real und ich musste damit klarkommen, dass ich sie nie wiedersehen würde. Ich sah Fíri hilfesuchend an.

»Ich werde euch den Rest erzählen.« Fíris dunkle Stimme rettete mich und war gleichzeitig mein Verderben. Es aus seinem Mund zu hören war fast schlimmer, als es selbst zu erzählen.

Für einen Moment durchlebte ich alles erneut, bis Fíris Worte schließlich wieder zu mir durchdrangen. Ich zitterte immer stärker. »Die Prinzessin hörte nicht auf mich, sie wollte nicht fliehen, sie war erstarrt und verwirrt. Der Magier hat gesagt, er wolle nur mit ihr spielen, sie quälen. Vor allem wollte er sie schwächen. Ich weiß nicht, ob er sie nicht doch umgebracht hätte, auch wenn er sagte, dass seine Rache noch nicht gekommen war.« Allen blickte er nacheinander in die Augen.

»Er hat gesagt, er wäre nicht allein. Die Prinzessin hat gekämpft und sie hat sich gut geschlagen. Ich denke, ich verdanke ihr mein Leben. Sie hat ihn mit einem Ast aufgespießt, aber es machte ihm nichts aus. Er sagte, er könne nicht sterben. Ich wollte sie schließlich nur da wegbringen. Das war nicht leicht, denn sie hatte … sie …« Er stockte, fand nicht die richtigen Worte.

»Schmerzen.« Finns raue Stimme jagte mir einen Schauer über den Rücken. »Sie hatte starke Schmerzen.« Er hatte sie gespürt.

»Ja, aber keine körperlichen. Trotzdem rannte sie letztendlich zum Boot. Ich habe es geschafft nachzukommen, aber ich war schwer verletzt, ich hatte keine Chance.« Er kniff die Lippen zusammen.

»Wieso stehst du dann hier vor uns?« Lorcans Stimme, die immer so beruhigend klang, hatte nun einen spitzen Unterton.

»Weil ich geheilt wurde.« Alle Köpfe schnellten zu mir, alle Augen ruhten auf mir und Finns Gefühle wirbelten in einem undurchdringlichen Chaos in mir herum.

»Ich habe Euch gesagt, Ihr seid stärker, als Ihr denkt.« Kians Stimme klang stolz. Doch Stolz war das letzte Gefühl, das ich verdient hatte. Ich schämte mich.

Morlas Lachen klang aufgesetzt.

»Warum lachst du?« Finns Stimme klang beinahe verbittert, so verletzt, so anders.

»Ich lache nicht, weil ich fröhlich bin, das ist gewiss. Sagt ihm, was er wissen muss. Sagt uns allen schnell, was sonst noch war, damit die beiden ihre Zeit für sich bekommen.« Fíri begann angespannt weiterzuerzählen.

»Als sie mich geheilt hat, da hat sie einen Teil von sich abgegeben. Heiler sind selten und wertvoll. Bei jeder Heilung gibt der Heiler ein Stück Magie, ein Stück von sich selbst weg.« Mit jedem von Fíris Worten wurde ich kleiner, rollte ich mich mehr ein, drückte Kohana an mich. Finns Augen wurden immer größer, seine Hände waren zu Fäusten geballt.

»Nun macht es nicht so spannend. Meine Güte! Der Seelenleser trägt nun einen Teil der Königin in sich. Es ist nicht tragisch. Sie merkt davon nichts. Der Seelenleser jedoch wird sich immer ihrer Nähe bewusst sein, es wird sich wie ein Kribbeln anfühlen, das umso stärker wird, je näher sie ihm kommt. Im Moment summt es regelrecht in Euch, nicht wahr?« Fíri nickte Morla angespannt zu.

»Nun fehlt noch etwas.« Das Orakel sah mich beinahe freundlich an und wartete ab.

»Ja.« Ich schluckte schwer und hielt den Blick gesenkt. »Seth hat gesagt, dass Saifír dafür verantwortlich war, mich herauszulocken. Sie brachte mir den Tee. Ella ist seitdem verschwunden.«

»Wir werden sie suchen«, sagte Fíri. Lorcan und sogar Kian nickten zustimmend.

»Und ...« Ich zögerte, konnte es kaum aussprechen. »Erin. Aidan. Und Kerry.« Meine Stimme war ein Flüstern, meine Augen von Tränen verhangen. »Sie sind tot.«

Raunen, Schluchzen, ungläubige Ausrufe – alles ging durch den Raum. Aber ich hob den Blick, hielt Finns damit fest, sandte ihm tausende Gedanken, bat hunderte von Malen um Verzeihung.

Er ging ohne ein Wort, ohne eine Regung aus dem Raum. Wahrscheinlich hatte er es längst gewusst und in meinen Gedanken gesehen. Ich hatte ihm gerade die Hoffnung genommen, dass es eine Lüge war.

Ich brach innerlich zusammen, nahm alles nur noch verhangen war – wie Morla alle hinausschickte, Myra versuchte mich zu trösten und zu umarmen und Kohana seine Nase an meinem Hals rieb. Sie alle verließen nach und nach das Zimmer, die ganze Suite.

Es war unsagbar still, ich saß da, mit dem Kopf auf den Knien, den Armen um den Beinen, mit zusammengepressten Augen und einer Trauer, die mich aufzufressen drohte. Mein ganzer Körper begann unkontrolliert zu zittern, obwohl ich versuchte ihn festzuhalten. Vor meinen Augen blitzte immerzu der Anblick von Erins, Aidans und Kerrys leblosen Körpern auf, wie sie dalagen, so starr, so blass und angsteinflößend, egal, wie fest ich die Augen zusammenkniff.

Der Druck auf meinem Rücken nahm zu und ich erschrak so heftig, dass ich zu schreien begann. Es dauerte einen Moment, bis ich registrierte, dass es Finn war, seine Hand, die auf meinem Rücken lag und nun beruhigend darüber strich. Ich sah ihn durch einen Schleier aus Tränen an und ließ mich schließlich in seine Arme fallen. Sein wunderbarer Duft umhüllte mich, gab mir das Gefühl, in Sicherheit zu sein, seine Wärme sorgte dafür, dass das Zittern langsam nachließ, und seine geflüsterten Worte trafen mich im Herzen – nicht nur die, die er laut aussprach.

»*Wie konntest du ohne mich gehen?*«, dachte er und er sagte: »Wenn dir etwas zugestoßen wäre, dann ...«

»*Ich konnte nicht für dich da sein, bitte verzeih mir*«, dachte er und er sagte: »Ich bin so froh, dass du wieder hier bist. Dass du lebst.«

»*Ich liebe dich.*« All das hörte ich in meinem Kopf, in meinen Gedanken und real mit meinen Ohren. Es war eine Mischung aus Vorwürfen, sowohl gegen mich als auch ihn selbst, aus Trost und Liebesbekundungen.

»Es tut mir so leid, es tut mir so leid, es tut mir so leid ...« Ohne Unterlass sagte ich die Worte, so dass sie beinahe zu einer Art Mantra wurden, während ich die schrecklichen Bilder dieser Nacht einfach nur beiseiteschieben wollte.

Finn drückte mich zart, aber bestimmt von sich weg, er legte seine raue, warme Hand unter mein Kinn, so dass ich den Kopf heben musste.

»Sieh mich an.« Langsam hob ich die Lider, sah in seine schwarzen Augen und keuchte, mein Atem raste. Ich hatte ihn so sehr verletzt.

»Wir werden über alles reden und ich werde dir ganz direkt sagen, was ich von all dem halte, was in den letzten Stunden passiert ist. Aber zuerst will ich dir nur Folgendes sagen: Wenn du mich liebst, dann wirst du dich, verflucht noch mal, mit mir verbinden. Zeitnah. Ist das klar?«

»Verstehst du denn nicht?«, sagte ich sanft und leise. »Ich bringe allen um mich herum, jedem, den ich liebe, den Tod.«

Es war verrückt, ich wusste das. Ich wusste, dass ich ihn damit nicht mehr beschützte, aber mein Herz brach mir bei dem Gedanken, dass Finn meinetwegen sterben würde, durch meine Schuld. Ich wollte doch nur, dass er lebte.

Sein Gesichtsausdruck wurde weich, sogar ein Lächeln umspielte seine Lippen. Seine Arme schlossen sich fester um mich und er flutete mich mit seinen Gefühlen für mich.

»Ich ziehe den Tod mit dir einem Leben ohne dich vor. Cat, wann verstehst du endlich, dass du mich damit nicht beschützt, sondern bestrafst? Ich werde nicht durch dich oder wegen dir sterben, sondern immer mit dir. Ich liebe dich.« Mit jedem Wort hatte er sich weniger unter Kontrolle. Er saß vor mir, wir atmeten zu schnell und wir waren völlig fertig.

»Wir beide, in allen Leben und allen Welten, die noch kommen. Ich hoffe so sehr, dass es wahr ist«, flüsterte ich.

»Ja, wir beide. Ich weiß es. Ich kann mir nichts anderes vorstellen.« Er war so zuversichtlich, sah mich freundlich an, wischte mir meine Tränen weg. »Versprich es mir. Spätestens übermorgen, nachdem du einigermaßen ausgeruht bist und von mir aus nach einem weiteren Training, will ich, dass du und ich das durchziehen. Bitte, versprich es.«

»Ja, ich verspreche es dir. Ich war so naiv.« Ungläubig schüttelte ich den Kopf. »Ich dachte, es wäre besser, wenn ich dich nicht in Gefahr bringe. Aber ich war egoistisch. Ich wollte nicht, dass dir etwas passiert, aber ich habe alles nur schlimmer gemacht.« Ich schluckte schwer. »Sie sind alle meinetwegen gestorben.« Schnell schlug ich die Hände vor mein Gesicht, doch Finn zog sie sofort wieder weg.

»Nein, lass das. Ich kenne niemanden, der so selbstlos ist wie du. Und sie sind nicht wegen dir gestorben und auch wenn du es gewollt hättest, du hättest sie nicht retten können. Wir werden Seth kriegen, ich verspreche es dir. Wir werden es gemeinsam tun.« Ich bekam nur ein Nicken zu Stande, meine Kehle war wie zugeschnürt.

»Ich denke, ich verstehe, warum du mich und den Fuchs hiergelassen hast. Aber tu das nie wieder! Und was Fíri angeht ...«

»Ich hatte keine Ahnung. Ich habe mich um ihn gesorgt und plötzlich war meine Magie da, es ging alles so schnell. Dann wurde mir schwarz vor Augen. Dass er nun ein Stück Magie von mir besitzt und mich spürt, das war für mich genauso erschreckend wie für dich.«

»Ja, ich weiß. Es gefällt mir nicht, aber ich bin froh, dass er lebt.« Dankbar sah ich ihn an und lehnte mich danach an seinen Oberkörper.

»Sie sind fort. Wir werden sie nie wiedersehen.« Ich wollte es nicht aussprechen, aber ich tat es trotzdem. Finn versuchte es vor mir zu verstecken, aber ich spürte, dass er das Gleiche dachte, dass er litt.

»Vielleicht im nächsten Leben, wer weiß. Vielleicht sind wir dann alle wieder zusammen.« Ich spürte, wie sehr er hoffte, dass seine Worte wahr werden würden. Aidan war wie ein Vater für ihn gewesen.

19

Finn – Es war einmal

Zum ersten Mal seit wirklich langer Zeit fühlte ich mich nicht wie ein Jäger, der schon Jahrhunderte lebte und vieles gesehen hatte. Es war so viel passiert, was nicht hätte passieren dürfen, und ich hatte das Gefühl, als könnte ich nichts weiter tun, als zu warten und zuzusehen. Es gab nichts Schlimmeres.

Der Gedanke daran, dass Cat in zwei Tagen zu mir gehören würde, war dagegen beruhigend. So unlogisch ihre Handlungen mir in den letzten Tagen erschienen waren, heute verstand ich sie besser. Ich wollte sie genauso beschützen wie sie mich, aber ich würde sie mit in den Tod reißen, nur um danach nicht ohne sie leben zu müssen.

Fíri ging es gut, Myra und Lorcan ebenso, Kohana war wieder ein Fuchs und fühlte sich wohl, Kian schien sich verändert zu haben und Morla präsentierte sich mürrisch und geheimniskrämerisch wie immer. Wir hatten Ella gefunden. Eigentlich war es Morla gewesen. Kian hatte so lange auf sie eingeredet, bis sie Lorcan, Myra und Fíri auf die richtige Spur gelenkt hatte. Sie hatte sich nicht allzu sehr gewehrt, sie meinte, es wäre egal, da weder Ella noch Saifír eine einnehmende Rolle in Cats naher Zukunft haben würden. Ella lag bewusstlos und vollkommen gefesselt in ihrem Kleiderschrank. Sie wurde gerade wieder aufgepäppelt, ihr fehlte nichts, sie war lediglich betäubt worden und brauchte nun Ruhe. Saifír war zu Cat gebracht worden, sie hatte geweint und war fix und fertig. Unsere Wut hatte sich in dem Moment verflüchtigt, in dem sie uns sagte, dass Seth ihre Schwester gefangen gehalten und sie mit ihrem Leben erpresst hatte. Sie hatte noch immer nichts von ihr gehört. Keiner sprach es aus, aber es gab kaum Hoffnung, dass sie ihre

Schwester je wiedersehen würde. Cat hatte die kleine Fee getröstet und ihr versichert, dass die Schuld nicht bei ihr lag. Wir waren alle Marionetten in diesem Spiel, in diesem absolut verrückten Rachespiel – und wir wussten im Moment nicht, wie wir wieder herauskommen sollten. Es schmerzte, dass ich Aidan nie wiedersehen würde. Mir wurde klar, dass er mich nie wieder anmeckern würde, weil ich seinen guten Whiskey getrunken oder sonst einen Blödsinn veranstaltet hatte. Ich hatte niemanden mehr, den ich um Rat fragen konnte. Wild fuhr ich mir durch die Haare. Ich dachte an Kerry und Erin. Scheiße, keiner von ihnen hätte sterben müssen. Wenn ich Seth in die Finger bekam, würde ich ihn in Stücke reißen – und ich würde es genießen.

Noch war es dunkel draußen, aber der Sonnenaufgang stand kurz bevor. Es war ein kurzer Tag gewesen gestern, nachdem wir Cat gefunden hatten, und eine kurze Nacht, intensiv, voller Trauer und Angst, voller Versprechungen. Das ganze Schloss befand sich in Aufruhr, die Nachricht von der Tötung zweier Elementargeister und einer Gefährtin in der anderen Welt durch eine Fantasie hatte die Runde gemacht. Dass Cat gebrochen werden sollte und Fíri ebenso in Gefahr geschwebt hatte, wurde heiß diskutiert.

Alle waren wach, alle machten sich bereit, trotz der frühen Stunde.

Cat hatte darauf bestanden, unseren Freunden, unserer Familie zu gedenken, wenn die Sonne aufging, nicht wenn sie unterging. Sie wollte, dass auf die drei Sonnenschein wartete, dass wir einen Anfang sahen und kein Ende.

»Bist du so weit?«

Eigentlich müsste ich sie das fragen. Als ich mich umdrehte, stand sie vor mir, mit ihren verblichenen Jeans, ihren Chucks und einem Shirt, von dem ich wusste, dass Erin es ihr geschenkt hatte. Sie wollte unbedingt Dinge anziehen, die sie an sie erinnerten und an zu Hause. In den Händen hielt sie *Alice im Wunderland*. Sie bemerkte meinen Blick und drückte das Buch fester an sich.

»Es erinnert mich nicht nur an meinen Vater. Es ist auch ein Stück von Aidan, es erinnert mich an seine Bücherei und an den Geruch des Leders, des Papiers, der dort allgegenwärtig war.« Sanft strich sie über den Einband. »Dieses Buch birgt mehr Erinnerungen in sich, als es tragen kann. Mehr

Erinnerungen als Seiten, mehr Gefühle als Geschichten. Ich denke, ich werde es nie wieder lesen können.«

Nur kurz drückte ich sie, gab ihr einen Kuss auf die Stirn.

»Lass uns gehen, gleich geht die Sonne auf und die anderen sind bestimmt schon oben.«

Wir gingen den Weg zu dem Zimmer von Cats Mutter, folgten dem Flur noch ein wenig länger und stiegen eine Treppe nach oben, in ein weiteres Zimmer. Dort gab es einen Balkon, der gen Osten zeigte. Lorcan und Myra warteten bereits auf uns. Kian und Morla waren nicht hier. Sie gaben uns diesen familiären Moment und ich war ihnen dankbar dafür.

Myras Bauch leuchtete in den letzten Schatten der Nacht, Lorcan hatte seinen Arm um sie gelegt, beide standen vor der Brüstung. Wir stellten uns neben sie und auch ich legte meinen Arm um Cat, während sie nach Myras Hand griff. So verbunden standen wir da und sahen auf den Horizont. Meine Trauer schnürte mir so die Kehle zu, dass ich kaum Luft bekam. Langsam erschien ein heller Streifen am Horizont und Lorcan nickte uns zu. Wir griffen nach den Lampions vor uns, sie waren wunderschön in schlichten Naturfarben, ein helles Beige in der Mitte, unten ein helles Rot, oben ein helles Blau – Kerry, Aidan, Erin. Jeder Lampion repräsentierte unsere Familie. Wir alle hatten einen. Unsere letzten Gedanken, unsere letzten Wünsche für unsere Freunde, unsere Familie, waren darauf geschrieben. Cat rief ihre Magie, entzündete mit ihrem Feuer nach und nach unsere Lampions, die Sonne begann aufzugehen, aber es war noch nicht richtig hell. Das Licht der Lampions hob sich noch so stark ab, dass es mir den Atem raubte und mir eine Gänsehaut bescherte. Besonders, als unter uns in allen Straßen vor dem Schloss weitere Lichter aufleuchteten. Nach und nach verwandelte sich die Umgebung in ein Lampionmeer und Cat keuchte auf. Wir konnten es kaum glauben.

Sie ließ ihren als Erste fliegen. Langsam und ruhig erhob er sich. Cat gab ihm mit dem Wind einen kleinen Stups und so ließen auch wir die unseren frei. Hunderte andere folgten und nicht nur das – jedes Elementarwesen ließ sein Element frei, ließ es um sich wirbeln, um unseren verlorenen Freunden zu gedenken. Die ersten Sonnenstrahlen schienen uns ins Gesicht und trockneten die Tränen, während die Lampions mit all unseren Wünschen und Hoffnungen in den Himmel flogen und vom Licht der Sonne verschluckt wurden.

Wir würden sie wiedersehen – hoffentlich.

Noch einige Zeit standen wir da, sahen den Lampions nach, bis der letzte verschwunden war und auch die Elementarwesen dieser Welt wieder ihrem Alltag nachgingen. Wir umarmten uns und machten uns erneut auf den Weg in unsere Zimmer. Dort angekommen, wurden Cat und ich nach unserem Abschied und dieser kurzen Nacht fast ohne Schlaf von einer bleiernen Müdigkeit erfasst, sogar der Fuchs, der so wenig sagte, dass ich mich mehr als einmal vergewisserte, dass er noch atmete. Er lag einfach grüblerisch und stumm auf dem Sofa, während Cat ihm gedankenverloren über das Fell strich. Es war nicht so, dass ich es nicht verstand, denn mir war auch nicht nach Reden zu Mute.

Da Cat drohte auf der Couch einzuschlafen und vornüberzukippen, griff ich nach ihr und hob sie hoch. Ihr Kopf landete an meiner Halsbeuge und ich spürte ihren warmen Atem an meiner Haut, ruhig und gleichmäßig. Kohana hob nur den Kopf und sah mich an, es lag eine stumme Bitte in seinem Blick und ich nickte nur mit zusammengekniffenen Lippen, dann trug ich Cat in unser Bett. Ihre Schuhe ließ ich neben das Bett fallen, dann deckte ich sie zu und sah, wie der Fuchs aufs Bett sprang, um sich an sie zu kuscheln. Meine Augen drohten ebenso zuzufallen, also entschloss ich mich, Cat Gesellschaft zu leisten. Myra und Lorcan waren ebenso erschöpft gewesen und Myras Bauch hatte so unruhig geflackert, dass Lorcan sich Sorgen gemacht hatte. Daran war natürlich der Stress schuld.

Seufzend ließ ich mich neben Cat fallen, zog mit letzter Kraft die Decke über mich und Cat an mich dran, dann schlief ich ein.

***

Meine Nase kitzelte. Immer wieder rieb ich darüber, aber kurz danach war es wieder da. Zuerst dachte ich, ich würde träumen, aber nach und nach merkte ich, dass meine Nase wirklich andauernd kitzelte. Auf dem Rücken liegend streckte ich meine Beine aus, bevor ich die Augen öffnete. Ich sah zwei verzerrte Augen, Flügel so dicht vor mir, dass ich zusammenzuckte und beinahe aus dem Bett fiel.

»Endlich! Ich dachte schon, ich würde niemanden von euch mehr wach bekommen.« Fio verschränkte die Arme vor der Brust und erdolchte mich förmlich mit Blicken, während sie direkt vor meinem Gesicht hektisch mit ihren Flügeln schlug. Ich wedelte mit meiner Hand, sie sollte verschwinden. Nach dem Aufsetzen sah ich, dass Cat noch schlief, aber der Fuchs war eindeutig wach. Er hatte die Augen dennoch geschlossen und grinste leicht. Dieser Mistkerl. Er hatte Fio mich nerven lassen, wo er bereits wach war.

»Was gibt es denn so Wichtiges?«, zischte ich der Fee leise zu.

»Ich soll Euch sagen, dass Deegan vor wenigen Minuten zurückgekommen ist. Er sagte mir, ich solle nach Euch schauen und Euch dann zu ihm in die Bibliothek schicken.« Bei Deegans Namen stockte mir der Atem. Er war zurück und vielleicht würden wir nun endlich ein paar Antworten bekommen. Vor allem Erleichterung durchflutete mich, da ihm anscheinend nichts passiert war. Kurz überlegte ich, ob ich Cat wecken sollte, aber in diesem Moment öffnete der Fuchs seine Augen und sein Blick sagte mir, ich sollte gar nicht erst daran denken, weil Cat wahnsinnig wütend werden würde. Ein Brummen entfuhr mir.

»Cat, wach auf.« Sanft rüttelte ich ihre Schulter, fast sofort öffnete sie die Augen.

»Was ist los?«, flüsterte sie leicht schlaftrunken.

»Wir müssen aufstehen. Deegan ist zurück.« Sie war sofort hellwach, setzte sich abrupt auf und versuchte ihre chaotischen Haare zu bändigen.

»Dee ist da?« Ich konnte mich nicht erinnern, dass sie je so schnell aus dem Bett gekommen war. Sie schlüpfte bereits in ihre Chucks und eilte zur Tür, als sie sich umdrehte und mich aufforderte, mich zu beeilen.

Wenn mein Gesicht nur halb so zerknautscht aussah wie meine Klamotten, war es nicht schön anzusehen. Ich war immer noch müde. Gähnend versuchte ich mit Cat Schritt zu halten, die Kohana zur Bibliothek folgte.

Schwungvoll öffnete sie die hohen, schweren Türen und ich spürte die Welle der Freude und der Erleichterung darüber, dass Deegan wieder hier war. Die letzten Ereignisse hatten uns beinahe vergessen lassen, dass er unterwegs war und dass wir nicht wussten, wer neben Seth noch unser Feind war. Cat überkam ihr schlechtes Gewissen und als ich neben sie trat, zupfte sie nervös an ihrem Shirt herum.

Morla und Kian waren bereits hier. Deegan stand lächelnd auf und ging auf Cat zu. Sie ließ sich auf die Knie fallen und umarmte ihn überschwänglich. Damit überforderte sie ihn ganz eindeutig. Sein Mund formte ein kleines O und seine Wangen röteten sich leicht, bevor er Cat schließlich auch in seine Arme schloss.

»Alles ist gut, Prinzessin.« Er tätschelte ihr den Rücken. Kohana sprang bereits auf einen der Stühle, Kian und Morla warteten geduldig, bis Cat Deegan begrüßt und sich gefasst hatte. Ich half ihr hoch und wir gingen zu dem großen Tisch, auf dem einige Sandwiches auf uns warteten. Wir setzten uns und sahen gespannt auf Deegan. Dann traten Myra und Lorcan in die Bibliothek und setzten sich ebenso zu uns. Es war gut, dass man sie hat rufen lassen, es war gut, dass wir alle zusammensaßen und jeder Bescheid wissen würde.

»Bitte, greift zu.« Deegan deutete auf die Sandwiches und ich nahm dankbar zwei von dem Teller, eines für Cat und eines für mich.

»Ich bin zu aufgeregt«, sagte sie mir.

»Du musst etwas essen.«

Schließlich nahm sie es und biss hinein, bevor Deegan anfing zu erzählen.

»Ich werde euch nicht mit meiner Reise und den Wegen, die ich zurücklegen musste, langweilen. Es tut mir leid, dass ihr nichts von mir gehört habt, aber ich wollte nicht, dass jemand erfährt, wohin meine Reise führt und warum ich aufgebrochen bin. Ich habe die gängigen Pfade und Portale gemieden. Ich wollte sichergehen, dass keine Gerüchte herumgehen. Panik wäre das Letzte, was wir jetzt brauchen.« Schnell fuhr er sich mit seiner Hand über die Stirn, sah jeden von uns nach und nach an.

»Es ist wahr. Ich kann nicht glauben, dass ich diese Worte ausspreche, und ich kann nicht fassen, dass das hier passiert.« Ungläubig schüttelte er den

Kopf, während Morla wissend nickte, Kians Kiefer mahlte und wir uns einfach nur ratlos ansahen. Geduld war noch nie meine Stärke gewesen – zum Glück auch nicht die des Fuchses.

»Wir hatten auch anstrengende Tage, Zwerg, vielleicht solltet Ihr zuerst Fakten auf den Tisch legen, bevor Ihr über Eure Ungläubigkeit schwafelt.« In einer Mischung aus Wut und Überraschung blickte Deegan zuerst den Fuchs und anschließend uns alle an. Cat nestelte an ihrem Shirt und hielt den Blick gesenkt, die Stimmung schwang sofort um und keiner sagte etwas.

»Was meint der Fuchs? Was ist passiert?« Myras Bauch flimmerte bei Deegans Frage und sie lehnte sich mit trauriger Miene an Lorcan. Ich setzte bereits zu einer Erklärung an, als die Tür der Bibliothek sich öffnete. Keiner von uns war auf einen weiteren Gast vorbereitet, schon gar nicht auf Fíri. Er kam herein, als wäre es selbstverständlich, uns hier zu stören und uns Gesellschaft zu leisten.

Fragend sag ich Cat an, aber sie zuckte nur mit den Schultern. Ihre Gefühle waren so greifbar wie lange nicht mehr und es war klar, dass sie auch nicht wusste, was Fíri hier wollte, der am Kopf des Tisches Platz nahm. Alle Blicke waren auf ihn gerichtet, die Anspannung im Raum war deutlich spürbar.

»Bevor ihr fragt: Ich will dabei sein. Deshalb bin ich hier.« Unruhig und sichtlich angespannt sprach er weiter. »Ich habe die Prinzessin gespürt, so habe ich euch gefunden. Ich weiß nicht, was hier genau passiert, aber ich will nicht tatenlos dabei zusehen, während ihr kämpft. Und das, was ich durch die Prinzessin sah, zeigt mir deutlich, dass ihr kämpfen werdet.«

Mein Atem ging viel zu schnell, den Druck auf meinem Arm durch Cats zarte Hand nahm ich nur schwach war. Das Gefühl, alles würde mir langsam, aber sicher aus den Händen gleiten, erdrückte mich. Wir kannten weder Fíri noch Deegan oder Kian und Morla lange genug, um zu wissen, ob wir ihnen wirklich vertrauen konnten. Wenn die Zahl der absolut vertrauenswürdigen Personen sich weiter verringerte, würde das unsere angespannte Lage nicht gerade verbessern. Die Angst um Cat wuchs – und auch die um unsere Welt, um unsere Freunde und unsere Zukunft.

Mit zusammengekniffenen Lippen und fünf unruhigen Tieren in meiner Brust, die sich in letzter Zeit nur schwer in ihrem Käfig halten ließen, wurde mir eines klar: Wir hatten keine Wahl.

»*Sie werden uns helfen.*« Cat fing mich mit ihrem zuversichtlichen Blick auf. Dieses Mal wurde sie zur Stimme der Vernunft, zur Stimme des Vertrauens. »*Sie werden uns nicht verraten.*«

»Woher willst du das wissen?«

»*Manche Dinge weiß man einfach. Manche Dinge sind, wie sie sind.*« Und ich wusste, dass damit ihrerseits alles erklärt und gesagt war. Sie biss wieder in ihr Sandwich und ich tat es ihr nach. Ich vertraute ihr und wenn sie sagte, ich solle auch den anderen vertrauen, würde ich es tun.

»Du wirst wahrscheinlich nicht gehen, wenn wir dich darum bitten?«, nuschelte ich mit halbvollem Mund. Einen Versuch war es wert. Doch er sorgte nur für ein dämliches Grinsen bei Fíri, ein Schnaufen seitens des Fuchses und ein ungehaltenes »Sei nicht albern, Jäger« von Morla.

»Da Fíri nun auf dem neuesten Stand ist, kann mir bitte jemand verraten, was der Fuchs meinte?« Deegan war ungehalten und ließ Fíri keine Zeit zu antworten.

»Sie sind tot. Meinetwegen.« Cats Stimme zitterte und das Zittern begann sich auf ihre Lippen, ihren ganzen Körper auszubreiten, während ihr Blick wirkte, als wäre sie weit weg mit ihren Gedanken.

»Erin, Aidan und Kerry wurden von Seth getötet. Er wollte Cat brechen und hat sie mit Hilfe einer Fee und einem bestimmten Trank in unsere Welt gelockt«, erklärte ich Deegan, dessen Gesicht die Farbe verlor und dessen Hände krampfhaft den schönen Holztisch der Bibliothek umfassten.

»Sie hat impulsiv und naiv gehandelt.« Morla schüttelte tadelnd den Kopf. Auch wenn ich es gewollt hätte, hätte ich ihr nicht widersprechen können. Dennoch machte ich es ihr nicht mehr zum Vorwurf. Ich wusste, was sie bewegt hatte.

Umso mehr überraschten mich Kians Worte.

»Fehler sind da, um aus ihnen zu lernen ... auf sein Herz zu hören und nicht auf den Verstand, ist jedoch keiner davon.«

In diesem Moment begann ich Kian zu akzeptieren, ohne zu wissen, warum, es passierte einfach und ich dankte ihm mit der Andeutung eines Nickens für seine Worte. Ein freches Grinsen, das irgendwie arrogant wirkte, spielte um seine Lippen und er schien es zu genießen, Morla Einhalt zu gebieten. Ihr leises Gebrumme drang zu mir.

»Dee, es tut mir so leid.« Cat rann eine Träne aus dem Augenwinkel und schnell folgten noch mehr.

»Es ist … ich meine … Erin war einfach …« Die Worte und Sätze ergaben keinen Sinn, waren abgehackt und verließen in einem chaotischen Gemisch Deegans Mund. Fíri legte die Hand auf seine Schulter.

»Ich muss euch erzählen, was ich herausgefunden habe.« Deegan schluckte schwer, hatte Mühe, sich zusammenzureißen und zu konzentrieren. »Er ist da. Ich habe gesehen, dass es stimmt. Seth ist nicht alleine. Der Nebel in der Kuppel, er ist wie eine Kristallkugel, wie eine Überwachungskamera. Diese Bewegungen des Nebels bedeuten, dass sich etwas befreit hat, was Mutter Natur zuvor eingesperrt und bewacht hatte.« Während ich noch überlegte, woher zum Teufel Dee wohl Kameras kannte und ob es die hier vielleicht auch gab, atmete er tief ein, sah uns ernst an und sagte: »Seth hat Bás aus seinem Gefängnis befreit.«

Fíri erstarrte auf seinem Stuhl. Ich hatte diesen Namen in all den Jahrhunderten noch nie gehört.

»Wer soll das sein?« Der Fuchs sah Deegan erwartungsvoll an. Doch unsere Antwort bekamen wir vom Orakel, dessen leise und unheilvolle Stimme mir eine Gänsehaut bescherte.

»Nicht wer, sondern was, Fuchs.«

»Bás«, flüsterte Cat, während ihr Gesicht erbleichte. Jeder im Raum verstummte. »Es bedeutet *Tod*.«

20

Cat – Es war einmal

Der Tod. Die zwei Worte hallten in meinem Kopf wider. Mit offenem Mund starrte ich Morla an, die schräg gegenüber neben Kian saß und meine ausgesprochenen Gedanken mit einem ernsten Nicken bejahte. Das war doch ein Witz, oder? Wieso lachte niemand? Das eben gegessene Sandwich drohte mir wieder hochzukommen, deshalb legte ich meine Hand auf meinen Bauch.

»Der Tod, ernsthaft?« Kohana sah Dee zweifelnd an.

»Ja, Fuchs. Und das ist in höchstem Maße beängstigend.«

»Wieso habe ich noch nie etwas von ihm gehört?« Finns Stimme klang fest, aber ich fühlte, dass er sich sehr darum bemühen musste.

»Weil Ihr, Jäger, noch nicht gelebt habt, als Mutter Natur ihren größten Feind zu einem Leben in Dunkelheit verbannt hat.« Morla trommelte unablässig mit den Fingern auf den Holztisch und starrte Finn herausfordernd an.

»Ihr wusstet es die ganze Zeit! Wir hätten uns bereits vorbereiten und uns besser informieren können. Wir haben wichtige Zeit verloren.« Das Beben, das bei Finns Worten durch seinen Körper ging, übertrug sich auf den Tisch, so dass ich seine Hände von der Platte löste und in die meinen nahm.

»Nicht ganz. Seid gefälligst nicht so undankbar.«

»Meine Mutter hat Recht – teilweise. Sie hat gesehen, dass Seth auf euch alle wartet, egal was passierte. Eine Möglichkeit war, dass er es schaffte Bás zu befreien, ihn für sich zu gewinnen. Ihr habt durch uns keine Zeit verloren, ihr habt sie eher gewonnen, schließlich haben wir euch hierhergerufen, haben mit euch trainiert. Ohne uns wärt ihr immer noch in Irland, würdet Weihnachten feiern und hättet keine Chance. Ihr wärt überrumpelt worden.«

Die Bilder, die Kians Worte hervorriefen, ließen mich laut und heftig einatmen. Die Vorstellung, dass wir nichtsahnend angegriffen worden wären, dass alles noch schlimmer hätte kommen können, als es schon war.

»Der Tod wartet auf Euch, meine Königin, und Ihr werdet ihm, jetzt, da er fliehen konnte, nicht entkommen können. Früher oder später werdet Ihr vor ihm stehen.« Mir wurde übel von Morlas Worten und auch die sanften, kreisenden Bewegungen von Finns Hand auf meinem Rücken oder die freundlichen Stupser von Kohana konnten daran nichts ändern. Ich wollte wirklich alle beschützen und stark genug für all das sein, aber ich war noch nicht bereit dafür. Und ich hatte Angst. Sie wurde noch mehr geschürt durch die blassen und hilflos wirkenden Gesichter meiner Freunde.

»Ja, das stimmt. Ihr seid die Einzige, die ihn wieder einsperren kann.« Dee fuhr sich mit zittriger Hand durch seine strubbeligen Haare.

»Der Tod. Ein lebendiger Tod? Warum einsperren? Kann man den Tod nicht töten? Allein die Frage klingt schon bescheuert, aber sie ist nicht bescheuerter als die Tatsache, dass der Tod lebt.« Myra kicherte hysterisch auf und obwohl sie versuchte, das Ganze mit Humor zu nehmen, klang es doch eher nach einer Panikattacke.

»Ihr habt es erkannt. Der Tod lebt, sofern man das von dem Tod behaupten kann, und ganz sicher ist er nicht zu töten. Also muss man ihn einsperren.« Morla lehnte sich in ihrem Stuhl zurück, sah Myra beinahe herablassend an, während sie die Arme vor der Brust verschränkte. Kian ergriff das Wort.

»Wir sollten keine Zeit verlieren und trainieren. Eines ist sicher, Bás wird zu Euch kommen, Prinzessin. Wenn er von Seth befreit wurde, mit ihm einen Deal eingegangen ist, dann nur, weil es sich für ihn lohnt. Die Freiheit war ihm mit Sicherheit nicht genug, sie hat nur dafür gesorgt, dass er Seth nicht aus Spaß getötet hat. Nein, für seine Unterstützung muss es einen Grund geben.« Kians Augen verengten sich, seine Gesichtszüge wirkten angespannt, ich sah seinen Kieferknochen hervortreten.

»Du weißt, was es ist, oder?« Meine Stimme klang ungewohnt kratzig.

»Nein, ich weiß es nicht und auch wenn meine Mutter gerne allwissend wäre, sie ist es nicht und sie ist ebenso unwissend über das Motiv wie wir. Sie sieht nur, dass er da ist und dass Ihr ihm gegenüberstehen werdet. Aber ich denke, dass Bás Euretwegen kommt. Er hat diesen Deal geschlossen, weil er das Gleiche will wie Seth.« Kian machte eine Pause und senkte die Stimme, so dass sie beinahe unheilvoll klang. »Er will Rache.«

Fíri schnaufte, Kohana legte die Ohren an, Dee zeigte keine Regung, genau wie das Orakel. Finn bohrte seine Hand fast schmerzhaft in meinen Rücken und ich spürte seine Anspannung. Er fragte sich, ob das wirklich möglich war.

Myra schluchzte leise und mit einem entschuldigenden Blick und einem Schulterzucken gab sie mir zu verstehen, dass sie nichts dafür konnte. Die Hormone waren schuld, dass sie so viel weinen musste.

»Das ist ziemlich weit hergeholt«, sagte Lorcan, während er Myra tröstete.

»Wieso sollte Bás Rache an Cat wollen? Sie lebt erst achtzehn Jahre, sie hat ihm nichts getan.« Finn sprach aus, was er sich erhoffte, nicht, was er glaubte.

»Ich fürchte, dass Bás das egal sein wird. Falls Kian Recht hat, und das müssen wir annehmen, dann kommt Bás, weil die Prinzessin die Tochter des Wesens ist, das ihn über Jahrtausende gefangen gehalten hat.«

»Deegan, willst du sagen, er lässt Cat für das bezahlen, was ihre Mutter ihm angetan hat?« Finn hatte die Hände auf den Tisch gestemmt.

»Nicht nur das. Er wird Spaß daran haben. Bás wurde aus einem bestimmten Grund verbannt. Und so sehr ihr ihn töten wollt, es geht nicht. Aber eines muss euch allen klar sein.« Dee redete nicht weiter, er starrte auf den Tisch und seine Lippen hörten auf, sich zu bewegen. Man hätte eine Stecknadel fallen hören können, so leise und angespannt waren wir.

»Du meine Güte, das ist ja furchtbar! Kann hier niemand seine Sätze zu Ende bringen? Egal, wie schrecklich sie sind, die Dinge müssen ausgesprochen werden. Unausgesprochen sind sie nicht weniger schlimm, nein, sie werden umso gefährlicher.« Morlas Worte brachten Kohana dazu, füchsisch zu lachen.

»Und das aus Eurem Mund? Die, die nie etwas verrät, beschwert sich, dass niemand in diesem Raum es schafft, die Dinge beim Namen zu nennen? Ich wusste gar nicht, dass Ihr so viel Humor habt, Orakel.«

»Seid nicht so überheblich, Fuchs, Ihr wisst genau, dass ich nichts sagen darf!« Morlas Blick wanderte von Kohana zu mir. »Er will Euch quälen und er will Euch töten. Macht Euch keine Illusionen, dass Ihr einem Kampf entgehen könnt. Er wartet auf Euch, egal, welchen Weg Ihr geht. Wie der Kampf ausgeht, liegt an Euch.«

Meine Hände krallten sich in Finns Unterarm, denn ich brauchte Halt. Mir wurde schwindelig. Finn zitterte, nein, er brodelte. Er konnte sich kaum zügeln.

»Wenn sie Bás nicht töten kann, wie soll sie ihn dann einsperren? Das wäre doch wirklich sehr hilfreich zu wissen.« Fíri sah Morla, Kian und Dee fordernd an. Die Hoffnung, die ich für einen Moment hegte, verpuffte, als ich sah, dass Morla stumm blieb, Kian meinem Blick auswich und Dee verlegen nach unten sah. Einfach niemand sagte etwas und das verwandelte meine Angst und meine Überraschung in Empörung. Ich sprang auf, so schwungvoll, dass der Stuhl nach hinten kippte und Kohana mit seinem beinahe mit umfiel. Meine Hände stemmte ich auf den Tisch und dann sah ich Dee, Morla und Kian fassungslos an.

»Ist das euer Ernst? Ich weiß erst seit weniger als einem Jahr, dass es so etwas wie Magie wirklich gibt, dass Fantasien real sind und ich ein Teil von all dem bin. Erst seit wenigen Tagen weiß ich von dieser Welt, einer weiteren neben Scáthán, von einem Schloss, das angeblich mir gehört, davon, dass Seth lebt, und heute sagt ihr mir, dass mir der Tod höchstpersönlich auf den Fersen ist und keiner von euch ...«, schreiend zeigte ich nacheinander anklagend mit dem Finger auf die drei, »... wirklich keiner kann mir sagen, wie ich ihn besiegen kann?« Schwer atmend stand ich da und hoffte, dass ich mich irrte, dass sie es wussten oder es zumindest eine Vermutung gab. Einfach irgendetwas.

»Es tut mir leid, Prinzessin. Eure Mutter hat nie über diesen Vorfall gesprochen. Sie hat lediglich Anweisungen gegeben, wie zu verfahren sei, falls Bás zurückkehrt oder es Anzeichen dafür gibt. Es gibt natürlich ein Märchen, das von den beiden erzählt. Jedes Elementarkind dieser Welt kennt es. Aber ich denke nicht, dass es Euch helfen wird. Das Märchen besagt, dass Bás und Mutter Natur die Welt zusammen erschaffen haben und dass sie sich einig waren, dass es ein Gleichgewicht geben muss. Mutter Natur wollte Dinge erschaffen, Bás wollte dafür sorgen, dass es nicht zu viele wurden, dass alles, was lebte, auch starb. Man nannte sie Leben und Tod. Die Kinder der beiden, die Elementarwesen und die Todesnebel, ihr nennt sie Sensenmänner, halfen ihnen. Laut des Märchens wurde Bás irgendwann neidisch auf Mutter Natur, weil sie beliebter war, und begann die Welt zu vernichten. Daraufhin verbannte Mutter Natur ihn, denn sie konnte den Tod nicht töten.«

Als Dee endete, stieß ich kraftvoll die Luft aus.

»Ihr seht, das Märchen führt zu nichts.« Dee sah mich voller Bedauern an. Erschöpft ließ ich mich wieder in den Stuhl fallen.

»Kian, du solltest mit ihr trainieren, sofort.« Morla redete auf Kian ein, der nur stumm nickte.

»Scheiße, wir stecken ganz schön in der Klemme. Hätte ich das gewusst, hätte ich die Bibliothek nicht betreten, um diesem Irrsinn beizuwohnen.« Fíri lächelte, und zwar ein echtes Lächeln, kein gezwungenes. Ich mochte es, dass er versuchte, die Situation aufzulockern, und er hatte Recht, wir hatten ein riesiges Problem.

»Ihr solltet mit Kian gehen, ich werde hier in der Bibliothek nach Geschichten über Bás suchen. Vielleicht haben wir Glück, vielleicht gibt es etwas, von dem ich nichts weiß, eine Geschichte, einen Satz, irgendetwas.« Mit blassem Gesicht erhob sich Dee.

»Ich werde wieder zum Tor gehen, ich werde die Ohren offen halten und wenn Ihr mich braucht, werde ich da sein. Lasst den Wind nach mir rufen.« Fíri verbeugte sich vor mir, bevor er die Bibliothek verließ, und auch Lorcan und Myra verabschiedeten sich. Myra machten die Schwangerschaft und der Stress mehr zu schaffen, als sie zugeben wollte.

Kian bedeutete mir, ihm zu folgen, um zu trainieren, und auch Finn sah mich erwartungsvoll an. Aber ich bewegte mich nicht.

»Kian, wir treffen uns in einer Stunde zum Training, ich muss erst in mein Zimmer, ich muss mich umziehen und brauche einen Moment für mich.« Kian und sogar Morla schienen das zu verstehen. Finn nahm mir das aber nicht ab.

»*Was hast du vor? Du wirkst auf einmal so gefasst.*«

»Ich habe an etwas gedacht, das uns vielleicht helfen könnte. Vielleicht haben wir etwas Glück.«

***

Ich keuchte schwer, als ich im Zimmer meiner Mutter ankam, und ignorierte die Fragen von Finn und Kohana hinter mir. Ich suchte nach etwas und – da war es. Es lag noch auf dem Bett. Vorsichtig hob ich das Märchenbuch hoch, sah mir den dunkelgrünen Ledereinband an, der voller zauberhafter, magischer Verzierungen war, und ich dachte an die Worte meiner Mutter in ihrem Brief: *Es ist ein Märchenbuch unserer Welt, das alle Naturwesen kennen. Für sie ist es ein Märchen, für mich meine Geschichte.*

Ich schüttelte den Kopf und fragte mich, wie ich das hatte vergessen können. Es kam mir in den Sinn, als Dee das Märchen erwähnte. Wahrscheinlich stand hier nicht mehr drin, als Dee erzählt hatte, aber vielleicht würde ich zwischen den Zeilen mehr lesen können als andere.

Das Buch fest an mich gedrückt, trat ich an Kohana und Finn vorbei, die mich fragend ansahen.

Auf dem Weg in unsere Suite versuchte ich den beiden zu erklären, warum es so wichtig war, hierherzukommen, das Buch zu holen und Kian um eine Stunde zu versetzen.

»Erinnerst du dich an den Brief meiner Mutter?« Finn zog kurz die Stirn kraus, dann sah er mich mit großen Augen an.

»Das ist das Märchenbuch? Meinst du, es wird uns etwas nützen?«

»Zumindest wird es die Geschichte besser erzählen als der Zwerg, aber alles andere wäre ja auch kaum möglich«, meckerte Kohana und als ich ihn tadelnd ansah, senkte er wenigstens den Blick.

»Ich weiß es nicht. Aber warum sonst hätte meine Mutter es extra erwähnen sollen, wenn es nicht wichtig wäre für mich?« Der Wunsch, dass meine Mutter sich in der Tat etwas dabei gedacht hatte, war groß. *Bitte, lass uns etwas in diesem Märchenbuch finden.*

Wir hasteten die Treppen nach unten, wollten keine Zeit verlieren, Neugierde und Hoffnung trieben uns an. Meine Füße flogen über die weißen steinernen Stufen und der Klang unserer Schritte hallte teils von den Wänden wider.

Unsere Tür rissen wir auf, wir konnten nicht schnell genug zur Couch kommen. Kohana saß schon neben mir, Finn folgte, da er die Tür noch verschlossen hatte.

Das kleine Buch mit dem schönen Titel *Scéal Fairy* lag auf meinem Schoß, während sich Kohana an meine linke Seite schmiegte und Finn zu meiner rechten saß.

»Bereit?«

»Nein, aber wann ist man das schon?« Zaghaft lächelte ich ihn an, bevor ich zittrig das Buch aufschlug.

Jedes Märchen ist wahr und jede Wahrheit ist ein Märchen.

Ich befühlte das leicht vergilbte, durchscheinende Papier, das eher wie Pergament wirkte. Jede Seite war mit Ornamenten verziert in kräftigen Rot- und Blautönen, die Schrift war wunderschön geschwungen, lebhaft und schnörkelig. Mein Gälisch war nicht besonders gut, aber diese Worte erkannte ich sofort: *Saol agus Bás*. Es war das dritte Märchen im Buch. Ich begann zu lesen, aber ich verstand nicht viel.

»Darf ich?« Fragend sah mich Finn an. Ich reichte ihm das Buch, das nun auf seinem Schoß lag.

»Ich lese es einfach vor, okay?« Ohne auf eine Antwort zu warten, begann er zu lesen und ich schloss meine Augen, damit ich seine Worte zu Bildern formen konnte, das Märchen vor mir sah und vielleicht etwas entdeckte, was uns weiterhalf.

»Saol agus Bás – Leben und Tod.

Es war einmal eine Frau. Sie war ganz allein auf der Welt, sie war einsam und sie sehnte sich nach einem Gefährten. Die Welt war kahl, kalt und leer, nur das Nichts umgab sie. Eines Tages

sank sie auf den Boden, der nur aus Staub bestand, und sie weinte bitterlich. Immer mehr Tränen liefen über ihr Gesicht und tropften auf den Boden. Sie sah, wie Staub zu nasser Erde wurde, und erkannte, dass sie die Welt ändern konnte. Sie erhob sich und sprach: ›Liebe Erde, sei nicht länger Staub. Liebes Wasser, hilf der Erde, verbünde dich mit ihr. Liebes Feuer, wärme meine Nächte und meine Tage. Lieber Wind, verbreite die Nachricht in alle Himmelsrichtungen.‹
Aus ihren Tränen formte sie einen Fluss, aus diesem Fluss wurden Meere. Der Boden, der einst Staub war, wurde zu fruchtbarer Erde, Gräser wuchsen, Bäume stiegen empor. Der Wind wehte durch sie hindurch, trug sie weiter und das Feuer brodelte stets in ihr selbst. Sie war das Leben, sie war der Anfang.
Viele Jahre später war die Welt ein wundervoller Ort, lebendig, voller Wesen, die im Einklang miteinander lebten, im Einklang mit allen Elementen, mit der Natur. Immer mehr Leben erwachte und die Frau bemerkte, dass das nicht alles sein konnte, denn sie hatte einen Anfang erschaffen, aber kein Ende. Deshalb erschuf sie ein neues Leben, einen neuen Freund. Er sollte das Ende sein. Das Wesen war das genaue Gegenteil von ihr, doch es half ihr, ein Gleichgewicht zu schaffen. Sie nannte ihn Tod, weil er nach einiger Zeit das nahm, was sie erschaffen hatte. Es dauerte nicht lange, da kannte jeder ihre Namen, Leben und Tod. Sie fürchteten den Tod, sie wollten ihm entfliehen, sie beschimpften ihn, verfluchten und verspotteten ihn und der Tod wurde sehr traurig. Schließlich tat er nur, was richtig und was gut war, denn jeder Anfang brauchte auch ein Ende. Der Tod wurde wütend, er verzweifelte und die Magie, die ihm durch das Leben innewohnte, begann ihn zu zerfressen. Er verachtete die Wesen, die ihn verurteilten und hassten, und er zog über das Land, riss alles mit sich, was ihm begegnete, auch wenn die Zeit noch nicht gekommen war. Die Frau hatte keine Wahl, sie musste etwas tun. Sie ergriff den Tod und

sperrte ihn ein, denn sie vermochte es nicht, den Tod zu töten. Sie verdammte den Tod auf ein Leben ohne Ende.«

Verzweifelt wartete ich, dass Finn weitersprach, aber er sagte nichts.

»Ist das alles?«

»Ja, das ist alles. Auf der nächsten Seite beginnt bereits ein anderes Märchen.« Finn wusste, wie ich mich fühlte. Es war unfassbar, dass meine Mutter mir so wenige Informationen hinterlassen hatte, aber einen so großen Feind. Vor lauter Wut griff ich gedankenlos nach dem Buch, ich schmiss es einfach in die Mitte des Zimmers, so dass es auf den Seiten landete, die wahrscheinlich alle zerknickt wurden, und es tat gut, so sehr mein Bücherherz auch weinte. Es tat verdammt gut, dieses Buch wegzuschmeißen.

Mein Kopf sackte in meine Hände.

»Wer auch immer das war, er hatte kein Händchen für Märchen. Ich hätte ihn nicht mal die Überschrift schreiben lassen.« Wäre die Lage nicht so ernst, hätte ich über Kohanas ernsten Tonfall und seine Bemerkung gelacht.

»Wir werden schon einen Weg finden.«

»Finn, ich weiß, wenn du nicht die ganze Wahrheit sagst.« Ich gab ihm einen Kuss auf die Wange. »Aber es ist lieb, dass du versuchst, mich aufzuheitern.«

Da ich ein schlechtes Gewissen gegenüber dem Buch bekam, das hilflos und halb aufgeschlagen mitten im Raum auf dem Boden lag, stand ich seufzend auf, um es zu holen. Ich war so deprimiert, dass Kian mich beim Training gleich in der Luft zerfetzen würde.

Lieblos griff ich nach dem Buch, bekam nur eine Seite des Einbandes zu fassen und hob es mit flatternden Seiten hoch. Dann drehte ich mich zu Finn und Kohana, schloss das Buch und sah in zwei völlig erstaunte Gesichter. Finns Mund stand sogar offen, aber sie starrten beide an mir vorbei.

»Wieso starrt ihr denn so komisch?«

»Cat? Dreh dich um ...« Ich tat, was Finn sagte, und wahrscheinlich sah ich in diesem Moment genauso bescheuert aus wie die beiden hinter mir. Erneut bückte ich mich. Einen Umschlag aus demselben Papier, in dem der Brief meiner Mutter gesteckt hatte, hielt ich nun in meinen Händen.

21

Finn – Nur ein Funken Hoffnung

Die letzten Tage waren eine Achterbahnfahrt gewesen – mit mehr negativen Höhepunkten als großartigen Erlebnissen. Der Tiefpunkt war erreicht, als offenbart wurde, dass Bás, der Tod höchstpersönlich, uns im Nacken saß und wir keine Ahnung hatten, wie wir ihn besiegen konnten.

Cat warf das Buch wütend auf den Boden, hob es schließlich wieder auf und es fiel ein kleines, unscheinbares Kuvert heraus, das uns allen den Atem raubte.

»Was …?

»Er fiel aus dem Buch, als Ihr es aufgehoben habt, Prinzessin.«

Sie kam langsam auf uns zu, den Blick fest auf den Umschlag geheftet. Das Buch glitt ihr dabei fast aus den Händen. Zwischen Kohana und mir ließ sie sich wieder auf die Couch plumpsen, legte das Märchenbuch ihrer Mutter auf den Tisch und öffnete eilig den Umschlag. Vorsichtig, als könnte er jeden Moment zerfallen, faltete sie den Brief auseinander.

»Soll ich ihn vorlesen?«, fragte sie uns leise. »Er ist nicht auf Gälisch geschrieben worden.«

»Natürlich, der Fuchs kann ohnehin nicht lesen.« Er kniff kurz die Augen zusammen und starrte mich an.

»Okay.« Sie atmete tief ein und aus, strich ihr Haar nach hinten und begann leise zu lesen.

Du hast mein Märchenbuch gefunden und diesen Brief. Ich nehme an, du hast das Märchen über mich und den Tod gelesen.

und falls ja, dann wohl nur, weil er einen Weg aus seinem Gefängnis gefunden hat. Du kannst dir nicht vorstellen, wie sehr ich mir wünsche, dass es nicht passiert, dass du das hier nie lesen wirst, und falls doch, dass du das Buch gelesen hast, einfach, weil du neugierig warst.

Bás ist mein Gegenstück, wir sind zwei Seiten einer Medaille. Ich hätte wissen müssen, dass diese Magie, dass das, was ich erschaffen habe, nicht zu bändigen sein würde. Dieses eine Märchen ist wahr, aber niemand kennt die ganze Geschichte. Niemand weiß, wie boshaft er wurde und wie sehr er es genoss zu töten. Bás fing an, das Leben zu hassen, meine Magie in seiner Gegenwart ließ ihn wütend werden. Seine Elementarwesen, ihr nennt sie heute Sensenmänner, waren jedoch nicht so wie er, sie verurteilten ihn, genau wie jedes andere Wesen, weil er das Gleichgewicht nicht wahrte, er nahm die Lebenden zu sich, vor ihrer Zeit, und er nahm zu viele. Ich wusste, ich hatte ihn erschaffen und ich musste ihn wieder bändigen. Mir waren die Hände gebunden, deshalb verbannte ich ihn, sperrte ihn ein, erschuf einen Zwischenraum, in dem es nur ihn gab.

Du, mein Schatz, solltest eines wissen: Ich weiß nicht, ob es noch einmal gelingt, und ich weiß nicht genau, wie ich es geschafft habe. Es ist so lange her, dass ich ihn erschuf, dass wir Verbündete waren. Ich hatte nie vorgehabt, ihn zu verbannen, denn er war schließlich ein Teil von mir, etwas, das ich erschaffen hatte und das ich nicht verlieren wollte. Aber er brachte alles in Gefahr und an einem Tag, als er vollkommen außer Kontrolle war, stellte ich mich ihm in den Weg. Unsere Magie traf aufeinander, stundenlang versuchte einer die Oberhand zu gewinnen über den anderen, bis es für ihn zu viel wurde, bis ihn zu viel Leben umhüllte. Für einen Moment war er gefangen und ich schuf einen Raum, in den ich ihn sperrte, den ich versiegelte mit einem Fluch. Ich versetzte ihn in eine Art Starre. Nur der, der

den Tod sucht und bereit ist, ein Opfer zu bringen, wird ihn finden können. Du wirst dir denken können, dass diese Art von Opfer kein einfaches ist. Dutzende von Barrieren umschließen ihn, die durchbrochen werden müssen. Es sind tausende von Jahren ins Land gegangen und es war töricht von mir zu glauben, dass er immer sicher verwahrt sein würde. Dass es nie jemanden geben würde, der es vermag, ihn zu finden und zu befreien. Jemanden, der an die Märchen glaubte. Der Nebel in der Kuppel war mit ihm verbunden und genauso starr wie er – bis er erwachte und ausbrach.
Es gibt keine Anleitung, vertrau auf dich und deine Fähigkeiten. Du bist das Gegenteil von ihm, vergiss das nicht. Du das Leben, er der Tod. Du kannst es schaffen.

In Liebe,
Deine Mutter.

Noch war nicht klar, inwiefern uns das wirklich half, ob dieser Brief mehr Antworten als weitere Fragen brachte. Er war mehr, als wir erhofft, und weniger als wir es uns gewünscht hatten. Scheiße, er war eine einzige Katastrophe. Wild fuhr ich mir durch die Haare, unzufrieden lehnte ich mich vor und gleich wieder zurück.

»Prinzessin, Ihr müsst atmen.« Der Fuchs klang leicht besorgt, stupste Cat immer wieder an und sah mich plötzlich abwertend und wütend an. »Tu doch was, Wolf!«

»Cat?« Ich nahm ihr Gesicht in meine Hände. Sie wirkte abwesend, die Farbe war aus ihrem Gesicht gewichen, der Brief segelte leise aus ihren Händen auf den Boden.

»Du musst atmen. Cat, hörst du mich?« Sie atmete stark ein und schnell wieder aus, sie drohte zu kollabieren, sie atmete zu hektisch, zu schnell, mir war klar, dass sie sich eingeengt und hilflos fühlte, wie ein in die enge getriebenes Tier.

»Cat!« Ich schüttelte sie und schrie sie an. »Konzentrier dich.« Sie nickte mit dem Kopf und schließlich hörte ich ihre entrückte Stimme.

»Ja, genau, ich muss atmen. Ein und wieder aus. Es wird alles gut.« Dann begann sie zu kichern und hielt sich eine Hand vor den Mund, während ihr Körper geschüttelt wurde von ihrem Lachen. Kohana sah mich an, als wäre ich daran schuld, und ich hatte keine Ahnung, was ich tun sollte.

»Okay, das ist nicht das, was wir erwartet haben ...« Abrupt endete ihr Lachen und sie sah mich beinahe entsetzt an.

»Nicht das, was wir erwartet haben? Ist das dein Ernst? Meine Mutter hat den Tod erschaffen, ihren größten Feind, der mich nun umbringen will, und zur Krönung teilt sie mir mit, dass ich das schon schaffen werde – irgendwie. Sie hat es ja auch irgendwie geschafft. *Irgendwie, Finn!* Was soll ich denn damit anfangen? Sie hat ihn gebannt und eingeschlossen, aber ich habe doch keine Ahnung, wie das funktioniert. Sie selbst sagt, dass sie nicht weiß, ob es noch einmal funktioniert. Ich denke, da ist ein Moment des hysterischen Kicherns durchaus drin!« Ihre Stimme überschlug sich bei den letzten Worten. Wenigstens hatte sie wieder etwas Farbe im Gesicht und atmete einigermaßen normal.

»Es nutzt nichts, sich darüber aufzuregen. Es ist mehr, als wir vorher hatten. Jetzt müssen wir sehen, dass wir mit dem zurechtkommen, was wir haben. Ich werde dich nicht alleinlassen.« Sie ließ ihren Kopf gegen meine Schulter sacken und ich spürte ihr Nicken daran.

»Komm, wir sollten zu Kian gehen. Wir sollten trainieren.« Ihr Kopf schnellte nach meinen Worten wieder nach oben und sie sah mich mit großen Augen an.

»Du machst wieder mit?«

»Natürlich. Wie gesagt, du musst das nicht alleine durchmachen. Ich bin für dich da. Sogar der nervige Fuchs ist für dich da.« Mit einer lässigen Bewegung zeigte ich auf Kohana.

Ich stand auf, streckte ihr meine Hand entgegen, damit sie ihre hineinlegen und ich ihr aufhelfen konnte. Als sie direkt vor mir stand, den Kopf in den Nacken legte und für einen Moment unsere Sorgen nach hinten schob, in die hinterste Ecke ihres Verstandes, als ihre Augen klar und sanft waren, ihre Gesichtszüge weich und nicht angespannt wirkten, legte ich meine Lippen auf ihre und genoss den Kuss. Ich genoss das Gefühl, das diese Berührung auslöste, und seit wir hier waren, wusste ich jeden dieser Momente umso mehr zu schätzen.

Grinsend löste ich mich von ihr und ging mit ihr zu Tür, bis sie ihre Hand auf meinen Arm legte und stehen blieb. Sie drehte sich um.

»Kohana, warum kommst du nicht mit?« Der Fuchs lag noch immer auf der Couch. Er sah zwischen Cat und mir hin und her. Er konnte nerven, sticheln, spotten, lästern, aber lügen konnte er nicht.

»Er will sich bestimmt etwas ausruhen. Außerdem kann er während des Trainings ohnehin nicht viel machen.«

Cats skeptischer Blick traf mich, ich spürte, wie sie ihre Sinne ausstreckte, und ich versuchte so gut und so unauffällig wie möglich gewisse Informationen vor ihr zu verbergen. Kohana nickte eilig und es war nicht gerade glaubwürdig. Innerlich seufzte ich, dann zog ich Cat entschlossen aus dem Zimmer in Richtung *Gairdín*.

Ein paar Schmetterlinge waren ins Schloss gelangt und flogen um Cat herum, ihre Flügel glitzerten in den buntesten Farben. Ich vernahm kleine, süße Geräusche, die manchmal einem Glöckchen ähnelten. Sie redeten mit Cat, brachten sie zum Lachen und wichen ihr nicht von der Seite, während wir die Treppen nach oben stiegen. Erst vor dem Trainingsraum flogen sie davon, einer flatterte kurz auf Cats Nase und folgte dann den anderen.

Die Tür öffnete sich. Kian erwartete uns und sprach mit Deegan und Morla. Lorcan kümmerte sich wahrscheinlich um Myra, beide waren nicht hier. Es war gut, dass sie eine Pause machten, dass sie in ihrem Zimmer waren und sich mit sich selbst beschäftigten. Wir gingen auf Kian und die anderen zu.

»*Morgen werden wir das Training ausfallen lassen.*«

»*Wieso sollten wir das tun?*«, fragte Cat sichtlich interessiert.

»*Weil ich morgen etwas mit dir vorhabe – und weil wir heiraten werden.*« Bei meinen Worten stolperte sie beinahe über ihre eigenen Füße. Sie begann ihre

Handinnenflächen an ihrer hellen, verwaschenen Jeans abzuwischen und versuchte ihre roten Wangen zu verbergen, aber sie schimmerten durch die Strähnen ihres Haares hindurch.

»Du willst dich morgen mit mir verbinden? Wir haben nichts vorbereitet. Wir wissen doch eigentlich nicht, wie es funktioniert.«

»Ich sagte, ich werde dich heiraten. Wir werden uns nach Menschen- und Magiebrauch verbinden. Bitte, Cat, du hast es versprochen.«

»Das weiß ich. Und ich möchte es auch, wirklich. Es ist nur, dass es sich komisch anfühlt, glücklich zu sein, während so viel auf dem Spiel steht.« Ihr Schwermut übertrug sich auf mich, aber meine Entschlossenheit vertrieb sie nicht. Ja, es war vielleicht komisch, aber es wurde Zeit und ich würde nicht noch länger warten.

»Hey«, sagte Cat beinahe lustlos.

»Wo ist denn der nervige Fuchs?« Kian zog fragend eine Augenbraue nach oben.

»Wieso? Vermisst du ihn?« Freudlos lachte ich auf, doch Kian grinste nur süffisant.

Cat hob die Hand und gebot uns Einhalt.

»Dee, hast du etwas herausgefunden?« Hoffnungsvoll sah sie ihn an und es war unschwer zu erkennen, dass sie versuchte, nicht die Luft anzuhalten, weil sie so angespannt auf eine Antwort wartete. Deegans Züge fielen in sich zusammen, er schüttelte den Kopf.

»Es tut mir leid, Prinzessin. In der Bibliothek habe ich bereits einige Märchen und in Frage kommende Bücher gesichtet. Ich habe bisher nichts finden können. Ich werde weitersuchen und Euch sofort Bescheid geben, falls ich etwas finde.« Cat pustete sich eine Strähne aus dem Gesicht, eine tiefe Falte bildete sich zwischen ihren Augenbrauen.

»Aber wir haben etwas.«

»Nein, Finn, eigentlich haben wir das nicht.« Cat sah mich, danach Dee und die anderen an. Bedauernd und irgendwie auch wütend.

»Wovon redet ihr zwei?« Kian verschränkte die Arme und beobachtete uns aufmerksam, bevor er seine Mutter mit einem abschätzenden Blick ansah. Morla kräuselte die Lippen, schaute weg. Mich beschlich das Gefühl, sie schloss ihren Sohn aus ihren Visionen und Vorahnungen aus. Kian gefiel das ganz und gar nicht.

»Cat und ich haben ein Märchenbuch gefunden. Es war das Märchenbuch von Mutter Natur. Das, was Deegan uns bereits erzählt hat, steht darin. Durch Zufall fiel uns auch ein Brief in die Hände. Er lag in dem Buch.« Deegans Augen wurden immer größer, während ich ihm erzählte, was Cats Mutter uns in dem Brief mitgeteilt hatte. Cat schüttelte immerzu mit dem Kopf, als wollte sie unterstreichen, dass sie diese Informationen für vollkommen nutzlos hielt.

»Das war alles.« Nun wussten auch Deegan, Kian und Morla Bescheid. Wenn Letztere es nicht schon vor uns getan hatte.

»Seht ihr? Es bringt uns nichts.« Für einen kurzen Moment huschte ein Ausdruck über Cats Gesicht, der mich erschaudern ließ. Es sah aus, als würde sie aufgeben – sich selbst.

»Mutter, verzeiht mir, aber gehe ich richtig in der Annahme, dass Ihr von diesem Brief wusstet?« Kian hatte die Zähne so fest aufeinandergepresst, dass seine Worte sich eher wie ein Zischen anhörten.

»Natürlich.« Völlig unbeeindruckt sah sie ihn an.

»Wieso habt Ihr nichts gesagt?«

»Du weißt, warum.«

»Scheiß drauf!« Kian war verdammt wütend, trat einen Schritt vor und ich spürte, wie seine Magie um ihn herumwaberte.

»Kian! Du weißt, was passieren kann, wenn wir zu weit gehen. Wenn ich zu weit gehe. Das Schicksal versteht keinen Spaß in solchen Dingen.«

»Unser Leben steht also über dem der anderen? Vergesst nicht, warum wir hier sind!« Kian schrie Morla mittlerweile an.

Deegan war einige Schritte zurückgetreten, um nicht zwischen Morla und Kian zu stehen, Cat hatte eine Gänsehaut überzogen, ich spürte sie, als wäre sie meine, und wie gebannt verfolgte sie die Auseinandersetzung der beiden. Es war interessant, dass Kian sich gegen seine Mutter stellte.

Für einen Moment sah das Orakel um Jahre gealtert aus, tiefere Falten bildeten sich im Gesicht, die Haare schienen noch weißer zu werden, alles wurde matter, ihre Haut verlor jeglichen Glanz, die Adern und Knochen traten weiter hervor. Im starken Kontrast stand ihr Gesichtsausdruck, der weich war, beinahe zärtlich wirkte, und die flehenden Augen, die auf Kian gerichtet waren. Dann ging sie einfach von uns weg, sie stellte sich an den Rand, mit genügend Abstand von uns. Ohne ein weiteres Wort. Kians Hände waren zu Fäusten geballt und er zitterte vor Wut. Dieses Mal machte es mir nichts aus, dass Cat den Abstand zu ihm überwand und ihre Hand beruhigend auf seine legte.

»Lass uns anfangen.«

»Ich kann einfach nicht verstehen, warum sie nichts preisgibt. Mir ist klar, welchen Regeln sie unterworfen ist, aber gerade jetzt und vor allem weil sie es war, die herkommen wollte, sollte sie diese ganzen Regeln vergessen.«

»Es ist, wie es ist. Lass uns trainieren.«

Kian nickte Cat zu, sein Körper löste sich aus der verkrampften, wütenden Haltung von zuvor.

»Kämpft Ihr wieder mit?«

»Darauf kannst du dich verlassen.« Voller Vorfreude auf den Kampf, in dem ich meinem Frust ein Ziel geben konnte, sah ich ihn an.

»Ich werde mich zu Morla gesellen.« Deegan winkte uns zu und ging dann ebenso an den Rand, in sichere Entfernung.

»Bevor wir anfangen, wäre es vielleicht ganz gut, der Sonne Einhalt zu gebieten, Prinzessin. Es ist ziemlich warm hier, das Gras verdorrt beinahe und wir schwitzen bereits, ohne uns zu bewegen. Nicht, dass ich uns bessere Umstände verschaffen will.« Schelmisch grinste er uns an, während er nach oben an den Himmel zeigte. »Ihr wisst, wie es geht.«

Cat legte den Kopf in den Nacken und band ihre losen Haare zu einem festen Zopf. Dann holte sie tief Luft, hielt ihre Arme mit den Handflächen nach oben locker vor sich. Sie schloss die Augen. Zuerst wurde das Gras grüner, lebendiger, die Büsche und Bäume ließen ihre Zweige und Äste nicht mehr hängen, die Blumen nicht mehr ihre Köpfe, alles leuchtete heller, intensiver und wurde von Cats Energie durchflutet. Sie atmete schneller und schneller, öffnete leicht ihren Mund und ihre Züge waren angespannt. Die Energie knisterte in der Luft, es fühlte sich an wie vor einem Gewitter. Es war unglaublich, das durch sie miterleben zu können, teilweise sogar ihre Empfindungen zu spüren, wie sie die Elemente und das Leben selbst durchfluteten. Ein kurzer Ruck durchfuhr sie, es wurde dunkler. Dicke Kumuluswolken bildeten sich, schoben sich vor die Sonne und bedeckten schließlich den ganzen Himmel des *Gairdín*. Zuerst waren sie weiß wie Schnee, bis sie sich grau färbten, immer dunkler wurden. Wind gesellte sich dazu, Blätter raschelten, Äste bogen sich, aber Cat hörte nicht auf. Der Wind wurde stärker, tobte, wurde zu einem Sturm, Blitze erschienen, Donner grollte. Von jetzt auf gleich standen wir in einem Gewitter, das so bedrohlich wirkte, dass ich eine Gänsehaut bekam.

»Cat, du solltest aufhören.« Sie reagierte nicht auf mich.

»Prinzessin.« Kians warnender Schrei ging beinahe im tosenden Wind unter. Ich schüttelte Cat mittlerweile, aber sie reagierte nicht sofort.

»*Cat!*« Ich versuchte es mental, rüttelte sie weiter, zog sie schließlich an mich. »*Hör auf!*«

Ruckartig öffnete sie die Augen und sah mich an. Keuchend ließ sie die Arme sinken und das Donnergrollen verebbte. Der Wind beruhigte sich, die Blitze verschwanden, die Wolken blieben zwar in hellem Grau, aber der Sturm war vorbei.

»Alles okay?« Besorgt sah ich in ihr Gesicht. Ihre Wangen waren gerötet. Ihr Herz pochte so schnell, als wäre sie einen Marathon gelaufen. Nach und nach strich ich ihr alle Strähnen aus dem Gesicht, die der Wind dorthin geweht hatte, fuhr mit meinen Fingern über ihre Wange.

»Ich ... ich weiß es nicht.« Sie zog kurz die Augenbrauen zusammen und schluckte schwer. »Ich denke schon.«

»Nicht schlecht. Wir sollten an Eurer Kontrolle arbeiten, den Rest habt Ihr längst in Euch. Manchmal denke ich, Ihr könnt es nicht sofort finden. Und manchmal ist Eure Kraft und Energie einfach da und sie lässt Euch nicht mehr los.« Kian wischte sich ein paar Erdkrümel von seinem schwarzen Hemd. »Lasst uns beginnen. Und da Ihr die Regeln anscheinend andauernd wieder vergesst: Wie lauten sie?« Cat blies die Luft aus und zog eine Grimasse, ich hingegen musste grinsen.

»Regel Nummer eins: Alles ist möglich.« Sie zählte die Regeln an ihren Fingern ab und hielt sie Kian direkt vor die Nase. »Regel Nummer zwei und eindeutig die dämlichste Regel«, sagte sie mit zuckersüßer und übertriebener Stimme, »Der Lehrer wird nicht außerhalb des Unterrichts geschlagen.« Kian kniff die Augen zusammen. »Regel Nummer drei: Ich soll nie an mir selbst zweifeln. Regel Nummer vier: Fantasie ist Magie und Magie ist Fantasie, es gibt keinen Unterschied.« Sie machte eine kurze Pause, ihr Gesichtsausdruck wurde ernst. »Regel Nummer fünf: Alles, was lebt, kann sterben.«

Kian drückte ihre Hand vor seinem Gesicht weg.

»Sehr gut, Prinzessin. Nun wird es Zeit, dass Ihr es auch verinnerlicht und es nie vergesst. Lasst es zu einem Mantra werden. Regel Nummer sechs: Das Leben ist mehr wert als der Tod.« Bei seinen Worten sah er Cat fest in die Augen, so intensiv und so dicht vor ihr stehend, dass ich instinktiv nach ihr griff und sie wegzog.

»Genug geschwafelt, Magier.« Er deutete eine Verbeugung an und trat fünf Schritte zurück.

»Ich greife ihn an und wenn er mich hat, lässt du deine Magie frei.«

»Du willst den Köder spielen? Das kann ich nicht.« Cat sah mich ungläubig an.

»Das letzte Mal hat es geklappt. Der Unterschied ist, dass ich dir den Plan vorher verrate.« Ich zwinkerte ihr zu und verwandelte mich in einen Bären. Kian blieb unsere private Unterhaltung nicht verborgen, ihr Inhalt dagegen schon. Cat war wenig einverstanden mit dem, was ich vorhatte. Am liebsten wollte sie mich hier weghaben. Aber so funktionierte das nicht. Entweder wir beide oder keiner.

Der Boden vibrierte leicht unter meinen kraftvollen Tatzen, als ich auf Kian zurannte. Der Bär war stark und schwer, aber weniger gelenkig als der Wolf oder der Falke. Kian hatte keine Probleme, mich zur Seite zu schleudern, aber wie erhofft konnte Cat einen Schlag landen, der Kian zu Boden warf. Ich brüllte, rannte erneut auf ihn zu, während Cat ihre Elemente um sich herum sammelte und sie nun erneut auf Kian losließ. Plötzlich sah ich eine Veränderung in Kians Gesicht, eine Art Erkenntnismoment. Er blockierte mich mit seiner Magie, aber er griff mich nicht an. Ebenso blockierte er

Cat, auch wenn er die Zähne zusammenbiss. Mit ausgestreckten Armen versuchte er uns beiden Einhalt zu gebieten und ich konnte mich kaum noch bewegen. Kian rappelte sich auf und ging langsam auf Cat zu, er stemmte sich gegen ihre Magie und kam ihr Schritt um Schritt näher. Brüllend schlug ich auf die unsichtbare Barriere Kians ein, aber ich kam nicht voran, ich kam nicht vorbei. Kian stand nun direkt vor ihr. Er lächelte. Mit einem Ruck, mit einer Handbewegung ließ er Cats Magie an sich vorbeifließen. Cat erschrak und vergaß sich zu konzentrieren. In dem Moment griff Kian an. Eine Hand schnellte nach vorne, während die andere noch immer seine Magie zu mir sandte, um mich in Schach zu halten. Ich verwandelte mich zurück, ich konnte nichts ausrichten. Er schloss seine Hand um Cats Hals und hob sie hoch. Sie röchelte, griff an ihren Hals, seine Hand, versuchte sie zu lösen, aber sie schaffte es nicht. Meine Nerven lagen blank, aber Kian war einer der mächtigsten Magier, dem ich je begegnet war. Ich als Gestaltwandler hatte kaum eine Chance, nein, eigentlich keine. Ich konnte nur zusehen und mich immer wieder mit aller Macht und mit all meiner Magie gegen seine Barriere stemmen. Cats Schmerzen, ihre Panik drangen zu mir. Dann hörte ich Kians Stimme.

»Das war nicht schlecht. Ein guter Versuch. Aber so durchschaubar, findet Ihr nicht? Solange Euer Gefährte in Gefahr war, fiel es Euch leicht, mich in Schach zu halten und Eure Magie zu rufen. Aber jetzt geht es um Euch, ich greife ihn nicht an. Und seht: Ihr seid ein hilfloses, kleines Mädchen, mehr nicht.« Dann schrie er sie an. »Verflucht noch mal, Ihr solltet mich mit einem Gedanken von Euch lösen können, stattdessen könnte ich Euch mit einem töten. Die Regeln sind nicht nur Worte! Nehmt sie Euch endlich zu Herzen.« Cat hörte auf sich zu wehren – ebenso wie ich. In meinem Inneren spürte ich, wie Cat nach etwas suchte, aber ich wusste nicht, nach was. Ich hörte sie, wie sie die Regeln immer wieder aufsagte und plötzlich mit der ersten endete: Alles ist möglich.

Ihre Haare tobten um sie herum, ihre Strähnen wurden zu Ranken, die sich blitzartig um Kian schlängelten und seine Finger lösten. Pflanzenstränge, die aus dem Boden schossen und ihn fast vollständig umarmten. Cat fiel nicht, sie schwebte in der Luft. Dieser Anblick war einer der wenigen, die mich sprachlos machten. Gott, sie war wunderschön. Kians Magie spürte ich immer stärker, er schlug mit voller Wucht auf Cat ein, aber es passierte nichts. Es passierte einfach nichts. Kian war fast vollkommen eingeschlossen und dann hob Cat die Hand, sie drehte sie – ganz langsam. Dornen begannen aus den Ranken zu wachsen und Kian schrie auf. In der Bewegung hielt Cat inne, senkte die Hand und rief ihre Magie zu sich. Die Ranken zogen sich zurück in den Boden, Cat kam auf dem Boden auf und ihre Haare wehten wieder ganz normal um ihr Gesicht, fielen auf ihren Rücken. Kian lag auf dem Boden, hatte einige Kratzer davongetragen, aber nichts Schlimmes.

Die Barriere war weg und ich rannte zu ihr. Zog sie kräftig in den Arm, nahm dann ihr Gesicht zwischen meine Hände und küsste sie. Ich fuhr mit meinen Lippen über ihre, spürte ihre warme Haut, ließ den Kuss intensiver werden, genoss ihren Atem, der auf meinen traf. Meine Hand wanderte unter ihr schweres Haar, drückte sie noch fester an mich und ein Schauer durchfuhr mich, als sie sich vollkommen an mich lehnte und ihr ein leises Stöhnen entwich. Nur schwer konnte ich mich von ihr lösen. Zu sehr genoss ich ihre Nähe, ihren Herzschlag, so laut und wild.

»Du bist einfach atemberaubend, weißt du das?« Ich erwartete keine Antwort, ihr Lächeln war mir Antwort genug.

Wir drehten uns zu Kian und sahen, dass Deegan mit offenem Mund an der Seite von Morla zu uns kam. Kian stand auf, besah sich seine Wunden. Lauthals fing er an zu lachen, so dass Cat zusammenzuckte und ich fragend die Augen zusammenkniff.

»Prinzessin, es ist mir eine Ehre, Euch kennengelernt zu haben und Euch nun zu trainieren.« Er trat auf Cat zu, sah mich an, als wollte er um Erlaubnis bitten für etwas, und legte Cat seine Hand auf die Wange.

»Ihr habt mehr von Eurer Mutter in Euch, als Ihr denkt. Ihr seid mehr Natur, mehr Magie als wir alle. Dass Ihr Mensch seid, macht Euch besonders und es macht Euch stärker, nicht schwächer. Ihr habt ein Herz und eine Seele, die für etwas brennen, Ihr habt durch Eure menschliche Seite stärkere Emotionen und das macht Euch aus.« Cat weinte mittlerweile, aber Kian wischte die Tränen weg. Es machte mir nichts aus. Es war verrückt, aber in mancher Hinsicht erinnerte er mich an Raphael. Er fluchte nicht so oft, aber er war immer ehrlich, rechthaberisch und hatte das Herz am rechten Fleck. Nachdem er seine Hand zurückgezogen hatte, trat Morla vor.

»Mein Sohn hat Recht und vielleicht habe ich nicht genug an Euch geglaubt. Vielleicht wollte ich nicht zu viel riskieren und obwohl ich hierherkam, habe ich nicht eindeutig Stellung bezogen. Ich dachte, wir würden es schaffen, wenn wir nur ein wenig preisgeben würden. Aber anscheinend geht mein Plan nicht auf. Wollen wir hoffen, dass das Schicksal uns verzeiht.« Sie atmete tief ein, nahm Cat ins Visier und ging auf sie zu, einen Schritt, zwei Schritte, drei. Sie nahm ihre Hände, rieb mit den Daumen darüber und schloss ihre Augen.

»Was tut Ihr?« Nur das beharrliche Schütteln von Kians Kopf und der intensive Blick, den er mir zuwarf, hielten mich davon ab, Cat von Morla wegzuziehen. Ich ließ Cat los, trat zurück. Ein Licht so hell wie die Sonne blendete mich.

22

Cat – Nur ein Funken Hoffnung

Morlas kalte, knochige Hände umfassten meine. Es war nicht so unangenehm, wie ich dachte, und als ihre Haut meine berührte, überkam mich eine innere Ruhe. Ich hatte das Bedürfnis, die Augen zu schließen. Für einen Moment fühlte es sich so an, als hätte ich einen Fremdkörper in mir, denn ich spürte, dass Morla ihre Energie auf mich übertrug, dass sie durch mich hindurchfloss, aber ich konnte nicht herausfinden, was sie tat. So schnell wie es anfing, so schnell endete es. Bevor ich die Augen öffnete, hörte ich Finns tiefe und aufbrausende Stimme.

»Seid Ihr wahnsinnig?« Er zog mich mit einem Ruck von Morla weg, fragte mich, ohne Luft zu holen, ob alles okay sei, ob mir was wehtun würde, was passiert sei. Nebenbei knurrte er das Orakel an.

»Jäger, Ihr solltet nicht immer so misstrauisch sein.«

»Es geht mir gut, wirklich.« Es war die Wahrheit. Ich fühlte mich gut, richtig gut. Ich fühlte mich leicht.

»Es hat sich etwas verändert.« Ja, das hatte es. Finn hatte Recht.

»Ich kann es spüren, aber ich weiß nicht, was passiert ist.«

»Ich habe mich eingemischt, das ist passiert. Erinnert Ihr Euch an die Blockade Eurer Mutter? Die durch die Begegnung mit Finn und mit Eurer Volljährigkeit zerbrach? Nun, sie war noch in Euch. Stücke davon blieben zurück und sie verloren sich nur langsam. Eure Selbstzweifel haben diesen Prozess zusätzlich verlangsamt. Ich habe sie ... entfernt, könnte man sagen.« Morla sah mir tief in die Augen.

»Meine Königin, das Einzige, was Euch jetzt noch im Wege steht, das seid Ihr selbst.« Sie verbeugte sich und ging ohne ein weiteres Wort an uns vorbei.

Es sind diese Momente, in denen man ganz genau weiß, was gemeint ist, und gleichzeitig nicht, die einen verrückt machen können. Ich schüttelte meine Hände kurz, genoss das neue Gefühl in mir und hoffte, dass alles gut werden würde. Ja, wir würden es schaffen. Wenn ich nicht daran glaubte, wer dann?

Dees Hautfarbe hatte einen unnatürlichen Ton bekommen.

»Dee, ist alles in Ordnung?«, fragte ich ihn vorsichtig.

»Ja, ich meine, ich ... Prinzessin, ich war das letzte Mal sprachlos, als Eure Mutter Tír Na Nóg erschuf. Sie wäre unheimlich stolz auf Euch.« Auch er deutete eine Verbeugung an und folgte dann Morla aus dem Raum hinaus. In meinen Augen bildeten sich Tränen. Ich hoffte so sehr, dass er Recht hatte. Dass ich nicht zu viel falsch machte und sie wirklich stolz auf mich gewesen wäre. Auf den Menschen, auf das Wesen, das ich war.

Finn drückte sanft meinen Arm und ich genoss die Nähe zu ihm.

»Meine Mutter hat gerade eine Grenze überschritten, die nicht überschritten werden sollte. Auch wir Fantasien unterliegen Gesetzen. Ganz besonders wir. Die unter uns mit Fähigkeiten, wie meine Mutter sie hat, wurden teils separat eingewiesen oder besucht. Bei ihr waren es die Schicksalsdamen selbst. Sie hat eine ihrer Regeln gebrochen: Lenke nie das Schicksal. Wir werden sehen, was nun passiert.« Kian wollte an mir vorbeitreten, aber neben mir hielt er kurz inne. »Ihr habt das heute sehr gut gemacht.« Er ging und ich konnte meine Freude nur schwer unterdrücken. Es tat gut. Meine Beine zitterten und ich ließ mich einfach in das Gras fallen. Ich rollte mich auf den Rücken und lachte aus vollem Hals, laut, fröhlich, beschwingt. Meine Hände machten einen Grasengel, so nannte ich meine Sommerkreation eines Schneeengels, und ich atmete den Geruch des Grases und der Erde tief ein.

»Wow.«

»Nun komm schon her, es ist wundervoll hier.« Strahlend sah ich Finn an, der sich nun auch endlich ein Lächeln abringen konnte. Ich schickte ihm etwas von meinem Gefühl, von dieser Leichtigkeit, dieser Freiheit und dieser Ruhe und hörte, wie er zischend die Luft einsog.

»Das ist ...« Er zog die Augenbrauen zusammen.

»Ein ziemlich unbeschreibliches Gefühl?«, half ich ihm.

»Ja. Genau das ist es.« Er legte sich neben mich ins Gras, so dass ich mich an ihn kuscheln und meinen Kopf auf seiner Schulter betten konnte.

»Das erste Mal, seit wir hier sind, glaube ich, dass wir es schaffen können. Dass wir kämpfen werden, wusste ich. Aber bis heute hatte ich Angst. Nicht nur vor dem Kampf, vor Seth und dem, was mit mir passieren könnte. Nein, ich hatte Angst, dass ich zu schwach wäre, um euch zu beschützen. Es war so vieles, was mich bedrückte, verängstigte und verunsicherte, dass ich in manchen Momenten glaubte zu ersticken.« Fester drückte ich mich an Finn, dessen Wärme auf mich überging, dessen Herz im gleichen Takt schlug wie meines und dessen Muskeln unter meiner Berührung noch immer leicht zitterten.

»Ich konnte es fühlen, aber nie ganz verstehen. Ich weiß nicht, was genau das Orakel getan hat, aber ich hoffe, dass es richtig war. Es ist gut, dass du die Dinge nun anders siehst.« Während er sprach, sah er gen Himmel und seine Stimme klang wie die eines Märchenerzählers. »Es ist gut, dass du an dich und an all das hier glaubst. Daran, dass wir es schaffen können. Ich bin froh, dass du dich von dem Gedanken zu lösen scheinst, dass du alles alleine schaffen musst. Wer weiß, vielleicht musst du das. Aber bis dahin solltest du im Kopf behalten, dass niemand von uns das freiwillig zulassen wird.« Die Worte gingen mir durch Mark und Bein.

»Du denkst also, es ist okay, wenn ich mich gerade glücklich fühle?«

»Ich weiß, warum du fragst, Cat. Aber Erin wäre die Letzte, die das nicht wollen würde. Genau wie Kerry. Wenn Aidan könnte, würde er persönlich vorbeikommen, um dir Feuer unterm Hintern zu machen. Wortwörtlich.« Sein Lächeln war nur noch halb da, aber er zwinkerte mir zu, versuchte seinen Kloß im Hals zu überspielen. Er wusste, er konnte es vor jedem verbergen, aber nicht vor mir.

»Ich werde ihn dafür bezahlen lassen.« Und als ich es sagte, wusste ich, dass ich es so meinte. Dass ich mich bereit fühlte.

***

»Wo willst du hin?«

Finn zog mich an der Hand eine Treppe hinunter und es war nicht jene, die zu unserem Zimmer führte. Kohana wartete bestimmt schon auf uns und ich wollte ihn ungern so lange allein lassen. Andererseits hatten wir kaum Zeit für uns gehabt in den letzten Tagen.

»Wir haben trainiert und wir haben heute alles getan, was wir tun konnten, um uns vorzubereiten. Jetzt haben wir uns eine Auszeit verdient.« Finn strahlte übers ganze Gesicht, in das ihm einzelne dunkle Strähnen seines Haares gefallen waren. Die Treppen flogen nur so unter uns vorbei, wir rannten lachend aus dem Schloss, folgten den Treppen nach unten auf den Kiesweg und ich bemerkte, wie uns die fleißigen Dorfbewohner hinterhersahen. Wir durchbrachen die Barriere, trafen auf Fíri, dem ich nur kurz Hallo sagte, weil Finn bereits wieder an mir zog. Wir ließen das Schloss und seine Gemäuer hinter uns und irgendwie all unsere Sorgen mit ihnen.

»Danke.«

Finn rannte mittlerweile nicht mehr, zog mich nicht mehr lachend hinter sich her, sondern schlenderte mit mir über den Weg. »Wofür?«

Er lächelte noch immer und ich gab ihm einen Kuss auf die Wange. »Du möchtest in den Wald. Ich weiß, was du vorhast. Dafür und für die kleine Pause. Es tut gut, das Schloss für einen Moment hinter sich zu lassen.«

»Das dachte ich mir. Mal sehen, ob dieser Wald so heilend ist wie unser irischer.«

Der Weg unter uns knirschte bei jedem Schritt, bis wir ihn einfach verließen, nach rechts abbogen und auf den Wald zugingen. Auf den ersten Blick sah er aus wie mein Wald, wie der hinter meinem Haus. Doch er war anders, magischer, wilder und farbenfroher. Die Elemente in mir regten sich mit jedem Schritt mehr. Der Geruch dieses Waldes war unbeschreiblich intensiv, es waren so viele Gerüche, dass man sie kaum auseinanderhalten konnte: Gras, Erde, Moos, verschiedene Wildblumen. Ein Pilz von der Größe eines kleinen Kindes wuchs neben einem Baum, dessen Stamm fünfmal so dick war wie ich. Der Pilz schillerte bunt wie ein Regenbogen. Ein Käfer, so groß wie mein Schuh, krabbelte auf mich zu. Im Gegensatz zu früher erschauderte ich nicht, nein, ich war fasziniert. Er war ganz grün und braun, man konnte ihn kaum vom Boden des Waldes unterscheiden. Bis er über meine grauen Chucks lief und selbst grau wurde. Er hob seinen kleinen Kopf, sah mich an und ich könnte schwören, dass er grinste. Eilig setzte er seinen Weg fort und ich sah Finn mit großen Augen an.

»Hast du das gesehen? Ein Chamäleon-Käfer!«

»Ich wusste, es würde dir hier gefallen. Wir sind ja nur eilig hindurchgegangen bisher, teilweise nur am Rand.«

»Es ist so schön hier.« Die Sonne schien heute nur ab und an, aber es war warm und trocken. Die Bäume, an denen wir vorbeikamen, raschelten zur Begrüßung mit ihren Blättern, einmal kam ein Eichhörnchen aus seinem kleinen Loch heraus, raste den Baum hinunter und meine Beine hinauf bis zu meinem Gesicht. Es war ganz zappelig, stupste meine Nase mit seiner an und verschwand ganz schnell wieder. Oh, wie gerne hätte ich es noch länger angesehen.

Mit meiner freien Hand strich ich über die Rinde eines Baumes, an dem wir vorbeikamen. Wir schlenderten durch den Wald, ich sah Bäume ohne Rinde mit roten Blättern, Bäume ganz ohne Blätter und nur mit Früchten, wunderschöne Tiere, einzigartige Wesen. Es gab eine Blume, die ich ab heute Vergissmeinnicht nennen würde. In unserer Welt gab es so eine Blume bereits. Man erzählte sich, dass der Name entstand, weil die kleine, zierliche Blume nicht wollte, dass Gott sie vergaß, deshalb sprach sie zu ihm: Vergiss mein nicht. Diese hier würde ich wahrlich nie vergessen, deshalb bekam sie nun diesen Namen. Sie hatte einen kurzen Stengel, aber große, runde Blütenblätter. Wenn man sie berührte, wurden die Blätter zu kleinen Flügeln, die sich bewegten und die Blume nach oben zogen. Es sah aus, als ob kleine Engel zusammen tanzten. Jedes Blütenblatt zierte eine andere Farbe.

Immer wieder ließ ich eines meiner Elemente kurz frei, verband mich mit einem Stück des Waldes. Schmetterlinge flogen umher, kleine, süße Feen kicherten und zogen an Finns Haaren, bis er sie verscheuchte und mit buntem Feenstaub eingedeckt wurde. Ich konnte nicht anders, ich prustete los. Besonders als ich sah, wie sehr sich die kleinen Feen amüsierten.

»Sie mögen dich.«

»Von wegen!« Halb knurrend, halb brummend versuchte er den ganzen Glitzer aus seinen Haaren zu bekommen, aber ich befürchtete, er machte es nur schlimmer. Die Feen lachten so laut, dass ich mitmachen musste und wir alle von Finn mit Blicken erdolcht wurden. Sogar die Dryade des Baumes hinter Finn wagte einen Blick hinaus und zwinkerte mir fröhlich zu.

»Kommt, mein Glitzer-Prinz! Wir gehen zurück in unser Schloss.«

23

Finn – Schicksalsfäden

Verdammt, dieser Glitzerstaub war überall. Verfluchte Feen!

»Nun hör schon auf, du machst es nur schlimmer.« Sie schüttelte amüsiert den Kopf.

Das war zum Verrücktwerden. Ich würde diesen Glitzerstaub niemals wieder abbekommen. Cat kicherte wie ein kleines Mädchen – und ich sah aus wie eines. Ich konnte es in ihren Gedanken lesen.

»Siehst du! Ich wusste, dass es mehr wird und nicht weniger. Wenigstens hattest du deinen Spaß.« Ernst zu bleiben fiel ihr bei meinen Worten wirklich sehr schwer. Schnellen Schrittes überholte sie mich, als wir gerade den Wald verließen und das Schloss samt Mauern und Problemen wieder in Sicht kam. Ich musste stehen bleiben, weil sie mir den Weg versperrte.

»Danke für den schönen Ausflug. Es hat mir sehr viel Spaß gemacht.« Ich zog sie schwungvoll an mich, schüttelte mein Haar und der Feenstaub rieselte auf sie nieder. Ich hoffte, sie würde ihn noch Tage später in ihren Haaren finden.

»Nun siehst du wenigstens genauso komisch aus wie ich.« Ich trat grinsend an ihr vorbei und zog sie an der Hand mit. Wir gingen auf den Weg und auf die Mauer zu.

»Du weißt gar nicht, ob du komisch aussiehst«, widersprach sie mir.

»Ich bitte dich. Ich bin ein Mann und habe Glitzer auf dem Kopf. Allein der Gedanke irritiert mich. Ich will gar nicht wissen, wie das aussieht.« Ich versuchte wirklich, nicht der Situationskomik zu erliegen, aber ich scheiterte kläglich und musste selbst kurz lachen.

Ihr »Du hast das Glitzerzeug so ziemlich überall: auf der Nase, den Wimpern, den Lippen, dem T-Shirt, den Armen.« entlockte mir schließlich ein verzweifeltes Stöhnen. Ich wusste es, verdammt.

Fíris Gesichtsausdruck machte es nicht besser. Wir gingen gerade auf ihn zu, da versuchte Cat ihm zu signalisieren, dass er unter keinen Umständen etwas sagen durfte. Sie dachte, ich würde es nicht bemerken. Sie wedelte mit einer Hand vor ihrem Hals rum und verzog das Gesicht ganz komisch. Fíris Grinsen verstärkte sich nur noch mehr und er verschränkte die Arme vor der Brust. Ohne einen dämlichen Kommentar würde ich nicht an ihm vorbeikommen.

»Prinzessin, wie heißt die wunderschöne Fee, die Euch begleitet?« Ich musste grinsen. Cat versuchte so angestrengt, nicht zu lachen, dass sie bereits rote Flecken am Hals bekam.

»Pass bloß auf. Sonst darfst du morgen hier stehen und dir alles von weitem ansehen.«

»Bitte nicht, holde Fee.« Fíri fasste sich theatralisch an sein Herz und erhob die Stimme, bevor er lachte. Kopfschüttelnd ging ich weiter, während Cat versuchte zu begreifen, was das gerade gewesen war.

»Habe ich etwas verpasst?«

»Wieso?« Wieder schüttelte ich dutzende Glitzerpartikel aus den Haaren. Mist, das war magischer Glitzerstaub. Er vermehrte sich.

»Wieso? Weil du Fíri gerade nicht an die Gurgel gesprungen bist. Und was sollte diese Andeutung mit morgen? Du hast doch nicht etwa ...« Starr blieb sie stehen, kurz bevor wir die Barriere erreichten. Oh, oh.

»Bitte, flipp jetzt nicht aus.« Ich hob beruhigend die Hände. Fieberhaft durchwühlte sie meine Gefühle, schnappte Erinnerungs- und Gedankenfetzen auf und ihre Augen wurden dabei immer größer. Ich versuchte sie herauszudrängen, aber das war nicht so einfach.

»Du hast ihn eingeladen. Du willst das richtig feiern.«

»Eigentlich sollte es eine Überraschung werden. Halt dich nur heute einmal aus meinen Gedanken raus.« Die Worte verließen meinen Mund abgehackt, ich hatte die Zähne zusammengebissen und ich hoffte, dass sie verstand, dass ich ab jetzt keinen Spaß mehr verstand. Ich hatte mir zu große Mühe gegeben. Es kam kein Widerwort. Stattdessen kniff sie die Lippen zusammen, reckte das Kinn nach oben und marschierte einfach an mir vorbei. Die Barriere ließ sie hinter sich. Ich folgte ihr und nur am Rande nahm ich die fröhlichen Gesichter der Wesen um mich herum wahr. Morgen würden wir heiraten und uns verbinden, unsere Seelen würden eins sein, wenn man den Gerüchten Glauben schenken konnte, und nach menschlichen Maßstäben würden wir auch zusammengehören. Ich spürte, dass Cat dieser Gedanke immer noch verängstigte. Nein, sie war einfach nur nervös.

Ich holte sie ein und sie unterdrückte einen Schrei, als ich sie kurz vor der Treppe, die zur Tür des Schlosses führte, hochhob.

»Was soll denn das?« Ihre Arme legte sie um meinen Hals. Sie roch so gut – nach Wald, nach Wildblumen.

Lachend gab sie mir einen Kuss.

»Ich übe schon mal für morgen.« Die Vorfreude war kaum auszuhalten. Und ich war erleichtert. Darüber, dass mich morgen eine Sorge weniger belastete.

Ich trug sie die Treppen hinauf, bis in unser Zimmer. Mitten im Raum ließ ich sie runter und stützte sie noch kurz.

»Danke, holder Prinz.« Ihre Wangen waren leicht gerötet und wie immer hatte sich ihr Zopf komplett aufgelöst, so dass sich ihre dunklen Haare in wilden Wellen um ihre Schultern wanden.

»Es war mir eine Ehre, Prinzessin.« Überschwänglich verbeugte ich mich und sie lachte leise. Dann kam der Fuchs – allerdings aus unserem Schlafzimmer. Er verriet uns, dieser Idiot.

»Da seid ihr ja.« Anklagend sah er mich an. »Es war furchtbar langweilig hier.« Ich würde ihn umbringen.

»Aber du wolltest doch hierbleiben.« Kohanas Augen weiteten sich bei Cats Worten, sein Schwanz zuckte verräterisch und immer wieder schielte er zu mir. Dieser dämliche Fuchs. Sie wurde misstrauisch und so wie ich sie kannte, würde sie es jetzt nicht mehr einfach so auf sich beruhen lassen.

»Ist schon okay, Fuchs. Wir zeigen es ihr. Du bist der schlechteste Komplize, den man haben kann«, zischte ich ihm zu.

»Schiebt Eure Unfähigkeit, Dinge zu planen, nicht auf mich, Wolf.« Kohana drehte sich um und stolzierte zurück in das Schlafzimmer. Fragend sah Cat mich an, doch ich bedeutete ihr bereits, Kohana zu folgen.

Kohana saß auf unserem Bett und grinste diebisch. Jede von Cats Bewegungen wurde von ihm genauestens beobachtet. Das Zimmer sah aus wie eh und je. Bis auf eine Kleinigkeit.

Cat ließ ihren Blick schweifen und fragte sich bereits, ob wir uns einen Scherz mit ihr erlaubten, aber als sie den Kopf nach rechts drehte und in der Ecke endlich das sah, was sie erst später hätte sehen sollen, presste sie sich ihre Hände vor den Mund und trat ungläubig weiter in den Raum hinein. Auf einem Ständer hing ein Kleid. Es war nicht einfach weiß, wenn ich es nicht besser wüsste, würde ich sagen, es schimmerte in hunderten von Weißtönen. Selbst ich musste gestehen, dass die Feen gute Arbeit geleistet hatten. Die Träger waren hauchdünn, der Stoff zart, weich, fühlte sich an wie Seide. Die Taille war eng, gehalten von einer großen Schleife auf dem Rücken. Das Kleid selbst war kurz, es endete wenige Zentimeter über den Knien. Ich wusste, dass Cat ohnehin Jeans gerne trug, deshalb kam mir der Gedanke, dass ein kurzes Kleid ihr vielleicht lieber wäre. Davor standen weiße Ballerinas und als sie sah, welche kleinen Symbole darauf zu sehen waren, sog sie zischend die Luft ein. Ein Bogen und ein Pfeil, darüber die Wörter *Solas* und *Scáth*. Ich hatte es für uns auf die Schuhe sticken lassen.

Stürmisch umarmte sie mich, flüsterte mir tausende Male ins Ohr, wie dankbar sie war, während ich es einfach nur genoss, sie im Arm zu halten.

»Wo hast du das her?« Ihre Stimme war so leise, aber sie wirkte, als wäre sie froh, dass sie überhaupt einen Ton herausbekam.

»Die Feen haben es für dich genäht. Fio und Deegan haben mir geholfen.«

Kohana räusperte sich lautstark, die Empörung war nicht zu überhören. Mein Kiefermuskel zuckte verdächtig.

»Der Fuchs hat auch geholfen.« Resigniert gab ich zu, dass diese Nervensäge auch etwas dazu beigetragen hatte. Der Fuchs lächelte und reckte stolz seine Brust.

Cat löste sich von mir, ging zu ihm und umarmte ihn liebevoll.

»Was würde ich nur ohne einen so schlauen Fuchs machen?«

»Ach Prinzessin, ich weiß es nicht.« Ich konnte nicht anders, ich rollte mit den Augen. Die beiden blickten mich an und lachten über mich.

»Erwarten mich sonst noch Überraschungen?«

»Wenn wir Euch das verraten würden, wären es keine mehr«, belehrte Kohana Cat. Mit Mühe verkniff ich mir einen bissigen Kommentar.

»Es warten noch einige Dinge auf dich, allerdings erst morgen.« Nervös rieb ich mir über den Nacken und als ich die Hand nach vorne zog, sah ich, dass sie voller Glitzer war. Verdammt.

»Du solltest auf jeden Fall nicht zu viel erwarten und du solltest das alles sehr entspannt sehen.« Man konnte förmlich sehen, wie bei Cat alle Alarmglocken angingen.

»Was willst du damit sagen?«

»Nun ja, es ist so, dass ...« Egal, was mir in den Kopf kam, die richtigen Worte waren nicht dabei.

»Er versucht Euch zu sagen, dass morgen halb Tír Na Nóg anwesend sein wird.« Cat klammerte sich an den Bettrand.

»Finn?« Wenn wir das hier alle überstanden hatten, würde der Fuchs eine Hundehütte bekommen und ein Halsband tragen. Wenn ich ihn vorher nicht schon erwürgt hatte.

»SO würde ich das nicht sagen. Es hat sich irgendwie rumgesprochen und alle wollen dabei sein.« Jegliche Farbe wich aus ihrem Gesicht, während sie unzusammenhängende Wörter vor sich hin brabbelte. Verdammt, so war das nicht geplant gewesen. Ich ging zu ihr und sah ihr in die Augen.

»Cat, es wird alles gut werden. Wenn du das nicht willst, machen wir es einfach hier.«

»Nein, ich brauche nur einen Moment. Vielleicht auch zwei. Ich meine ... Es ist einfach ... Das Kleid, eine Hochzeit, viele Menschen, die eigentlich keine sind, der Tod ist uns auf den Fersen.« Wenn sie das so aufzählte, fühlte sogar ich mich komisch und wurde nervös.

»Deegan, Myra und Lorcan werden dabei sein, sogar Morla und Kian. Fíri, wenn er sich benimmt. Die beiden Feen freuen sich auch schon riesig. Du wirst bekannte Gesichter und sehr gute Freunde um dich herum haben. Wenn du das möchtest. Wir können auch gerne fern von allen heiraten und die Verbindung eingehen.«

Kohana lehnte sich an Cat und ließ seine nächsten Worte klingen, als wären sie eine allgemein bekannte Weisheit.

»Prinzessin, Ihr seid mit dem Jäger da zusammen und Ihr lebt noch. Ihr seid auf alles vorbereitet, glaubt mir.«

24

Cat – Schicksalsfäden

Finns Hand lag über meinem Bauch, sein Atem kitzelte meine Wange. Kohana lag auf meinen Beinen, die schon halb taub waren, und beide gaben gleichmäßige, leise Atemgeräusche von sich. Ich starrte jedoch seit Stunden an die Decke, ich war hellwach, unfassbar aufgeregt und nervös. In regelmäßigen Abständen wurde mir etwas schlecht und ich bekam eine kleine Panikattacke. Viel Schlaf bekam ich nicht.

Die Sonne ging auf und wenn ich ehrlich war, wollte ich nichts lieber tun, als auch den anderen den Schlaf zu rauben. Wie konnten die zwei nur so seelenruhig hier liegen? Ich würde gerne so lange mit den Beinen wackeln, bis Kohana wach wurde, und Finns Nase mit einer Strähne meiner Haare so lange kitzeln, bis auch er wach wurde. Aber ich tat es nicht, sondern starrte weiter an die Decke und betete, dass heute nichts Schlimmes passierte. Dass ich nicht über meine eigenen Füße stolperte, mich übergab, etwas falsch machte.

Endlich regte sich Finn neben mir, hauchte mir Küsse auf die Wange, auf den Hals und die Schulter. Ich versuchte es zu genießen, aber eigentlich wollte ich ihn nur anschreien, dass er aufstehen sollte und dass ich ebenfalls gedachte, jetzt sofort das Bett zu verlassen.

Langsam begann ich meine Beine zu bewegen und ich vernahm das verschlafene Knurren von Kohana, der bereits ein Auge öffnete. Mit den Lippen formte ich ein *Bitte*, so dass er sich schließlich erhob, vom Bett hüpfte und verschlafen aus dem Zimmer torkelte, dessen Tür nur angelehnt war.

»Komm, lass uns aufstehen.« Flehend rüttelte ich an Finns Schulter.

»Wieso bist du schon so munter?« Mit halb geöffneten Augen schielte er zu mir.

»Weil ich eigentlich nicht geschlafen habe.«

»Du weißt schon, dass genau das dazu führen müsste, dass du müde bist?«

»Los, steh auf!« Ich schnappte mir die Bettdecke und schlug sie zurück. Finn war schlagartig hellwach. Ich küsste ihn auf seinen Bauch und spürte, wie er seine Muskeln anspannte. Gerade als seine Hand nach mir greifen wollte, stahl ich mich aus dem Bett und eilte ziemlich aufgeregt ins Nebenzimmer.

Auf dem Tisch stand bereits Frühstück, dabei hatte ich nicht bemerkt, wie es jemand brachte. Mein Magen begann zu knurren und obwohl ich so aufgeregt war, musste ich etwas essen. Ich setzte mich auf die Couch, nahm mir ein paar der Weintrauben und steckte sie mir in den Mund. Danach nahm ich einen Schluck Wasser und schmierte mir eines der Brötchen mit Marmelade. Das schmeckte einfach köstlich.

»Das musst du probieren.« Mit dem Brötchen in der Hand zeigte ich auf all die leckeren Sachen, als Finn in das Zimmer trottete und sich schließlich gähnend neben mich setzte.

»Du bist aufgeregt.«

»Nein«, nuschelte ich mit vollem Mund – und es war kein Stück glaubhaft.

»Ich bin froh, dass du nicht lügen kannst. Das macht es mir so viel einfacher.« Er gab mir einen Kuss, wischte mir einen Krümel aus dem Mundwinkel und ignorierte meinen tödlichen Blick. Wir aßen schweigend und später gesellte sich auch Kohana zu uns. Er hatte in seinem Zimmer weitergeschlafen, nachdem ich ihn geweckt hatte.

»Wie ist das eigentlich mit diesem Brauch, dass man die Braut vor der Hochzeit nicht sehen darf?« Kohana sah uns fragend an und in dem Moment verschluckte ich mich. Finn schlug mir auf den Rücken, aber es wurde kaum besser. Nach einer gefühlten Ewigkeit bekam ich wieder einigermaßen Luft.

»Vergessen. Wir haben es vergessen«, röchelte ich.

»Das ist doch halb so schlimm.«

»Wir haben schon vor der Hochzeit die erste Tradition gebrochen.« Stöhnend stand ich auf und zog Finn mit mir. »Los, zieh dich an, nimm deine

Sache mit und was auch immer du brauchst und geh zu Lorcan. Wir haben nicht in getrennten Betten geschlafen, du hast mich vor der Hochzeit gesehen, du wirst mich nicht auch noch in diesem schönen Kleid sehen, bevor es losgeht.« Ein kurzer Kuss, dann schob ich ihn praktisch ins Schlafzimmer und, als er angezogen war, ganz aus der Wohnung.

Wenig später klopfte es an der Tür. Myra stand plötzlich vor mir, sie hatte ein Kleid über ihrem Arm hängen und – so wie es aussah – eine Art Kosmetiktäschchen in der Hand.

Sie nahm mich stürmisch in den Arm, soweit das mit ihrem kugelrunden Bauch möglich war, und als sie mich liebevoll ansah, lugten ihre spitzen Ohren aus ihren Haaren hervor.

»Du hast Augenringe, weißt du das?«

»Dir auch einen guten Morgen«, lachte ich, als ich Myra ins Bad folgte.

»Finn meinte, du hast ihn rausgeschmissen. Gut so!« Sie zwinkerte mir zu. Dann veränderte sich ihr Ausdruck in einen, den ich schon bestens kannte.

»Oh, bitte nicht! Die Hormone sind dein größter Feind, oder?«

»Du hast ja keine Ahnung.« Sie wischte sich eine Träne weg. »Ich fasse es nicht, dass du heute heiratest und eine Verbindung eingehst. Du bekommst es wenigstens mit. Ich war bewusstlos.« Es klang, als wollte sie sich beschweren, weswegen ich sie sanft stupste.

»Jaja, schon gut. Also. Dann legen wir mal los.« Sie hielt dutzende von Pinseln in die Höhe und ich wollte nur meinem Fluchtinstinkt nachgeben.

∗∗∗

»Cat, wenn du nicht sofort atmest, muss ich dich ohrfeigen.«

»Ich versuche es ja, ich versuche es wirklich«, piepste ich Myra zu, die bereits mit ihrer Hand vor meinem Gesicht rumwedelte.

Da Erin nicht hier sein konnte, genauso wenig wie meine Eltern, Aidan oder Kerry, brachte Myra mich zu Finn. Ich war unsagbar froh, dass sie hier war. Sie war meine beste Freundin und sie war der Grund, warum ich noch nicht ohnmächtig geworden war. Wir standen innen vor der großen Tür des Schlosses, während alle anderen auf der Außenseite auf uns warteten.

»Myra, wie viele warten da draußen?«

»Definitiv dein Fuchs, dein zukünftiger Mann, mein Mann, Deegan, ein paar Feen ...« Sie sprach nicht weiter, als sie sah, dass ich zu schwanken begann. Sie stellte sich vor mich, streckte ihren Bauch raus, der in diesem wunderschönen dunkelroten Kleid wirklich zauberhaft aussah, und stemmte die Hände in die Hüfte, so wie nur Myra es konnte.

»Hör mir zu, du reißt dich jetzt zusammen. Wehe, du kippst mir um. Du siehst bezaubernd aus und auf der anderen Seite dieser Tür wartet der Mann auf dich, der dich über alles liebt. Also, zittre gefälligst etwas weniger auffällig.« Sie verzog keine Miene, aber mich brachte sie zum Lachen – und noch mehr zum Zittern. Ich trug das wunderschöne Kleid, mit dem Finn und Kohana mich überrascht hatten. Es war leicht und luftig, und die Ballerinas schienen die bequemsten Schuhe zu sein, die ich jemals getragen hatte. In meiner rechten Hand hielt ich einen kleinen Wildblumenstrauß. Myra hatte meine Haare gebändigt, geflochten und zu einem schönen Dutt gedreht, in den sie einige Blüten gesteckt hatte. Mein Make-up war dezent, der Lidschatten leicht blau. Eine Widerrede war ungehört verhallt. Aber mir gefiel es.

Dann war es so weit. Ich holte tief Luft.

Mit Myras Hand in meiner ging ich los, die Tür öffnete sich und für einen Moment nahm uns die Sonne die Sicht. Trotzdem setzte ich einen Fuß vor den anderen. Meine linke Hand war beinahe taub, so sehr umklammerte ich damit Myras.

Als das Licht mich nicht mehr allzu stark blendete, sah ich die vielen Wesen vor dem Schloss. Sämtliche Blicke richteten sich auf mich und die Freude all dieser Elementarwesen schien greifbar über uns in der Luft zu hängen. Schmetterlinge, Feen, kleine Vögel, ein paar Eichhörnchen ... es waren so viele. Vorne sah ich Morla, Kian, Fíri, Kohana und Dee am Rand stehen. Dann blickte ich die Treppenstufen vor mir hinunter und am Ende der Treppe, vor der letzten Stufe, stand Finn. Automatisch strahlte ich übers ganze Gesicht. Er trug schwarze schicke Turnschuhe, die schwarze Hose, die er von meiner Mutter bekommen hatte, aber statt des passenden Shirts ein weißes Hemd ohne Krawatte. Der oberste Knopf am Kragen stand offen, seine Haare beugten sich auch heute jedem Stylingversuch. Doch ich sah ihn, wie er dort stand, aufrecht und mit breiten Schultern, wie seine Augen jeder meiner Bewegungen folgten, und liebte ihn mehr denn je. Plötzlich konnte ich es kaum erwarten zu ihm zu kommen. Unwillkürlich beschleunigte ich meine Schritte, so dass Myra mich bremsen musste und ein noch breiteres Grinsen auf Finns Gesicht erschien. Zu spüren, wie sehr er sich freute, wie stolz er war und wie sehr er auch mich liebte, warf mich vollkommen aus der Bahn. Alles schien in diesem Moment doppelt so intensiv zu sein.

»*Du siehst wunderschön aus.*« Seine Stimme wehte durch mich hindurch und ich konnte ihn nur ansehen, nur ihn.

Ich stieg die letzte Stufe hinunter, stellte mich vor ihn und Myra gesellte sich zu den anderen. Ich konnte nichts sagen, ich verlor mich nur in dem Schwarz seiner Augen, in seinem unperfekt perfekten Gesicht und genoss die Wärme seiner Hände, die sich um meine legten und mit mir den Blumenstrauß hielten.

Neben Kohana stand das Ewige Licht an der Seite und leuchtete. Es war das erste Geschenk von Finn und gleichzeitig das größte, das er mir hätte machen können. Ich wollte, dass es hier stand, dass es in unserer Nähe war während der Verbindung.

Kohana und Dee nickten sich kurz zu. Finn hatte mir gesagt, dass Dee Kohana den Vortritt gelassen hatte, damit er uns vermählen konnte, was ich wirklich wundervoll fand.

Kohana erhob sich und ging neben uns zur Treppe, stieg zwei, drei Stufen empor, so dass er fast mit uns auf Augenhöhe war, und setzte sich hin. Er sah uns an und grinste.

»Wir sind heute hier zusammengekommen, um unsere Prinzessin mit dem zweitklassigen Jäger dort zu vermählen.« Die Menge grölte und jubelte, sogar Finns Mundwinkel zuckte. Was hatte er auch anderes erwartet?

»Unsere Prinzessin wird ihn nicht nur nach menschlichem Brauch heiraten, sondern auch ihre Seele mit der seinen verbinden.« Ein Raunen ging durch die Reihen, doch ich nahm es nur als Hintergrundgeräusch war. Ich war berauscht von diesem Moment, ich war glücklich und ich lachte.

»Ich als ihr bester und klügster Freund habe die Ehre, diese Zeremonie zu leiten. Die Prinzessin …« Ein spitzer Schrei ertönte und wir fuhren ruckartig herum. Alle schauten in Richtung Mauer, weg von dem Schloss. Zuerst sah ich nichts, wusste nicht, warum jemand geschrien hatte und wo der Schrei hergekommen war. Finn verharrte in lautloser Anspannung. Alles blieb still, niemand sagte etwas oder regte sich. Mein Herz raste und das Blut in meinen Ohren rauschte so laut, dass ich kaum etwas hören konnte.

Noch ein Schrei, ein Raunen ging erneut durch die Reihen, die Masse bewegte sich. Die Barriere leuchtete, flammte beinahe auf.

Mir stockte der Atem. Bevor ich es sah, fühlte ich es. Und dann war sie da, diese Stimme in meinem Kopf.

»*Hallo, Prinzessin. Schön, Euch kennenzulernen.*«

Finn schob sofort seinen Arm vor mich, drückte mich etwas zu sich, er hatte sie auch gehört. Dann sah ich ihn. Schwarzen Nebel, der sich seinen Weg zu uns bahnte. Eine Schneise bildete sich von uns zur Mauer. Der Nebel kroch langsam vor sich hin, griff niemanden an. Nein, er schlängelte sich zu uns.

Adrenalin floss durch meine Adern. Ich musste etwas tun, niemand bewegte sich. Ich schob Finn zur Seite und hob die Hände, ließ meine Magie raus, stellte mir eine Barriere vor, die dem Nebel standhielt, und hörte Kians Stimme in meinem Kopf: *Alles ist möglich. Glaubt an Euch selbst.* Kurz sah ich zu ihm und bemerkte sein angespanntes Nicken. Ich konzentrierte mich auf die Barriere. Wie Glas bildete sie sich, zog sich um uns herum. Ich atmete schwer und schnell, konnte meinen Blick kaum von dem Nebel abwenden, der stetig näher kam.

An der Barriere stieg er empor, ich fühlte ihn auf meiner Magie und es war ein widerwärtiges Gefühl. Mir wurde schlecht. Der Nebel kratzte förmlich daran, formte sich zu einer Wolke und stemmte sich dagegen. Ehe ich reagieren konnte, war sie fort, einfach durchbrochen.

»Fíri!« Ich rief nach ihm und hoffte, er hörte mich. Mittlerweile redeten alle durcheinander. Panik machte sich breit, manche liefen weg, andere waren zu erschrocken.

»Prinzessin.« Er stand neben mir, beugte sich zu mir hinunter.

»Bitte bring alle von hier weg. Der Nebel will nicht zu ihnen, aber wer weiß, was er mit ihnen macht, wenn sie ihm im Wege stehen. Bring sie alle ins Schloss.«

»Aber Prinzessin ...« Ich sah ihn entschlossen an.

»Geh! Bitte!« Er nickte und wurde zu Wind. Ich schnappte mir Finn und Kohana, wir gingen ein Stück zur Seite, damit alle die Treppen zum Schloss hinaufgehen konnten. Fíri würde das schon schaffen.

»Los, Kohana. Geh nach oben, geh ins Schloss und warte da.« Aber er schüttelte nur mit seinem Kopf. Dieser sture Fuchs.

»Bitte! Du bist hier nicht sicher.« Wieder Schreie, der Nebel stieg steil nach oben, sehr schnell, er wurde zu einer Säule und flog direkt auf uns zu.

Ich drehte mich zu Kohana.

»Es tut mir leid.« Dann beförderte ich ihn mit Hilfe des Windes ins Schloss, ich katapultierte in quasi hinein und setzte ihn dort schnell ab. Als ich mich umdrehte, waren Kian und Morla verschwunden.

Finn schrie noch etwas zu Lorcan und Myra, zu Dee. Sie liefen auf mich zu, zur Treppe. Sie waren fast da.

Eine Druckwelle schleuderte mich nach hinten, so dass ich mit dem Rücken auf die unteren Treppenstufen krachte. Ich hustete vom Aufprall und brauchte einen Moment, um mich zu orientieren. Ich keuchte beim Aufstehen, mein Rücken tat höllisch weh. Finn stand wieder und als ich zu ihm ans Ende der Treppe ging, sah ich, dass der Nebel uns eingekreist hatte: Dee, Finn, Myra, Lorcan und mich. Dee lag bewusstlos auf dem Boden. Lorcan stand vor Myra. Es war dunkel und still, als würden wir im Auge eines Tornados stehen. Dann kam der Nebel immer näher und ich versuchte ihn zurückzudrängen, kurz gelang es mir, dann kamen einzelne Wolken wieder hindurch.

»Oh, Prinzessin, spart Euch Eure Kräfte.« Die Stimme war düster, sie war kalt und leblos. Eine Gänsehaut überzog meinen Körper.

Ich kannte die Stimme nicht, die zu dem Nebel gehörte, aber ich ahnte, wer das war – wer das sein musste. Bás.

Meine Füße trugen mich zu Finn, dann griff der Nebel an, schnell wie eine Schlange.

»Nein!« Ich versuchte dagegenzuhalten, aber er schlug mich zur Seite. Er umhüllte Myra, die weinte und schrie, und Lorcan konnte nicht viel tun. Er ließ sie nicht los, stellte sich dem Nebel in den Weg. Er wollte sie mit aller Macht beschützen. Der Nebel zog sich zurück und ich hörte ihn lachen. Meine Magie umhüllte Myra und das Baby, gleichzeitig versuchte ich Finn und Lorcan zu schützen, aber ich hatte so etwas noch nie gemacht.

Plötzlich kroch der Nebel in Lorcan hinein, seine Augen weiteten sich, seine Glieder verkrampften. Ich konnte nichts tun. Er kippte vornüber, krachte auf den Steinboden. Blut bildete sich um ihn herum.

Nein. Nein. Nein. Nein. Nein. Nein. Nein. Nein. Nein. Nein.
Nein. Nein. Nein. Nein. Nein. Nein. Nein. Nein. Nein.
Nein. Nein. Nein. Nein. Nein. Nein. Nein. Nein. Nein.
Nein. Nein. Nein. Nein. Nein. Nein. Nein. Nein. Nein.
Nein. Nein. Nein. Nein. Nein. Nein. Nein. Nein. Nein.

NIEMALS!

Ich sammelte meine Energie, riss mich zusammen, rappelte mich wild entschlossen hoch und rannte durch den Nebel zu ihm. Ich versuchte ihn weiter zur Seite zu drängen, ließ meine Magie um mich herum wabern. Ich schlitterte zu Lorcan und ließ mich neben ihm auf die Knie fallen. Myra hockte neben ihm, schrie und weinte und hielt ihren Bauch – und Lorcan. Sie flehte mich an, etwas zu tun. Ich sah, wie der Nebel sich Dee schnappte und mit sich zog, er war einfach weg. Dieses Lachen erklang erneut und mir rannen die Tränen über die Wangen, während ich verzweifelt meine Hände auf Lorcans Rücken presste, meine Magie in ihn fließen ließ und versuchte, ihn zu heilen. Aber meine Magie wurde nicht wahrhaftig, es funktionierte nicht. Es funktionierte einfach nicht.

Ich drehte meinen Kopf und sah das Ewige Licht auf dem Boden liegen, mit einem Sprung im Glas und einer schwarzen Kugel. Ohne Licht.

25

Finn – Sterben ist einfach

Eben noch dachte ich, heute wäre der schönste Tag meines Lebens, dann sah ich Wesen angsterfüllt davonlaufen, hörte Schreie – sah meinen besten Freund tot auf dem Boden liegen.

Wir waren beinahe umringt von Tod, von schwarzem Nebel. Deegan war darin verschwunden und Lorcan hatte sterben müssen, weil er sich ihm in den Weg gestellt hatte, weil er seine schwangere Frau beschützt und nicht losgelassen hatte.

Cat versuchte ihn zu heilen, aber es war vorbei. In diesem Moment verstand ich, welche Angst Cat hatte. Im Training hatte man immer noch einen Versuch, hier konnte es nach dem ersten Fehler zu spät sein.

Mit dem Rücken stand ich zu Lorcan, Myra und Cat, dem Nebel entgegen, der immer näher kam.

»Cat, schnapp dir Myra und verschwinde.« Natürlich würde sie nicht auf mich hören, aber es war einen Versuch wert. Ich hörte sie mit Myra reden.

»Geh rein, Kohana wartet drinnen auf dich. Geh.« In dem Moment formte sich der Nebel zu einer dichten Wolke, waberte nicht ziellos vor uns herum, er kam direkt auf mich zu.

Cat versuchte mich wegzuziehen und ich spürte ihre Magie, aber es war zu spät.

»Ihr habt eine Stunde, Prinzessin. Trefft Euch mit mir in dem Wald vor den Mauern Eures Schlosses. Wenn Ihr zu spät kommt, sterben Eure Freunde. Kommt Ihr gar nicht, werde ich ganz Tír Na Nóg in Asche verwandeln.« Bás' Worte drangen zu mir, während mich der Nebel umhüllte und lähmte.

Ich wollte schreien, mich wehren, aber ich konnte nichts tun. Meine Lider wurden schwer, mein Atem langsamer, mein Herz pochte nicht mehr im gleichen Rhythmus wie zuvor. Etwas legte sich auf meine Brust, meine Kehle schnürte sich zu, gleichzeitig war es nicht unangenehm. Mit aller Macht wollte ich wach bleiben, ich wollte nicht nachgeben.

Aber so sehr ich mich anstrengte: Meine Lider fielen zu, ich verlor mein Bewusstsein.

26

Cat – Sterben ist einfach

Tödliche Stille.

Jetzt begriff ich, was das bedeutete.

Bás war fort und hatte seine Forderung mehr als deutlich ausgesprochen. Ich hatte keine Wahl, weder würde ich ihm Tír Na Nóg einfach so überlassen noch Finn und Dee. Sie lebten, zumindest Finn. Er war immer noch präsent in mir, aber keine Gefühle oder Gedanken drangen zu mir, keine Antwort, wie laut ich auch schrie.

Der Nebel hatte vieles zerstört, alles, was mit ihm in Berührung gekommen war, hatte etwas abbekommen, Risse, Dellen, es war zusammengefallen, zerbrochen, verwelkt oder gestorben.

Ich torkelte zu Myra zurück, die sich weinend an Lorcan klammerte, und es brach mir das Herz. Doch ich konnte diesem Gefühl nicht nachgeben. Nicht jetzt.

»Myra, hörst du mich?« Leise, aber eindringlich redete ich mit ihr. Ich schob meine Arme unter ihre und zog sie langsam auf die Beine. »Du musst jetzt an euer Baby denken. Er wollte nichts weiter, als dass du in Sicherheit bist.« Sie presste ihre Hände auf ihren Bauch und Schluchzer schüttelten ihren Körper, immer wieder knickten ihre Beine weg.

Mit einer Handbewegung öffnete ich die Türen des Schlosses, alle, die dort waren, kamen heraus, merkten, dass es vorbei war. Zumindest für sie, für mich fing es gerade erst an.

Fíri und Kohana eilten zu uns und ich bat Fíri, Myra in ihr Zimmer zu bringen und bei ihr zu bleiben.

»Was ist passiert?« Mit ernstem Gesicht sah er mir in die Augen und sein Tonfall verriet mir, dass er ohne eine Erklärung nicht gehen würde.

»Bás hat Dee und Finn. Lorcan ist tot und ... ich konnte nichts tun.« Ich begann zu zittern und versteckte meine Hände hinter dem Rücken.

»Bitte pass auf Myra auf.« Er stützte sie und wollte sie nach oben bringen, als sie plötzlich nach meinem Arm griff. Sie umklammerte mit einer Hand mein Handgelenk und sah mich mit geschwollenen, verweinten Augen an.

»Ich weiß, dass du gehen wirst. Versprich mir, dass du zurückkommst und dieses Schwein das bekommt, was es verdient. Versprich es mir! Du darfst mich hier nicht alleinlassen.« Ihr Flehen riss beinahe die letzten Schutzmauern in mir nieder, die noch dafür sorgten, dass ich nicht zusammenbrach. Ich nickte steif und sagte nichts, aber Myra schien das zu genügen.

Ich suchte nach Kohana und fand ihn sitzend neben Lorcan. Er stupste ihn zärtlich mit der Schnauze an.

»Es tut mir leid.«

»Ihr werdet gehen, oder? Ich habe ihn gehört. Wir alle haben das. Prinzessin, wie konnte das passieren?« Er schüttelte traurig den Kopf. »Wie konnten wir in so eine Situation geraten? Ich frage mich, wieso das Schicksal Euch so viel abverlangt.« Er kam auf mich zu und schmiegte sich an mich. Meine Hand fuhr durch sein weiches, wunderschönes Fell.

»Ihr werdet mich nicht mitnehmen, oder?« Ich lächelte.

»Nein, es tut mir leid.«

»Ich werde Euch nicht das Versprechen abnehmen, wiederzukommen. Aber ich hoffe, Ihr werdet es tun.«

***

Alle waren in ihre Hütten und Häuser, in ihre Heime verschwunden. Das Dorf wirkte leer und trostlos, als würde es den Atem anhalten. Mein Kleid hatte ich gegen meine Jeans, bequeme Schuhe und ein Shirt getauscht, meine Haare neu geflochten und zum Zopf gebunden.

Die Stunde war gleich vorbei. Fíri war bei Kohana und Myra und das erleichterte mich. Dass Lorcan tot war, das realisierte ich nicht. Es war zu unwirklich.

Ich ging durch das stille Dorf, kam an dem Punkt vorbei, an dem die Barriere einst gewesen war, die Bás Nebel einfach zerstört hatte. Mit jedem Schritt, den ich mich vom Schloss entfernte, wurde mir mulmiger zu Mute. Die Sonne war hinter dicken Wolken verschwunden, eine graue Düsternis lag über dem Land. Der Tag passte sich den Umständen an.

Ich erschrak fürchterlich, als Kian plötzlich vor mir erschien.

»Prinzessin.« Und ich wurde wütend.

»Wo warst du? Wieso bist du einfach verschwunden?« Meine Stimme erhob sich.

»Ich habe meine Mutter in Sicherheit gebracht. Ihr wolltet schließlich auch nichts anderes als die Menschen, die Euch etwas bedeuten, in Sicherheit bringen.« Dem hatte ich nichts entgegenzusetzen.

»Und was willst du jetzt?«

»Euch noch etwas mitgeben.« Er öffnete seine Hand und schloss mit einem Schritt die Lücke zwischen uns. An einer Kette hing eine Kugel, nicht größer als eine kleine Murmel. Sie sah unscheinbar aus, aber als ich sie berührte, erschauerte ich. Sie steckte voller Magie.

»Sie lässt sich ganz einfach zerdrücken. Ich habe etwas von meiner Magie darin gespeichert. Wenn der Moment gekommen ist, der richtige Moment, dann zerdrückt die Kugel auf Eurer Brust.« Er hängte mir die Kette um den Hals und sah mich noch intensiver an.

»Ihr werdet wissen, wann es so weit ist. Die Magie wird zu Eurer Magie werden. Viel Glück, Prinzessin. Vergesst die Regeln nicht.« Dann gab er mir einen Kuss auf die Wange und verschwand.

Die Mauer ließ ich hinter mir, den Weg ebenso und ich bog ein in den Wald. Die Erinnerung an gestern flackerte vor meinem inneren Auge auf, als Finn mir den Wald gezeigt hatte, als es noch ein schöner, lebendiger Ort gewesen war. Jetzt hörte man nichts, kein Zirpen – nichts. Nur das Rascheln und Knacken des Bodens und der Äste unter meinen Füßen.

Kurz kam mir der Gedanke, dass ich nicht wusste, in welchem Teil des Waldes Bás mich erwartete, doch dann roch ich verbrannte Erde, verbranntes Holz. Ich ging weiter, immer tiefer hinein, folgte dem Geruch und stand plötzlich auf einer Lichtung, die gestern noch nicht da gewesen war. Es verschlug mir den Atem, ich konnte nicht glauben, was ich sah. In der Mitte des Waldes hatte der Tod sein Unwesen getrieben. Er hatte ein riesiges Feld dem Erdboden gleichgemacht. Nur einzelne Bäume standen noch, sie waren nicht verbrannt, sondern verdorrt. Sie sahen aus, als hätte man ihnen jegliche Flüssigkeit entzogen. Verbrannte Erde bedeckte den Boden, der an einigen Stellen noch qualmte.

Ich schwankte, ich keuchte. So viel Tod, so viel Leid.

»Ah, da seid Ihr. Gerade noch pünktlich.« Dieses gehässige Lachen würde ich überall erkennen. Aber es passte nicht zu der Wortwahl. Meine Füße trugen mich weiter auf das verbrannte Stück Erde, bis ein paar Meter vor mir Seth erschien. Er hatte einen schwarzen Anzug an und sah wirklich lächerlich darin aus. Ein freudloses Lachen entwich mir.

»Wo ist Bás?«

»Oh, meine Liebe. Er steht vor dir.« Mir war noch nicht klar, ob das ein Scherz sein sollte. Seths süffisantes Lächeln machte mich wütend und sorgte gleichzeitig für Übelkeit. Ich spürte, wie nervös ich war, wie schnell mein Herz pochte und dass ich bereits mit offenem Mund atmete.

»Ihr glaubt mir nicht. Sagen wir es so, ich wollte Euch nicht als gesichtsloses Etwas gegenübertreten. Also habe ich mir den jungen Mann hier ausgeliehen. Er war ohnehin sehr … gefügig, möchte ich fast sagen.« Sein dreckiges Lachen flog über die verbrannte Fläche.

»Wieso? Wieso das alles? Keiner dieser Menschen hat dir etwas getan.«

»Alle Menschen und alle Geschöpfe sind gleich. Sie sind feige, sie sind ohne Rückgrat und sie beschimpfen auch die, die etwas Richtiges tun, weil es Sinn hat und einen Zweck, nur weil sie selbst Angst davor haben. Sie alle haben es nicht verdient, zu leben. Und Ihr am allerwenigsten.« Seine Stimme bebte. »Sie hat mir alles genommen und ich werde das Gleiche tun. Sie hat kein Recht darauf, dass Ihr am Leben seid.« Er klatschte in die Hände. »Das mit Seth gehörte nicht zum Plan. Nun, sei es drum. Lasst uns beginnen.«

Er rieb seine Hände aneinander und ich griff unwillkürlich an Kians Kette um meinen Hals.

Links von mir und rechts von Bás standen auf einmal Deegan und Finn. Als ich mich zu ihnen bewegte, hob Bás die Hand.

»Ah, ah! Ihr kommt den beiden nicht zu nah. Sie können sich ohnehin nicht bewegen. Eigentlich können sie nichts mehr.« Er lachte laut auf, während ich Finn fassungslos anstarrte.

»Komm schon! Finn! Rede mit mir. Hörst du mich? Bitte.« In Gedanken redete ich mit ihm, versuchte ihn zu erreichen, aber nichts als Stille kam zurück.

»Prinzessin, gebt auf, das wird nicht funktionieren. Sie sind völlig abgeschottet, sie können Euch weder sehen, hören, noch etwas fühlen.«

»Lass sie gehen. Sofort.« Meine Stimme war ruhiger als erwartet. Sie zitterte nicht, sie klang nicht schrill oder piepsig. Nein, sie klang bestimmt, fest und fordernd. Adrenalin jagte durch meine Adern, mischte sich mit meiner Magie, mit meinen Elementen und egal, ob es eine Chance gab für mich, ich würde nicht aufgeben.

»Ihr beliebt zu scherzen.« Lässig strich er sein Jackett glatt.

»Nein, das tue ich nicht. Lass sie gehen.« Bás erwiderte mit Seths Augen meinen Blick und presste die Lippen zusammen. Plötzlich spürte ich seine Magie, wie sie brodelte.

»Du hast mich da, wo du mich haben wolltest. Du brauchst die beiden nicht mehr.«

»Nein, Ihr irrt Euch. Ich habe mir die zwei nicht geschnappt, um Euch herzulocken. Nein, Ihr wärt auch von alleine gekommen. Ich habe sie mitgenommen, weil sie ein zusätzlicher Reiz sein werden.«

»Ich werde nicht gegen dich kämpfen, wenn du sie nicht freilässt. Das ist es doch, was du willst, nicht wahr? Einen Kampf.« Ich spuckte die Worte aus und sah ihn wutentbrannt an. Das Lächeln, das sich in seine Mundwinkel setzte und diese langsam nach oben zog, erreichte seine Augen nicht. Sein Kiefermuskel zuckte.

»Wisst Ihr was? Ich werde sie befreien.« Zuerst wollte ich erleichtert aufatmen bei seinen Worten, doch etwas daran ließ mich stutzen. Etwas fühlte sich komisch an.

Bás hob seine Hand in Richtung Dee. Er kippte nach vorne, landete auf den Knien und seine Augen wurden klarer. Dee sog tief die Luft ein, bevor er sich hektisch umsah und immer wieder fragte, wo er sei oder was passiert war. Dann erkannte er mich und für einen Moment wurden seine Züge weich. Seine kurzen Arme entspannten sich und er versuchte aufzustehen. Ich wollte zu ihm laufen, doch Bás gehässiges Lachen ließ mich innehalten.

»Nein, lass ihn gehen.«

»Ihr seid so naiv. So naiv und gutgläubig, wie Eure Mutter es war. Niemand auf dieser Welt hat es verdient zu leben.«

Nebel kroch aus dem Boden und umschlang Dee. Seinen Schrei und den plötzlichen Moment der Stille werde ich nie vergessen.

27

Finn – Zwei Herzen, ein Schlag

In der Dunkelheit gefangen, allein mit mir selbst, ohne zu sehen, zu hören, ohne dass etwas zu mir drang oder nach außen, hilflos, bewegungsunfähig, machtlos. Ohne zu wissen, was passierte, was mit den anderen war. Ohne Zeitgefühl. Ohne eine Ahnung, wie es Cat ging.

Das war meine Hölle.

28

Cat – Zwei Herzen, ein Schlag

Meine Glieder waren kalt und taub. Für einen kurzen Moment stand die Zeit still, ich vergaß zu atmen, zu denken, mich zu bewegen. Für diesen Moment, diese wenigen Sekunden fühlte ich rein gar nichts – bevor alles auf mich einprasselte und unter sich zu begraben drohte.

Meine Beine gaben nach, meine Knie landeten auf dem verkohlten Boden, Asche stob an den Seiten davon und bedeckte mich.

Dee lag bewusstlos einige Meter von mir entfernt, mit dem Gesicht im Dreck. Finn stand regungslos daneben, mit geschlossenen Augen, von unsichtbaren Fäden gehalten, und ich musste mich beherrschen, nicht zu schreien, nicht zu ihm zu rennen. Dee hatte nicht gewusst, wo er war, was passiert war. Finn bekam nichts mit.

»*Ich werde dich hier rauskriegen, koste es, was es wolle. Du hast mich in Scáthán gefunden und nach Hause geholt. Heute werde ich dich nach Hause bringen. Hörst du mich?*« Ein kurzes Augenschließen, ein kurzer, tiefer Atemzug und eine kurze Erinnerung: *Die Regeln sind mehr als das. Glaub daran.*

Ich war nicht mehr das Mädchen, das ich vor wenigen Monaten gewesen war. Nein, ich hatte mich verändert. Ich hatte etwas bekommen, für das es sich lohnte zu leben.

Etwas, für das es sich lohnte zu sterben.

»Prinzessin, Ihr solltet nicht vergessen, dass Ihr nicht diejenige seid, die hier die Regeln aufstellt. Es gibt keine Verhandlungsbasis.« Er schlenderte auf und ab, ohne seinen abschätzenden Blick von mir zu nehmen. Seine Finger nestelten an den Manschettenknöpfen seines Jacketts.

Eine ungekannte Ruhe durchströmte mich, die mir die Kraft gab, die Trauer und die Wut in mir zur Seite zu schieben. Die verhinderte, dass ich impulsiv handelte. Es war sehr wahrscheinlich, dass ich nicht lebend hier rauskam. Aber auf keinen Fall würde ich sterben, bevor Finn in Sicherheit war.

Ich stemmte meine Hände in die Asche unter mir, spürte, wie noch letzte kleine Äste krachten und zerfielen, spürte, wie der Tod sich in diesem Boden festgesetzt hatte. Er hatte sie leiden lassen. Ich fühlte es, den letzten Funken der Magie in diesem Boden, von dem Gras, den Büschen, Bäumen, den Dryaden und allen Wesen, die hier ihr Ende fanden. Verdammt, er hatte sie gequält. Keuchend rappelte ich mich hoch, biss die Zähne zusammen und wischte meine Hände an der Jeans sauber. Soweit das möglich war. Mit sicherem Stand und erhobenem Haupt stand ich ungefähr fünfzehn Meter von Bás entfernt. Niemals würde ich ihm zeigen, wie sehr mich das hier verletzte. Diese Genugtuung gönnte ich ihm nicht.

Stattdessen wartete ich ab, blieb stumm, aber ich wich seinen Blicken nicht aus. Ich hielt stand.

Bás blieb zu mir gewandt stehen, stellte sich schräg vor einen der letzten stehenden, aber leblosen Bäume und in keinem Moment verlor sich das widerliche, überhebliche Grinsen in seinem Gesicht. In dem Gesicht, das Seth gehörte.

»Lasst uns beginnen. Je mehr Ihr Euch wehrt, umso lustiger wird es werden.« Seine Hände öffneten sich, seine Arme hob er seitlich leicht an. »Ich hoffe aus tiefstem Herzen, auch wenn ich eigentlich keines habe, dass Eure Mutter dabei zusehen muss, wie ich ihre Tochter vernichte. Hilflos, machtlos. O ja, ich hoffe es.« Er war wahnsinnig. Seine Magie stank, der Tod roch so ekelerregend, dass ich es kaum beschreiben konnte. Und der Wahnsinn in seinen Augen spiegelte den in seinem Inneren wider. Seine Aura waberte um uns herum, auf dem ganzen Platz herrschte nichts als Tod. Der Wald, der noch lebte, zog sich in einem Kreis um uns herum, der zu weit weg war, als dass ich ihn erreichen konnte.

Sein boshaftes Lächeln vergrößerte sich, als er erkannte, woran ich dachte. Er hatte mir meine Energiequelle geraubt, hier lebte nichts mehr.

Die Magie um ihn herum wurde stärker, ich konnte sie nicht nur spüren, ich konnte sie sehen. Sie hatte beinahe eine eigene Aura, einen dunklen Rand. Es war nicht der Nebel, denn das war Bás selbst. Dieser blieb vorerst in Seths Körper. Wahrscheinlich wollte er sich langsam vortasten. Er hatte Zeit und er wollte auch nicht, dass dies hier schnell beendet war.

Meine Schuhe gruben sich tiefer in die Erde, mein Stand wurde fester. Meine Gedanken waren leer, sie waren frei und im Gegensatz zum Training war ich voll konzentriert. Ich wusste, dass ich hier nur eine Chance hatte, dass vor mir nicht Kian stand, der mir sagte, ich solle es noch einmal versuchen. Nein.

Meine Hände zitterten und der Versuch, meine Magie zu rufen, die Elemente hervorzulocken, klappte nicht sofort. Blitzartig schlug Bás mir eine Magiekugel entgegen, der ich nur knapp ausweichen konnte. Ich stolperte und fing mich gerade rechtzeitig, um einer zweiten auszuweichen. Mein Atem ging schnell, mein Herz drohte aus meiner Brust zu springen, in meinen Ohren rauschte es, in meinen Adern pulsierte meine Magie. Ein Schlag nach dem anderen traf mich, mal wich ich aus, mal lenkte ich ihn mit meiner Energie ab. Mit der Zeit wurde es anstrengend. Ich ging einen Schritt auf ihn zu, schleuderte seine Magie zu ihm zurück, aber mit einer lässigen Bewegung ließ er sie verpuffen. Es war, als wolle er eine lästige Fliege vertreiben, nicht mehr.

Er spielte mit mir – das war uns beiden klar. Aber es gab für mich keinen Grund aufzugeben.

Die Magie kam auf mich zu, er feuerte eine ganze Reihe von Energiebällen ab, ich hielt dagegen, ließ sie abprallen und sammelte sofort meine Magie, formte Wasser und Wind zusammen, streckte die Hände in einem Ruck nach vorne, um sie freizulassen. Mit zusammengebissenen Zähnen ließ ich sie nach vorne schießen, spürte, wie sie mich durchströmte. Mit ganzer Macht drückte ich sie fort von mir, legte all meine Entschlossenheit und all meine Wut hinein. Der Gegendruck war stark. Meine Füße rutschten in der Asche nach hinten ab, während ich meine Magie verstärkte, den Wind und das Wasser anflehte nicht aufzugeben. Bás sah ich nicht mehr, ich hielt die Augen geschlossen, konzentrierte mich und spürte, wie der Schweiß über meine Schläfen lief, ein Tropfen nach dem anderen. Meine Arme wurden schwer, Wasser und Wind drohten zu versiegen.

NEIN! Ich schrie, ich tobte und ich dachte an Finn.

Wie eine Druckwelle wurde meine Magie aus mir hinauskatapultiert und ich wurde auf den Boden gedrückt. Als ich den Kopf hob, die Augen öffnete und verzweifelt versuchte Luft in meine geschundenen Lungen zu pumpen, stand er noch immer da, als wäre nichts passiert. Aschestaub wirbelte durch die Luft, es wirkte nebelig, es war stickig, düster, es roch ekelerregend.

Doch dann sah ich, dass auch sein Anzug voller Asche und sein Grinsen einem angestrengten Ausdruck gewichen war. Ich schaffte es, näher an ihn heranzukommen. Und das sorgte dafür, dass ich nun lächelte, ihn beinahe provozierend ansah. Die Tatsache, dass er sich gerade Staub von seinem Anzug wischen musste, bescherte mir ein Glücksgefühl, das durch meine Sinne rauschte. Er hatte keinen Kratzer abbekommen, er war nicht einmal aus der Puste, aber für einen Moment hatte ich einen Teil seiner Barriere durchbrochen. Auch, wenn nur Asche es hindurch geschafft hatte.

»Oh, Prinzessin. Es gibt keinen Grund zu grinsen. Ihr denkt doch wohl nicht ernsthaft, dass ich mich bisher angestrengt habe?« Seine Worte verunsicherten mich, aber sein Gesicht verriet mir, dass es ihn mehr gekostet hatte, als er zugab, und das war Motivation genug.

Ich stand wieder und mein Lächeln war noch da. Ich war noch da – und Finn ebenso.

»Wieso ziehen wir es so in die Länge? Lass es uns einfach beenden, Tod.« Ich spuckte das letzte Wort aus, provozierte ihn absichtlich. Ich wollte keine Spielchen mehr, ich wollte nichts sein, was ihm Freude bereitete.

»Weil ich es so will und Ihr nichts daran ändern könnt. War das …« Er zog mit seinem Zeigefinger einen Kreis in der Luft. »… etwa schon alles? War das die Magie, die Eure Mutter Euch vererbt und hinterlassen hat? Sie ist erbärmlich, genau wie Ihr.« Zischend kam er einen Schritt näher, ballte die Hände zu Fäusten. »Niemand wagt es, mich zu verspotten. Weder Ihr noch irgendjemand sonst. Ich sage, wann das hier ein Ende findet.«

Ich lachte freudlos auf, als ich verstand. »Sie haben das Ego des Todes angekratzt. Das ist es, nicht wahr? Ist das nicht erbärmlich? Du hast tausende von Wesen getötet aus Rache. Du hast sie getötet, obwohl es nicht richtig war, und das nur, weil sie Angst vor dir hatten und sie dein Ego verletzt haben.«

»NEIN!«, schrie er mir entgegen und schleuderte mich mit seiner Magie zu Boden. Ich hatte es zu spät kommen sehen. Stöhnend rappelte ich mich wieder auf.

»Sie kannten mich nicht, sie haben mich beleidigt, beschimpft, verflucht. Dabei habe ich ihnen nie ein Leid zugefügt, ich habe sie nicht gequält. Nein, ich habe sie einfach nur aus dem Leben mitgenommen, habe sie einschlafen lassen. Ich habe nur meine Aufgabe erfüllt und nichts geerntet außer Hass.« Er reckte sein Kinn vor. »Wisst Ihr, was das Schlimmste daran war? Dass Eure Mutter, die Frau, die mich erschuf, nichts dagegen unternahm. Nein, sie genoss es, beliebter zu sein als ich, und sie hat nichts an meinem Leid geändert. Zu guter Letzt war es ihr vollkommen egal und sie verdammte mich. Sie sperrte mich ein, bewegungsunfähig, aber bei Bewusstsein, ohne Zeitgefühl, ohne Geruch, Geschmack, Geräusche, Bilder. Der Wahnsinn hatte mich beinahe aufgefressen.« Der Boden unter seinen Füßen erzitterte leicht, so laut, so tief und intensiv war seine Stimme. Dann wurde sie leise. »Euer Seelengefährte befindet sich übrigens in einem ähnlichen Zustand.«

Ohne nachzudenken schleuderte ich meine Magie auf ihn, meine Wut und meine Verzweiflung übermannten mich und genau das wollte er. Er lachte nur laut auf, als ich ihn immer stärker attackierte. Wir begannen uns zu bewegen, uns zu umkreisen. Wasser und Wind umflossen mich, bildeten einen Schutz, einen Strudel und zeitgleich ließ ich sie als Waffe gegen Bás fliegen, mit einer immensen Wucht und der Hoffnung, noch einmal seine Barriere zu durchbrechen, eine Lücke zu finden – oder einen Moment der Unachtsamkeit. Ich blieb stehen, das Wasser schoss gleich einer Fontäne aus meinen Händen, während der Wind es zusammenpresste und formte. Mit knirschenden Zähnen versuchte ich eine Verbindung zur Erde aufzubauen, aber hier war so viel Tod. Der Boden begann lediglich zu beben, die Asche erhob sich und mischte sich in den Strudel unserer Magie. Um Bás und mich wehte der Wind so heftig, dass ich Finn kaum noch erkannte. Dichte Wolken hingen über uns, als wäre der Tag zur Nacht geworden.

»Gebt auf, Prinzessin. Ihr habt keine Chance.«

Niemals. Ich hatte keine Kraft, ihm zu antworten, aber in meinem Kopf schrie ich ihn an. Immer wieder schrie ich: NIEMALS!

Meine Kraft nahm ab, Minute um Minute, die wir kämpften.

Mit allem, was ich noch hatte, entzündete ich ein Feuer, ich schürte es mit dem Wind, formte es und ließ es zu einer Wand aus Hitze werden. Kurz hielt Bás inne, seine Augen vergrößerten sich kaum merklich, doch gerade so viel, dass ich es wahrnahm. Dass es mir weitere Kraft gab. Ich erschuf mehr Wind, mehr Feuer, ließ es um mich herum wehen wie ein Sturm, ließ mich von seiner Energie wärmen und atmete auf. Ich wusste, dass ich nicht mehr viel Zeit hatte, ich spürte die Erschöpfung in jeder Faser meines Seins und egal wie entschlossen ich war. Ohne Magie half sie mir nichts.

Ich schrie und schleuderte die Feuerwand mit einem Stoß in Bás' Richtung, streckte ihm die Hände entgegen und musste in die Knie gehen, um dem Druck standzuhalten. Ich biss die Zähne so fest zusammen, dass es wehtat, meine Arme zitterten, so mächtig war das Feuer, das sich aus mir löste, und der Wind konnte es kaum kontrollieren. Meine Gedanken waren bei Finn. Sie waren bei Aidan, Erin, Kerry, Deegan, meiner Mutter und meinem Vater. Aus ihnen schöpfte ich Kraft, ich konzentrierte mich darauf, erhöhte den Druck. Der Sog wurde immens, das Feuer knisterte so laut, dass ich nichts anderes hören konnte. Ein paar dünne Ranken krochen aus dem Boden, wickelten sich um meine Waden und halfen mir, der Magie und dem Druck, dem Sog standzuhalten. Das Feuer bäumte sich ein letztes Mal auf, der Wind tobte mit aller Kraft um mich herum, die Ranken versuchten ihr Bestes.

Abrupt brach die Magie zusammen, der Feuersturm erlosch, ebenso wie der Wind. Ich brach zusammen, meine Beine knickten ein, die Ranken zerbrachen. Kurz wurde mir schwarz vor Augen. Mein Atem rasselte. Die Luft war stickig und seit einer gefühlten Ewigkeit waren wir hier und ich atmete Asche ein.

Langsam hob ich meinen Kopf. Die erhitzte Luft waberte über dem Boden, Aschewolken legten sich nur langsam, die Sicht war schlecht. Einatmen, ausatmen, einatmen, ausatmen – und das letzte Stückchen Hoffnung so lange festhalten wie möglich.

Zuerst erkannte ich Bàs Umrisse. Seine Beine, seine Füße. Er stand immer noch an derselben Stelle wie zuvor. Ein frustriertes Stöhnen entwich mir, ich schob mir einige Strähnen meines Haares, das vollkommen verfilzt war, aus dem Gesicht. Dann schlug ich mit der Faust auf den Boden.

Die Luft wurde immer klarer, umso mehr Partikel nach dem Angriff wieder nach unten sanken. Als ich Bás' Gesicht sah, die obere Hälfte seines Körpers, schlug ich mir die Hand vor den Mund. Es war eine Mischung aus Schock und Freude, Unglauben und neuem Mut.

Die linke Seite seines Oberkörpers war frei, das Jackett und das Hemd waren weggebrannt, ebenso wie Teile seiner Haut, seine linke Hand anscheinend vollkommen verstümmelt. Die Verbrennungen zogen sich bis über seinen Hals, hinauf über sein Gesicht. Die linke Hälfte war komplett entstellt, die Haare verbrannt.

Ich hatte es geschafft, ich war durchgedrungen. Er lebte und ich konnte ihn noch nicht einsperren, verdammt, ich hatte noch nicht einmal überlegt, wie ich das anstellen sollte, und meine Kraft war kaum noch vorhanden. Aber ich hatte ihn für einen Moment erreichen und sogar verletzen können.

Mein Atem ging stoßweise, mein Oberkörper hob und senkte sich mit meinen hektischen und tiefen Atemzügen, mein Mund stand vor Überraschung offen und ich konnte meine Augen nicht von Bás abwenden, so furchtbar seine Verletzungen auch waren.

In einem entfernten Winkel meines Wesens empfand ich Mitleid mit ihm. Es tat mir leid, dass ihm wehgetan wurde, dass er sich unverstanden fühlte. Es tat mir leid, dass *ich* ihm wehgetan hatte.

Bás spuckte Blut.

»Ah, nicht schlecht, nicht schlecht. Ich hatte fast die Hoffnung auf ein wenig Spaß und ein wenig Action aufgegeben, Prinzessin. Aber anscheinend habt Ihr doch etwas von Eurer Mutter geerbt.« Die heile Seite seines Gesichtes verzog sich zu einem freudlosen Lächeln. »Ich hatte fast vorgehabt Euch nicht allzu sehr leiden zu lassen. Aber jetzt habe ich es mir anders überlegt. Und keine Sorge, Ihr habt nur diesen Körper beschädigt, mir geht es hervorragend.« Er lachte lauthals und trat ein paar Schritte zur Seite. Rechts von ihm stand in einiger Entfernung noch immer Finn, bewusstlos. Schräg hinter Bás ein Baum, tot, verdorrt, kraftlos. Und vor ihm kauerte ich auf dem Boden, ausgebrannt wie der Baum und ohne eine Ahnung, was ich tun sollte.

Ich stützte mich ab, versuchte aufzustehen, aber meine Beine versagten. Ich fühlte mich so schwer. Mit geschlossenen Augen dachte ich an Finn.

»Es tut mir so leid. Es tut mir leid, dass ich dich nicht beschützen konnte. Dass ich dich nicht retten kann. Es tut mir leid, dass ich so blind war und dass wir uns nie wiedersehen werden. Ich liebe dich.«

Mühsam hob ich den Kopf und öffnete noch einmal die Augen, Tränen versperrten mir die Sicht.

»Prinzessin, das sieht mir aus, als wolltet Ihr aufgeben. Dabei sind wir noch nicht am Ende. Nein. Aber wir könnten etwas Publikum gebrauchen, findet Ihr nicht?« Mit seiner rechten Hand fuhr er sich durch Seths blondes Haar, das, was noch von ihm übrigblieb, und verschmierte die Asche darin. Dann richtete er sie auf Finn. Schwarzer Rauch kam aus Finns Mund, kroch langsam wie eine Schlange heraus und glitt zu Bás, um dort in seinem Munde zu verschwinden. Als alles aus Finn heraus war, schlug er die Augen auf und sah mich an.

»Cat?« Seine Stimme war das schönste Geräusch dieser Welt. Mein Herz drohte zu zerspringen.

»Es tut mir so leid«, flüsterte ich.

29

Finn – Alles ist möglich

Ich war dem Tod begegnet und lebte noch.

Blinzelnd sah ich mich um, ich musste mich an die schlechte Sicht gewöhnen und meine Lungen sich an die stickige Luft.

Meine Augen fanden Cat, sie lebte.

»Cat?« Erleichterung machte sich breit, füllte mich aus und ich sog gierig die verstaubte, rußige Luft ein. Ich wollte mich bewegen, ich wollte zu ihr. Ihr Gesicht war voller Asche, ihre Haare standen wirr ab, ihre Arme und ihre Klamotten, einfach alles war von Asche und Staub bedeckt. Sie kniete auf dem Boden und sah mich mit einem Blick an, bei dem sich meine Kehle zusammenzog. Voller Hoffnung und gleichzeitig vollkommen ohne.

Nur leise drangen ihre Worte zu mir und ich hörte sie eher in meinem Inneren. »Es tut mir leid.« Es gab nichts, was ihr leidtun musste. Sie lebte und ich lebte auch. Wir würden es, verflucht noch mal, schaffen.

Auf der anderen Seite stand Seth, er sah grauenhaft aus, die linke Hälfte seines Körpers war verbrannt und ich erlaubte es mir zu lächeln. Ich hoffte, Cat hatte es diesem Scheißkerl ordentlich gezeigt. Aber wo war Bás?

Ich wollte mich bewegen. Ein Schritt. Es funktionierte nicht. Nur meinen Kopf konnte ich frei bewegen, der Rest meines Körpers gehorchte mir nicht.

»Seht, Prinzessin, Euer Prinz ist aus seinem Dornröschenschlaf erwacht.«

»Bitte, lass ihn gehen!« Cat flehte Seth an und ich wollte sie gerne schütteln. Auf keinen Fall sollte sie um mein Leben betteln.

»Cat, sieh zu, dass du hier wegkommst. Mach schon.« Sie schüttelte nur traurig den Kopf. Wo war Bás?

»Ist er nicht süß? Mein Lieber, Eure Gefährtin geht nirgendwo hin und Ihr auch nicht. Ihr werdet uns als Publikum dienen. Eigentlich sollte es eine Vorstellung für zwei werden, aber da die Prinzessin etwas zu aufmüpfig war ...« Er sprach den Satz nicht zu Ende, sondern zuckte nur mit den Schultern. Cats Trauer traf mich wie ein Schlag ins Gesicht nach seinen Worten und ich folgte ihrem Blick, wand mich nach links.

Deegan war tot.

Ich starrte Seth an, stemmte mich gegen die Magie, die mich gefangen hielt, aber sie gab nicht nach. Es war, als würde die meine schlafen, samt allen Tieren in mir drin.

Dieser verfluchte Scheißkerl!

Meine Zähne knirschten und ich hörte nicht auf, mich befreien zu wollen.

»Nun hört schon auf.« Seth winkte gelangweilt ab. »Das wird nicht funktionieren. Entspannt Euch lieber und genießt die Show.«

»Cat, du musst hier verschwinden. Bevor Bás kommt.« Cat versuchte sich an einem Lächeln. An einem, das mich wahrscheinlich auf irgendeine Art und Weise trösten sollte. Und während sie sich auf die Beine kämpfte, hielt Seth sich mit seiner unverwundeten Hand den Bauch und begann lauthals zu lachen. Es nahm beinahe kein Ende und meine Wut stieg von Sekunde zu Sekunde.

»Wir hätten ihn viel früher wecken sollen, findet Ihr nicht, Prinzessin?« Er wischte sich eine imaginäre Träne aus dem Augenwinkel und verzog seine Lippen zu einem boshaften, widerwärtigen Grinsen, das eher eine Grimasse glich.

»Bás ist längst hier.« Meine Gedanken rasten, seine Worte sickerten immer tiefer und so wie Cat mich ansah, bedeutete das ...

»Seth ist also tot.«

»Er hat sich freiwillig geopfert und als Hülle zur Verfügung gestellt. Na ja, teilweise, aber das gleicht ja eher dem Kleingedruckten in Verträgen, nicht wahr? Ich bin mir sicher, wenn ich ihn gefragt hätte, wäre er liebend gerne für mich gestorben. Schließlich hatten wir das gleiche Ziel. Leider werde jetzt nur noch ich den Triumph genießen können. Aber niemals werde ich seinen

Einsatz und seinen Tatendrang vergessen.« Er klatschte in die Hände, während mir die Worte fehlten. Ich hatte wirklich nichts mitbekommen. Nichts von dem Moment vor dem Schloss bis hierhin und ich wusste nicht, wie viel Zeit vergangen war, wie lange Cat schon kämpfte.

Der Wald um uns herum war erst in weiter Entfernung wieder grün, hier war alles tot, verdorrt, verbrannt.

Ich schluckte schwer.

»*Cat, du musst mich hierlassen.*«

»*Er wird ganz Tír Na Nóg vernichten. Er wird mich nicht gehen lassen.*« Sie stand wieder, auch wenn ihre Beine leicht zitterten. »*Er wird mich nicht gehen lassen und selbst wenn: Ich würde nicht ohne dich gehen.*«

Sanft lächelte sie, küsste mich in Gedanken. Es war ein Abschied und am liebsten hätte ich laut geschrien.

»Lass es uns beenden. Ich habe deine Spielchen satt.« Sie ging auf Bás zu, sie wurde nicht langsamer. Ihre Magie erwachte und ich ließ meine durch unsere Gedanken zu ihr fließen, öffnete mich vollständig für unsere Verbindung. Sie sollte wissen, dass ich bei ihr war.

Bás machte eine ruckartige Bewegung mit der Hand und eine riesige Welle voller Magie, voller böser Magie, überrollte Cat. Obwohl sie rechtzeitig dagegengehalten hatte, wurde sie nach hinten katapultiert und landete auf dem Rücken. Der Aufprall ließ den Boden erbeben, ich spürte ihre Schmerzen und ich konnte nichts tun. Gar nichts.

Steh auf, Cat, steh auf.

Ich versuchte ruhig zu bleiben, sie nicht nervös zu machen, aber es war verflucht schwer. Hilflos musste ich dabei zusehen, wie sie alleine kämpfte, wie sie Schlag um Schlag einsteckte, auf den Boden krachte, wie sie austeilte und kaum noch Kraft hatte. Ihre Gedanken waren ein einziges Chaos.

Fieberhaft überlegte ich, was sie tun könnte, aber mir fiel nichts ein. Meine Wange hatte ich mir auf der Innenseite bereits blutig gebissen. Verdammt!

»War das alles, Prinzessin?« Cat kniete auf allen vieren auf dem Boden, sie keuchte, hielt den Kopf gesenkt. Sie blutete aus dutzenden Kratzern und Wunden, Asche und Dreck bedeckten ihren gesamten Körper. Es war, als hätte der Tod ihr sämtliches Leben geraubt, still und leise, Stück für Stück. Und er hatte dafür gesorgt, dass sie sich nicht so einfach wieder auftanken konnte. Er hatte alles verbrannt und getötet.

»Nun bring es schon hinter dich.« Ihre Stimme war ruhig, bestimmt. Sie klang warm, gleichzeitig rau und kratzig.

»Ich bin es leid, dir zuzuhören.« Sie hob ihren Kopf, stemmte ihre Hände gegen den Boden und setzte sich aufrecht hin.

Mit wutverzerrtem Gesicht schritt Bás auf sie zu, blieb vor ihr stehen und ging in die Knie. Mit seiner rechten Hand umfasste er grob ihr Kinn, so dass sie zischend die Luft einsog und versuchte sich zu befreien. Er drückte immer fester zu.

»Ihr seid genauso arrogant wie Eure Mutter. Es wird mir eine Freude sein, Euch tot zu sehen. Aber zuerst werde ich Euch brechen.« Er stieß Cat von sich, die sich gerade noch abstützen konnte, dann erhob er sich und kam entspannt auf mich zu. Cat folgte Bás mit den Augen, blickte von ihm zu mir und ich merkte, wie sie verzweifelt nachdachte, wie sie überlegte, was sie tun konnte.

Ich hatte noch nicht aufgegeben, auch wenn ich mich noch immer keinen Zentimeter bewegen konnte.

Mit dem Ausdruck eines Wahnsinnigen kam Bás mir entgegen. Cat richtete sich auf, innerlich kribbelte es, so stark und so schnell zog Cat den letzten Rest ihrer Magie zusammen und sie schleuderte alles auf Bás, mit voller Wucht und in unfassbarer Geschwindigkeit. Die Mauer aus Feuer, Wind, Wasser und Asche, aus purer Magie raste auf ihn zu, während er mir näher kam und Cat seinen Rücken zugewandt hatte.

Im letzten Moment drehte er sich um, schaffte es, die Energie von sich abprallen zu lassen, aber er taumelte ein Stück. Ich sah es ihm an, er hatte nicht mit dieser Wucht an Energie gerechnet. Cat sah ihn schwer atmend, aber entschlossen an. Sie war noch immer in Kampfbereitschaft.

»Ist das Euer Ernst?« Belustigt musterte er Cat, anschließend mich und wieder Cat. »Prinzessin, Ihr seid für eine Überraschung gut, das muss ich Euch lassen. Ich dachte, wir hätten das Ende Eurer Kräfte erreicht.«

»Lass ihn in Ruhe, du Scheusal.« Cat stieß die Worte aus, als wären sie Gift.

»Wo bliebe da der Spaß, Prinzessin?« Er setzte seinen Weg zu mir fort. Seine Verbrennungen sahen grauenvoll aus, leuchteten knallrot, wie entzündet, und ich konnte eine klare Flüssigkeit aus den Wunden austreten sehen. Die Ränder der Haut waren vollkommen verbrannt, auf seiner Brust bis hin zu seinem Bauch so tief, dass man seinen untersten Rippenbogen erkennen konnte. Es stank nach verfaultem Fleisch.

»Dann wollen wir mal sehen, welche Überraschungen noch auf mich warten.« Er hob die Hand und ich spürte, wie die Magie, die meinen Körper gefangen hielt, schwächer wurde. Cat bekam davon nichts mit, sie konnte kaum noch stehen, versuchte noch einen Rest ihrer Magie zu sammeln und schoss kleine Energiebälle auf Bás, der sich nur darüber zu amüsieren schien und sie mit Leichtigkeit abwehrte.

Der Schutz war weg, ich sackte ohne seinen Halt nach unten, landete auf den Knien. Es fühlte sich an, als hätte ich meine Beine seit Ewigkeiten nicht benutzt. Ein leichtes Taubheitsgefühl war da. Die Tiere in mir waren noch immer benommen und meine Magie gehorchte mir nicht. Scheiße! Ich knurrte Bás an, der immer näher kam, und sah, wie Cat versuchte zu mir zu kommen, wie ihre Beine immer wieder einknickten und sie schließlich kroch. Ich spürte ihre Tränen, als wären sie meine, und ich hörte ihre Stimme in meinem Kopf, die immer wieder sagte, sie wäre gleich da. Dass sie mich liebte.

»Ihr werdet nicht mehr erleben, wie ich der Prinzessin den letzten Tropfen Leben aussauge. Ihr werdet nicht sehen, wie sie um Euch weinen wird, wie sie leiden und wie sie jammern wird. Wie sie betteln wird. Oh, Jäger, ich verspreche Euch, das wird sie. Aber sie wird sehen, wie ich Euch das Leben nehme. Und sie wird daran zerbrechen.« Sein krankes Lachen fuhr mir durch Mark und Bein, genau wie Cats lauter, verzweifelter Schrei.

Bás' Augen blitzten auf, er öffnete seinen Mund und heraus drang schwarzer Rauch, der gleiche, der uns vor dem Schloss angegriffen hatte. Bás selbst. Er glitt aus Seths Körper heraus, immer mehr, kam auf mich zu, und so sehr ich mich wehrte, um mich schlug, mich abwandte: Ich konnte ihm nicht entkommen.

Das Letzte, was ich sah, war Nebel. Dunkler Rauch. Ich spürte, wie er in jede Faser meines Wesens kroch.

»*Cat, wenn du das hier hörst, dann gib nicht auf. Du kannst es schaffen. Bitte, kämpfe.*

Ich liebe dich.«

30

Cat – Alles ist möglich

»Ich liebe dich.«

Die Worte verklangen langsam und gleichzeitig viel zu schnell. Bás kroch in Finn hinein und ich spürte, wie er in ihm alles zum Erliegen brachte. Es spielte keine Rolle, wie kaputt ich war. Ich schrie, ich kroch vorwärts, schleuderte Bás alles in den Rücken, was ich aufbringen konnte. Finns Teil in mir wurde immer schwächer und so sehr ich versuchte, ihn festzuhalten – er entglitt mir.

Ich stöhnte auf, als ich den letzten Feuerball auf Bás warf. Mit voller Wucht, mit allem, was ich hatte, schleuderte ich ihn von mir. Mein Atem ging stoßweise, ich drohte zu kollabieren, Bás begann bereits zeitweise vor mir zu verschwimmen. Aber ich blieb auf den Beinen.

Doch als meine Energie ihn immer wieder traf, hielt er inne. Der Rauch zog sich zurück, drang aus Finns Körper, der leblos auf den Boden fiel. Noch schlug sein Herz, noch schlug es mit dem meinen zusammen.

Meine Kehle brannte, mein Kopf drohte zu explodieren und nur ein Gedanke zog durch meinen Kopf, immer auf Wiederholung, wie ein Song auf einer kaputten Schallplatte: *Bitte verlass mich nicht, Finn.*

Bás ließ Finn einfach liegen und kam auf mich zu. Seine Aura war so dunkel, so anders, er ließ seinen Rauch teilweise um sich herum wabern und ich konnte nicht anders, als mich rückwärts zu bewegen. Ein paar Mal stolperte ich, wirbelte Asche auf, aber ich wich stets zurück. Finn war nur noch ein kleiner Funken in mir und ich drohte zu ersticken, zu verzweifeln. Ich wusste nicht, was ich noch tun sollte. Mir wurde kurz schwarz vor Augen. Ich stolperte weiter, zur Seite, nach hinten, vielleicht auch im Kreis. Ich konzentrierte mich auf das letzte Bisschen, das von Finn noch in mir war, und ich hielt es fest.

»Prinzessin, es wird Zeit. Euer Gefährte haucht gerade den letzten Rest seines Lebens aus. Nur noch wenige Minuten und die letzten Herzschläge werden verklingen. Einfach so.« Er schnipste mit den Fingern seiner gesunden Hand. Gemächlich folgte er meinen erbärmlichen Versuchen, davonzukriechen, und es war klar, dass ich keine Zeit schinden konnte. Ich robbte rückwärts auf dem Boden weiter, starrte Bás einfach nur an und ließ meinen Tränen freien Lauf. Nach Stunden des Kampfes, des Widerstandes, der Hoffnung konnte ich sie nun nicht mehr zurückhalten. Und es tat verdammt gut, einfach loszulassen.

»Nicht weinen, Prinzessin. Alle guten Dinge sind irgendwann zu Ende. Wir haben uns fast den ganzen Tag miteinander amüsiert, aber ich habe noch viele wichtige Dinge zu tun.« Er liebte es, sich reden zu hören.

Währenddessen ließ ich meine müden Augen über das Stück Ödland schweifen, über all die schwarze, verbrannte Erde. Ich sah Finn an, wie er dalag.

Plötzlich stieß meine Hand an etwas Hartes, Dickes und nicht einfach nur an Asche und dünne Äste. Neben mir befand sich einer der halbverbrannten Bäume. Ein dicker Baumstamm und ein Ast, mehr war nicht geblieben, völlig verkohlt und verdorrt. Ich ließ meine Hände über die Rinde fahren, die darunter beinahe zerfiel. Langsam zog ich mich an dem Stamm nach oben und war erstaunt, dass er stehen blieb, dass er nicht zerfiel oder nachgab. Schwer atmend lehnte ich mich daran, versuchte stehen zu bleiben. Bás stand nun zwei Meter vor mir und betrachtete mich prüfend. Seinen Kopf hatte er leicht zur Seite geneigt, was ein bizarres Bild ergab durch die schweren Verbrennungen in seinem Gesicht. Das Rot der Wunden, der Entzündung leuchtete nahezu vor dem Hintergrund dieser grauen, tristen Umgebung.

Ganz langsam und ruhig führte ich meine rechte Hand von dem Baum hinter mir zu meinem Hals. Für Bás musste es so aussehen, als würde ich mir einfach nur dorthin fassen, aber ich legte meine dreckigen und blutigen Finger um die Kette, um die kleine Perle an meinem Hals. Kians Energie pulsierte noch darin. Ich hatte sie nicht vergessen. Wie so oft im Leben sparte man sich die Dinge auf, anstatt sie im richtigen Moment zu benutzen. Hätte ich die Kugel schon zerbrochen, als ich Bás verbrannt hatte, und mir Kians Magie zu diesem Zeitpunkt bereits zu Nutze gemacht, hätte ich ihn vielleicht genug schwächen können. Aber selbst wenn, was wäre dann gewesen? Meine Mutter hatte den Tod erschaffen und niemand vermochte ihn zu töten. Sie hatte ihn verbannt und eingesperrt, aber sie wusste nicht, wie, und ich wusste es auch nicht. Ich war zu schwach gewesen. Aber ich würde nicht sterben ohne einen letzten Versuch, ihm zu schaden. Ohne einen letzten Versuch, vielleicht doch noch zu Finn zu kommen und ihn zu retten. Meine Finger schlossen sich noch fester um die Kugel und ich hörte dem Geschwafel des Todes kaum zu. Er musste einen Schritt näher kommen, damit ich ihn berühren konnte, damit ich die Energie direkt an ihm freilassen konnte. Für einen Moment schloss ich die Augen. Ich sah Erins Gesicht vor mir, Aidan, wie er die Bücher in seinem Buchladen neu sortierte, Kerry, wie sie mich anlächelte. Ich sah Dee vor mir und Raphael. Er fluchte. Lorcan, wie er Myra im Arm hielt. Ein Lächeln glitt über mein Gesicht. Dann hallte Kians Stimme in meinem Kopf wider, er sagte mir, ich solle mich konzentrieren, ich wäre stark und müsse daran glauben.

Ich ließ eine meiner Hände fest geschlossen um die Kugel Kians, die andere krallte sich in die Rinde des Baumes. Ich erinnerte mich an das Training, an den Tag, an dem ich eine Blume wachsen ließ, als ich sie verbrannte, als ich Feuer, Wasser, Wind und Erde vereinte.

Regel Nummer eins: Alles ist möglich. Regel Nummer zwei: Der Lehrer wird nicht außerhalb des Unterrichts geschlagen. Regel Nummer drei: Zweifle nie an dir selbst. Regel Nummer vier: Fantasie ist Magie und Magie ist Fantasie, es gibt keinen Unterschied. Regel Nummer fünf: Alles, was lebt, kann sterben.

Ich riss die Augen auf. Adrenalin durchflutete mich. Wäre es möglich? Konnte ich es schaffen?

»So, Prinzessin«, sagte Bás beinahe bedauernd, während er die Arme ausbreitete. »Habt Ihr noch einen letzten Wunsch? Es soll wohl eine Art Brauch sein, dem Sterbenden einen letzten Wunsch zu gewähren.« Seine Zähne blitzten auf.

»Lorcan und Deegan hatten ihn nicht.« Meine Stimme war heiser.

»Und nicht zu vergessen, Euer Gefährte. Ich gebe ihm noch zwei Minuten, vielleicht drei. Wenn er vier schafft, wäre ich wirklich beeindruckt.« Er lachte laut auf, während Übelkeit in mir aufstieg.

»Du Bastard!«

»Ich sehe, Ihr habt keinen Wunsch«, sagte er ernst. Und er tat es – er kam näher, nur einen Schritt. Er hob seine gesunde Hand. In dem Moment nahm ich all meine Kraft zusammen, alles, was noch davon übriggeblieben war, stieß mich vom Baumstamm ab, gab Bás durch den Wind einen Ruck und zog ihn zu mir. Ich drehte ihn, drückte ihn an den Baumstamm und bevor ich Kians Kugel unter meinen Fingern zerdrückte, sah ich seine weit aufgerissenen Augen. Die Magie explodierte förmlich, drückte Bás fester an den Baumstamm und ich atmete sie ein, ich zog sie zu mir, formte sie und spürte, wie meine Elemente erwachten, wie sie sich ein letztes Mal aufbäumten. Bás öffnete den Mund, er wollte Seths Körper verlassen, aber ich ließ es nicht zu. Ich fühlte mich wie berauscht von diesem Energieschub, drückte den Wind gegen ihn und hielt ihn in Seths Körper gefangen. Meine Mutter hatte ihn eingesperrt. Ich würde es auch tun. Kian hatte es gewusst, ich spürte es, denn diese Regeln waren der Grund, warum ich nun fähig war, das zu tun, was ich tat. Alles war möglich und ich glaubte an mich selbst. Magie ist Fantasie.

Ich formte meine Magie, hielt Bás mit aller Macht fest, auch mit meinem Körper, gleichzeitig ließ ich das Wasser in den Baum fließen, ich stellte mir vor, wie er sich von der Asche dieses Platzes nährte, wie er seine Wurzeln neu ausstreckte, sie durch den Boden zogen und ihm Halt gaben. Wie seine Äste die verdorrten Fasern abwarfen und mit Leben gefüllt wurden. Ich ließ das Wasser, meine Energie durch den Baum fließen. Ich machte ihn lebendig. Er wuchs schnell, seine Äste waren kräftig.

»Mein letzter Wunsch ist, dass du niemals wieder jemandem wehtun kannst«, flüsterte ich in sein Ohr, bevor ich wegsprang und die Äste des Baumes ihn einquetschten. Sie umarmten ihn, wuchsen durch ihn hindurch, kamen aus seinem Mund heraus und erstickten seinen Schrei. Ich hob die Hand und ich schloss sie zu einer Faust, stellte mir vor, wie er noch enger zusammengedrückt wurde, wie seine Magie vom Baum aufgesogen wurde. Ich sah zu, wie er selbst verdorrte und gefangen war in Seths Körper, gefangen in diesem Baum, der sich von seinem Nebel, von der Asche und der Dörre nährte und inmitten dieser Trostlosigkeit in sattem Grün strahlte.

Mein ganzer Körper wurde von Schluchzern geschüttelt, mir war bitterkalt und ich konnte nicht glauben, dass es vorbei war. Ich starrte den Baum an, der so bizarr aussah, der vollkommen lebendig war, obwohl er den Tod in sich barg.

Mein Blick wanderte zu Finn. Ich stolperte zu ihm und ließ mich neben ihn fallen. Stöhnend hievte ich ihn auf den Rücken. Er atmete nicht.

»O nein, nein, nein, nein ...« Ich suchte in meinem Inneren nach ihm, nach einem zweiten Herzschlag. Stille.

»Nein! Das darfst du mir nicht antun.« Ich schrie ihn an, ich schlug mit meinen Fäusten auf seinen Oberkörper ein, während mir die Tränen über die Wangen liefen, und ich betete zu allem und jedem in allen existierenden Welten, dass er zu mir zurückkommen würde. Weinend legte ich die Hände auf seine Brust, versuchte mich zu konzentrieren. *Komm schon!*

Meine Hände wurden warm, ich spürte die heilenden Kräfte, wie ich sie auch bei Fíri gespürt hatte, aber es passierte nichts. Es passierte einfach nichts. Es war nicht genug. Meine Gedanken verloren sich, ich stellte mir vor, wie meine Energie in ihn floss, wie er lebte. Ich wollte nichts mehr als das. Der Wind bäumte sich auf, pfiff so laut, dass mein Schrei darin unterging, ich drückte meine Hände erneut auf ihn und ich pumpte mit aller Kraft Magie in ihn, mit dem Willen, ihn zu retten.

Mir wurde schwarz vor Augen, ich hörte den Wind nicht mehr, ich spürte das Kratzen in meinem Hals nicht mehr und roch keine verkohlte Erde. Meine Hände waren nicht mehr warm, meine Energie verbraucht. Es war kalt, es war ruhig, es war friedlich. Ich hoffte, er lebte.

***

Alles war weiß. Ich war sauber, das Blut und die Asche waren fort. Ich trug weiße Jeans, weiße Chucks und ein weißes Shirt mitten in einem weißen Raum. Ich saß auf einem weißen Stuhl, ganz allein. Meine Lunge rasselte nicht mehr beim Atmen, ich fühlte mich nicht müde, ich hatte keine Schmerzen.

Plötzlich erschienen drei Frauen vor mir, mit weißen Kleidern und blasser, makelloser Haut. Drillinge. Ihre weißen Haare reichten bis auf den Boden und sie lächelten mich an.

»Prinzessin, wir danken Euch.« Die erste der Frauen sah mich mit blauen Augen an.

»Seit Jahrhunderten war es nicht mehr so spannend. So ganz unter uns.« Die zweite sprach mit mir, ihre Augen leuchteten grün.

»Wisst Ihr, wo Ihr seid?« Die dritte sah mich freundlich an, sie hatte graue Augen. Das war das Einzige, was sie unterschied.

»Nein. Oder doch. Ich bin tot.«

Die Frau mit den grünen Augen lachte.

»Nicht ganz.«

»Wer seid Ihr?«

»Wie Eure Mutter haben wir viele Namen. Wir sind der Anfang und das Ende, aber auf andere Art und Weise. Moira, Fatum, Kismet ... Aber ich glaube, Ihr nennt uns Schicksal.«

»Ihr seid das Schicksal?« Ungläubig sah ich in ihre grünen Augen. Dann konnte ich mir einen erneuten Blick auf meine Kleidung nicht verkneifen.

»Wir dachten, Ihr würdet Euch so wohlfühlen. Wir kennen Eure Leidenschaft für Jeans und diese Schuhe natürlich, Prinzessin.«

Ich grinste sie an. Dann tauchte Finns Bild vor meinem inneren Auge auf, ich sprang von dem Stuhl hoch.

»Wo ist Finn? Bitte, sagt mir, dass er lebt.«

Die dritte der Schicksalsdamen legte mir ihre Hand auf die Schulter.

»Beruhigt Euch. Er lebt, Ihr habt ihn gerettet.« Dann sah sie mich bedauernd an. Ich spürte die Tränen auf meinen Wangen. Sie waren ein Zeichen meiner Freude und meines Verlustes. Er lebte, ich war so froh, dass er nicht sterben musste. Aber ich würde ihn nie wiedersehen.

»Danke«, flüsterte ich.

»Nein, Prinzessin, das war nicht unser Verdienst. Wie Ihr wisst, steht das Schicksal nicht fest, wir legen nur einen Plan an, der eingehalten werden sollte. Wir nehmen Euch jedoch nicht Euren Willen. In den letzten Wochen sind viele Dinge passiert, die nicht geplant waren. Bás hätte sein Gefängnis nie verlassen dürfen. Es tut uns sehr leid, dass Ihr solch hohe und schmerzhafte Verluste beklagen musstet.« Sie sah mich mit ihren blauen Augen mitfühlend an.

»Ja, es tut uns leid. Und wir danken Euch. Ihr habt verhindert, dass die Welten im Chaos versinken. Eure Mutter ist sehr stolz auf Euch.« Graue, warme Augen blickten mich an.

»Ist? Habt Ihr sie gesehen.« Sie nickten.

»Ja. Für einen flüchtigen Moment.«

»Lebt Finn wirklich?« Ich musste mich vergewissern.

»Ja, dank Euch. Ihr habt all Eure Lebensenergie auf ihn übertragen. Ihr habt sein Leben über das Eure gestellt. Ihr habt Euer Schicksal angenommen, Prinzessin.«

»Was geschieht nun mit mir?«

»Das ist die Frage, nicht wahr?«

Epilog

Mit den Augen eines Fuchses

Ich würde noch wahnsinnig werden, wenn die Prinzessin nicht bald durch diese Tür marschierte. Myra hörte nicht auf zu weinen, während sie auf dem Bett der Prinzessin lag, und ich konnte es ihr nicht verübeln.

Den ganzen Tag schon tigerte ich hier auf und ab, sah alle zwei Minuten zur Tür oder aus dem Fenster, wartete auf die Prinzessin und sogar auf den stinkenden Wolf. Aber niemand kam. Der Seelenblaumann saß auf der Couch und bewegte sich seit Stunden nicht.

»Die Sonne geht unter, lasst uns gehen! Vielleicht brauchen Sie unsere Hilfe. Wenn ich Euch noch länger dabei zusehen muss, wie Ihr Euch nicht bewegt, und das zu den Klängen einer heulenden, schwangeren Vampir-Elfe, springe ich aus dem Fenster!«

Der Blaumann sah mich mit zusammengekniffenen Augen an.

»Die Prinzessin hat mir befohlen, hier zu warten und auf ihre Freundin und Euch aufzupassen. Wenn ich mit Euch nun losgehe, dem Tod in die Arme und Ihr werdet verletzt oder Schlimmeres, was denkt Ihr, macht die Prinzessin dann mit mir?«

»Ihr solltet Euch lieber Gedanken darüber machen, was ich mit Euch tue, wenn wir nicht sofort gehen und sie vielleicht verletzt daliegt, irgendwo im Wald«, knurrte ich ihn an. »Was ist, wenn sie Hilfe braucht? Was ist, wenn ...« *Sie tot ist.* Ich sprach es nicht aus, ich konnte es nicht. Die Fellhaare in meinem Nacken stellten sich auf. Sogar der Gedanke daran, dass mich der nervige Jäger nicht mehr ärgern würde, versetzte mir einen Stich.

»Die Sonne geht unter. Sie sind seit Stunden da draußen und Bás hat noch nicht angegriffen. Es ist zu still. Und ich weiß nicht, ob ich es erwähnt habe, aber ich halte es hier keine Sekunde länger aus, Blaumann! Ich gehe, es ist mir egal, was Ihr tut.« Mit erhobenem Kopf drehte ich mich und marschierte in Richtung Tür. Hinter mir hörte ich Fíris Stöhnen.

»Ihr seid der nervigste Fuchs, den ich je kennengelernt habe. Ich komme mit. Wartet, ich sehe nur schnell nach Myra.«

Hoffentlich lebte die Prinzessin. Hoffentlich konnten wir etwas tun.

Fíri trat aus dem Zimmer und bedeutete mir loszugehen.

»Sie schläft. Ich hoffe, das tut sie, bis wir wieder da sind. Falls wir bald wieder da sind – oder überhaupt.« Seine letzten Worte waren ein einziges Nuscheln und Gebrabbel und ich fragte mich, ob ich tatsächlich der Einzige von uns allen war mit einem klaren Verstand.

Wir gingen aus dem Schloss, folgten dem Weg, der zur Mauer und somit aus dem Dorf und vom Gelände hinunterführte.

»Wisst Ihr, wo wir hinmüssen?«

»Ach, der Herr Fuchs weiß gar nicht, wo es langgeht. Interessant!« Seine Stimme troff nur so vor Spott. »Ja, wir müssen dem Weg ein kleines Stück hinter der Mauer folgen und dann nach rechts abbiegen. Dann kommen wir direkt in die Mitte des Waldes. Mit etwas Glück finden wir sie auf dem Weg dorthin. Das Summen in mir wird stärker, je näher wir ihr kommen. Ich hätte nicht gedacht, dass diese zufällige Verbindung so nützlich sein würde.«

»Blaumann, ich habe nie erwähnt, dass ich nicht weiß, wo es langgeht. Ich habe lediglich gefragt, ob Ihr es wisst.« Mit erhobener Schnauze lief ich neben dem Seelenseher her, dessen linke Wange ganz komisch zuckte.

Wir ließen die Mauer des Schlosses hinter uns, folgten dem Weg und bogen schließlich ab in den Wald. Es wurde immer dunkler, dicke Wolken hingen am Himmel und es war still.

»Findet Ihr nicht auch, dass es ziemlich still ist für einen Wald?«

»Ja, Fuchs. Ausnahmsweise muss ich Euch da Recht geben.«

Ich schnaufte. Natürlich hatte ich Recht.

Es war gespenstisch still und ich konnte nicht anders, als mich die ganze Zeit hektisch umzusehen, während der Wald immer dichter wurde.

»Seid Ihr sicher, dass wir hier richtig sind?«

»Ich dachte, Ihr kennt den Weg, Fuchs.«

»Das war ja auch nicht meine Frage.« Ich schüttelte den Kopf, während der Seelenseher anfing unverständliche Dinge zu grummeln. Wir gingen immer weiter, aber es blieb still. Kein Tier, keine Fee, kein Waldgeist, nichts und niemand war hier. Alle waren fort oder sie versteckten sich. Plötzlich juckte meine Nase, ich reckte sie in die Luft und sog sie tief ein. Der Geruch war beißend.

»Riecht Ihr das?« Fíri blieb stehen und nahm ebenso einen tiefen Atemzug.

»Es riecht komisch.« Ich konnte nicht anders, ich rollte mit den Augen.

»Nicht nur anders, es riecht verbrannt. Kommt!« Ich ging an ihm vorbei, stieg über ein paar Äste und plötzlich betrat ich schwarzen Boden. Ich hob meine Pfote, sah genauer hin. Asche. Ich hob meinen Blick, als ich hörte, wie der Blaumann neben mir zischend ausatmete. Wäre ich noch ein Mensch, würde ich jetzt eine Gänsehaut bekommen. Stattdessen stellten sich meine Nackenhaare auf und ich zog meinen Schwanz unwillkürlich zwischen die Hinterläufe. Es roch nach Tod.

»Was ist hier passiert?« Ich flüsterte die Worte fast lethargisch, als ich meinen Blick über die verbrannte Ebene gleiten ließ. In der Mitte stand ein einziger Baum, der sich in den Himmel streckte, der lebte und dutzende buckelige, verworrene Äste sein Eigen nannte.

Dann sah ich sie – und ich rannte. Die Asche wirbelte unter meinen Pfoten auf. Sie lag leblos da, ihren Kopf auf der Brust des Jägers. Ein paar Meter weiter lag der Körper des Zwerges und mir wurde ganz flau im Magen.

Schlitternd kam ich neben der Prinzessin und dem Jäger zum Stehen, sie rührten sich nicht. Atmeten sie?

»Tut doch was«, zischte ich den Seelenseher an. Ich atmete zu schnell. Ich tippte die Prinzessin vorsichtig an, aber sie regte sich nicht. Ein Wimmern entwich mir.

»Wo ist Bás?« Fíri sah sich aufmerksam um, während er in die Knie ging.

»Das ist mir egal. Kümmert Euch um die Prinzessin.«

Er legte seine Finger an den Hals des Jägers, wartete und legte sie dann an den der Prinzessin.

»Nun sagt schon!«

»Finn lebt. Er ist nur bewusstlos.« Er sah mir tief in die Augen – und er redete nicht weiter. Nein, das durfte nicht sein. Ich stupste die Prinzessin erneut an – immer wieder.

»Es tut mir leid, Fuchs.«

Ich schüttelte den Kopf, dann bettete ich ihn neben ihrem auf der Brust des Wolfes. Ich wollte nicht wissen, was er tat, wenn er erwachte und erfuhr, dass die Prinzessin nicht mehr lebte.

»Lasst uns sie nach Hause bringen.« Fíri stand auf, sein Gesicht wirkte eingefallen durch die Trauer. Er ging zu dem Körper des Zwerges und legte dort auch seine Hand auf den Hals. Er schüttelte den Kopf und verbeugte sich. Der Zwerg war tot.

Plötzlich regte sich etwas. Der Jäger wurde wach, er knurrte leise, stöhnte und schlug die Augen auf. Fíri kam zu uns.

»Finn?«

»Wolf, hört Ihr uns?« Ich hob meinen Kopf und leckte ihm übers Gesicht. Er zuckte zusammen, dann schloss er seine Arme automatisch um die Prinzessin.

»Cat.« Seine Stimme klang rau. Er setzte sich auf, mit Cat im Arm und verzog das Gesicht. Er sah grauenhaft aus, überall war Dreck.

»Cat?« Er rüttelte sie, aber ihr Kopf kippte nach hinten, ihre langen Haare ergossen sich über ihn. Ich jaulte.

»Nein. NEIN! Sag, dass das nicht wahr ist. Sag, dass du das nicht getan hast!« Er schrie sie an, er zog sie fest an sich und wog sich mit ihr vor und zurück. Er strich ihr über das Haar, legte seine Wange an die ihre. Ich wünschte, wir hätten etwas tun können. Die Arme der Prinzessin hingen leblos herab, ihre Haut war bedeckt mit Asche. Egal wie oft er sie ansprach, ihr zuflüsterte, dass sie aufwachen musste, egal, wie oft er sie hin und her wiegte, ihr über die Haut strich: Es änderte nichts.

Es war das erste Mal, dass ich den Jäger weinen sah.

Ich selbst konnte all das hier kaum glauben, ich blickte über den mit Asche bedeckten Boden, das tote Stück Wald und zuckte zusammen, als ich ein Husten hörte. Ich spitzte die Ohren.

»Wolf!«

»Nicht jetzt, Fuchs, nicht jetzt.« Er war so versunken in Trauer, dass er das leise Husten nicht gehört hatte. Aber ich. Ich war mir sicher.

»Verdammt, Jäger!«, knurrte ich.

»Hört auf euch zu streiten.« Ihre Stimme, auch wenn es nur ein Flüstern war, jagte mir einen Schauer über den Rücken. Sie lebte. Wie war das möglich? Ich stupste sie an, kuschelte mich an sie und es war mir egal, dass der Wolf mich dabei halb zerdrückte. Er weinte noch immer.

Die Prinzessin lebte.

***

Sechs Monate waren vergangen, seit der Blaumann und ich die Prinzessin und den Jäger gefunden hatten. Wir hatten die beiden ins Schloss gebracht und anschließend den Zwerg beerdigt. Deegan und Lorcan. Ich mochte die beiden und der Gedanke, dass sie nicht mehr da waren, tat immer noch weh.

Das, was die Prinzessin uns erzählt hatte, nachdem wir sie gefunden hatten, war unglaublich. Die Schicksalsgöttinnen hatten sie zurückgeschickt, weil sie ihr Schicksal angenommen hatte. Sie hatte das Leben des Jägers über ihres gestellt, sie hatte ihn gerettet und sich geopfert. In diesem Moment hat sie sich auf ewig mit ihm verbunden, ohne es zu merken.

Ihre Seelen waren nun eins.

Heute stand trotzdem die Hochzeit an. Der menschliche Brauch war der Prinzessin anscheinend sehr wichtig und alle rannten hier durch die Gegend, als wäre ein Schwarm Feen hinter ihnen her. Ich saß auf der Couch und genoss das Schauspiel.

»Hat jemand meine Krawatte gesehen? Wo ist dieses blöde Teil nur?« Der Jäger rannte vom Schlafzimmer ins Badezimmer und wieder zurück, dabei lag die Krawatte hier direkt neben mir. Ich musste grinsen.

»Fuchs!« Schließlich blieb er vor mir stehen und kochte vor Wut. »Hättest du nicht kurz erwähnen können, dass sie neben dir liegt?«

»Hätte ich, aber das wäre nur halb so lustig gewesen.« Oh, ich liebte das. Sein Knurren drang zu mir und gerade als er noch etwas sagen wollte, traf ihn etwas am Ohr.

»Raphael, lass das! Hör auf, Onkel Finn zu ärgern.« Myra versuchte die kleine Lichtkugel einzufangen, aber eigentlich rannte sie ihr nur hinterher. Sie hatte keine Chance.

»Fíri, tu doch was!«, forderte sie den Blaumann auf, der einen Narren an dem leuchtenden Baby gefressen hatte.

Dann trat die Prinzessin aus dem Schlafzimmer. Sie trug ein wunderschönes weißes Kleid, dieses Mal ein langes. Ihr vorheriges Kleid konnte sie leider nicht mehr anziehen, es war zerrissen und selbst die Feen konnten es nicht reparieren. Aber die schönen Schuhe mit den Stickereien trug sie. Sie lächelte und trat auf den stinkigen Wolf zu.

Sie umarmte und schmiegte sich an ihn, soweit es ihr bereits dicker gewordener Bauch zuließ. Sie küssten sich.

Die beiden waren verbunden in allen Leben und allen Welten, die noch folgen würden. Was übersetzt hieß, dass ich den Jäger nie wieder loswurde. Ich war gespannt, wohin das führen würde. Ein Gestaltwandlerbaby, das die Elemente beherrschen konnte. Das wäre unter Umständen ziemlich interessant. Langweilig würde uns auf jeden Fall nicht mehr werden.

Das Schloss war jetzt unser Zuhause, genau wie diese Welt. Wir alle hatten beschlossen hierzubleiben. Neu anzufangen. Der Blaumann gehörte nun auch irgendwie dazu. Und ich wurde der Pate des Babys der Prinzessin und des Jägers. Einen besseren Paten hätten sie auch kaum finden können.

Schließlich war ich ein Fuchs …

Danksagung

Es ist geschafft! Die »Spiegel-Saga« ist zu Ende und ich gebe euch hiermit ein Buch-High-Five, bevor ich es mir mit einem Nutellaglas und einem Roman auf dem Sofa gemütlich mache.

Und natürlich sage ich noch DANKE. Ich danke euch allen von Herzen dafür, dass ihr Finn und Cat begleitet habt, dass ihr meinen Fuchs genauso liebt wie ich. Danke für all eure Kommentare, Nachrichten, für eure Post. Ihr seid großartig.

Danke an:

Meine Familie. Ich bin froh, dass es euch gibt, dass ihr immer hinter mir steht und für mich da seid.

Meinen Freund. Du unterstützt mich, du ermunterst mich, du bringst mich zum Lachen, du gibst mir Kraft, du kochst mir tolles Essen. Was würde ich ohne dich tun?

Rica Aitzetmüller von *Cover & Books Buchcoverdesign*. Du hast dich mit den Covern für die »Spiegel-Saga« selbst übertroffen und mich unsagbar glücklich gemacht. Du bist ein toller Mensch.

Das Impress-Team. Vor allem Nicole Boske. Du hast dich unerschrocken durch das Manuskript gewühlt und mir viele hilfreiche Tipps gegeben. Es hat Spaß gemacht! Und an Isabell Schmitt-Egner für ihre tolle Arbeit.

Saskia Seifert & Lisa Herrmann. Ihr seid wie Schwestern für mich und ich wünschte, wir wären Nachbarn. Ihr seid zwei ganz bezaubernde Menschen und ich habe euch sehr lieb. Danke für alles.

Julia Adrian. Du bist meine Brainstorming- & Märchen-Queen. Ich bin dein größter Fan! Danke für deinen Rat, deine Freundschaft, die tollen Gespräche und für »Die Dreizehnte Fee«.

Jacquelin Stumpe, Gesine Kühl, Martina Gierstl, Franziska Matti, Nele Aßmann, Chantal Sadowski, Gaby Holzhofer, Mareike Stoffers, Michel Tröster, Diana & Simone Solito, Ina Ziemann, Sonja Wagener, Anna Toll, Melida Möllenhoff, Bianca Ritter, Sabrina Meller, Stefanie Hasse, Viktoria Kravtschenko, Marie Graßhoff, Julia Dessalles, Binia–Mareike Willkomm, Nina-Jolie Suffke, Kristina Metz, Katja Sierocki. Ihr seid zu Freunden geworden, ihr bringt mich zum Lachen, ihr hört zu, ihr seid wunderbar.

Allen Zeilenspringern & meiner Schreibmotivationsgruppe.

Katharina Staden, Sina Mayhack, Sarah Bunzel, Michelle König, Olga Reimchen, ich trage euch im Herzen.

Pierre Petermichl, du warst die Vorlage für Kian. Ich hoffe, du magst ihn.

Danke an alle, die mir Fuchssachen schicken, mich auf tollen Fotos verlinken und immer an mich denken, sobald ein Fuchs auftaucht.

Ich habe bestimmt jemanden vergessen, deshalb, wenn du das liest: Von Herzen Danke!

Ich freue mich auf eure Nachrichten, eure Fotos mit »Spiegelstaub«, euer Feedback. Schreibt mir gerne eine E-Mail an avareed@outlook.de, besucht mich auf Facebook oder auf meinem Blog avareed.blogspot.de.

Alles Liebe
Ava

© privat

Ava Reed lebt gemeinsam mit ihrem Freund im schönen Frankfurt am Main, wo sie gerade ihr Lehramtsexamen macht. Zur Entspannung liest sie ein gutes Buch oder geht mit ihrer Kamera durch die Stadt. Das Schreiben hat sie schon früh für sich entdeckt und während des Studiums endlich ihrer Fantasie freien Lauf gelassen. Mit »Spiegelsplitter« verfasste sie ihren ersten eigenen Roman. Mittlerweile arbeitet sie an zahlreichen romantisch-fantastischen Geschichten.

Tauch ein in romantische Geschichten.

Hol Dir
BITTERSÜSSE
STIMMUNG
AUF DEINEN
E-READER!

E-BOOKS VON IMPRESS HIER:
CARLSEN.DE/IMPRESS

im.pre.ss

impress IST DAS DIGITALE LABEL DES CARLSEN VERLAGS FÜR GEFÜHLVOLLE UND MITREISSENDE GESCHICHTEN AUS DER GEHEIMNISVOLLEN WELT DER FANTASY.

Wahre Gegensätze finden immer zueinander

Carina Mueller
**Hope & Despair, Band 1:
Hoffnungsschatten**
Softcover
ISBN 978-3-551-30060-7

Zum Dank für die heimliche Rettung eines schiffbrüchigen Ufos bekam die amerikanische Regierung einst zwölf übermenschliche Babys geschenkt. Sechs Mädchen und sechs Jungen – jeweils für die guten und schlechten Gefühle der Menschheit stehend. Dies ist genau siebzehn Jahre her. Während Hope und die anderen fünf Mädchen sich als Probas dem Guten im Menschen verpflichten, verhelfen die männlichen Improbas Kriminellen zu Geld und Macht. Bis zu dem Tag, an dem die Improbas ihre Gegenspielerinnen aufspüren und nur Hope entkommen kann. Mit ihrem Gegenpart Despair dicht auf den Fersen …

www.impress-books.de

Eine Liebe gegen die Zeit

Christine Millman
Seth. Als die Sterne fielen
Softcover
258 Seiten
ISBN 978-3-551-30040-9

Noch 336 Stunden, dann wird der Asteroid Seth die Erde erreichen. Während die Regierung die Gefahr zu verschleiern versucht, findet die achtzehnjährige Mariam heraus, was den Menschen tatsächlich bevorsteht. Die Verwüstung ihres Planeten. Dennoch gehört ausgerechnet Mariam zu den wenigen Auserwählten, die auf eine Rettung zählen können. Trotz oder vielleicht gerade wegen der drohenden Katastrophe, wagt sie es endlich auf Chris zuzugehen, den Jungen, in den sie schon so lange verliebt ist. Aber es bleibt nicht mehr viel Zeit ...

www.impress-books.de

Ein wunderbar romantisch-rockiger Sommerroman

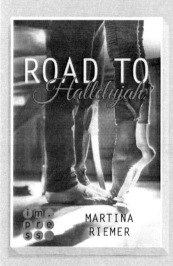

Martina Riemer
Road to Hallelujah
304 Seiten
Softcover
ISBN 978-3-551-30056-0

Nach dem Tod ihrer Großmutter beschließt Sarah sich ihren großen Traum zu erfüllen: eine Reise nach New York mit nichts als ihrer Gitarre im Gepäck. Doch dann wird sie von ihrem besorgten Bruder dazu überredet, mit dem Aufreißer und Weltenbummler Johnny die Reise anzutreten. So hatte sich Sarah die Erfüllung ihres Traums nicht vorgestellt. Und Johnny sich seinen Amerika-Trip ganz sicher auch nicht. Zu allem Überfluss wird auch noch Sarahs geliebte Gitarre während des Flugs zerstört. Nur gut, dass Sarah nicht die Einzige mit einem Instrument im Gepäck ist …

www.impress-books.de